Das Haus

Eine Familiengeschichte vom Ende des vorigen Jahrhunderts

Lou Andreas-Salomé

Das Haus

Eine Familiengeschichte vom Ende des vorigen Jahrhunderts.

ISBN/EAN: 9783956976063

Auflage: 1

Erscheinungsjahr: 2015

Erscheinungsort: Treuchtlingen, Deutschland

Literaricon Verlag Inhaber Roswitha Werdin, Uhlbergstr. 18, 91757 Treuchtlingen

www.literaricon.de

Dieser Titel ist ein Neudruck eines gemeinfreien Werkes.

Lou Andreas-Salomé

Das Haus

Eine Familiengeschichte vom Ende des vorigen Jahrhunderts

Erster Teil

I.

Das Haus lag an der Berglehne und überblickte die Stadt im Tal und langgestreckte Höhen jenseits davon. Von der Landstraße, die sich in großem Bogen den Bergwald hinaufwand, trat man gleich ins mittlere Stockwerk ein wie zu ebener Erde: so tief dem Berg eingebaut hatte das kleine weiße Haus sich.

Auf ihn gestützt aber sah es nach dem abfallenden Garten zu um so freier hinaus über die Weite; mit sehr vielen hellen Fensteraugen bis tief hinab, mit keck vorspringenden Erkern, Ausbauungen der ursprünglich zuwenig umfangreichen Gemächer, was ihm freilich eine etwas wunderliche Architektur, doch auch Anmut und Leichtigkeit verlieh – fast, als raste es da nur.

Über dem mittleren Erker schob sich zu oberst ein Altan breit vor ins baumbepflanzte, winterliche Gartenland, das eine Steinmauer, alt und bemoost, umschloss. Die Altantür stand trotz der frühen Morgenstunde schon weit geöffnet. Auf der Schwelle, das Gesäß vorsichtig ins warme Zimmer gedrückt, saß eine bejahrte kleine Hündin und blinzelte schläfrig nach den ab und zu schwirrenden hungrigen Vögeln, wie ein verwöhntes Hauskind sich bettelndes Gassenvolk betrachtet. In ihr selbst hatten sich zwar die verschiedensten Hundegeschlechter ein nichts weniger als aristokratisches Stelldichein gegeben, wie ihr Dackelgebein, ihr Mopsrumpf und ihr Terrierkopf verrieten – eine Vielseitigkeit, die noch vervollständigt wurde durch ein ferkelhaftes Ringelschwänzchen an ihrem anderen Ende. Weitaus das Merkwürdigste an dem kleinen Ungetüm jedoch blieb, dass es Salomo hieß. Jedermann erstaunte hierüber, außer der Tochter des Hauses, die auf diesem männlichen und königlichen Weisheitsnamen bestanden hatte, trotzdem Salomo ihr einst in hochträchtiger Verfassung zugelaufen war, worauf er vier gesunde Pinscher zur Welt brachte.

Die Vögel vollführten einen gewaltigen Lärm. Denn Finken und Blaumeisen, Rotkehlchen und Hänflinge, Grasmücken und andere noch scharten sich auf dem Altan um freihängenden – dadurch der Sperlingskonkurrenz enthobenen – Speck, sowie einen Napf mit Wasser, das wenige glimmende Kohlen in der Topfscherbe darunter vor dem Zufrieren schützten. An der Altantür aber stand die Hausfrau und warf überdies, fröhlich, emsig Körnerfutter hinaus.

Salomo trug seine richtiggehende Uhr im Leibe: Nach der hatte man längst beim Morgenfrühstück zu sitzen. Glücklicherweise für ihn zog der Herr des Hauses jetzt seine aus der Westentasche: ins Zimmer tretend, gab er Salomos stummem Tadel entrüsteten Ausdruck.

»Na, Salomo, was sagst du dazu?! Über der Tochter Vogelvieh vergisst die Anneliese uns, ihre beiden hungrigen Hauptspatzen?«

Schon in einer Stunde musste er unterwegs sein in die gynäkologische Klinik der Stadt. »Eine Pedanterie, sich nicht an den Frühstückstisch setzen zu wollen ohne seine Frau!« meinte er selber oft, aber er meinte auch: »Ärzte, diese Überbeschäftigten, müssten an einigen schönen Pedanterien festhalten, sonst würden sie unversehens wieder zu Junggesellen.«

So holte er sich denn die Frau weg, um hinabzugehen in die unteren Wohnräume, wobei er seinen Arm durch den ihren schob. Anders – so wie es ehedem noch Mode gewesen, als sie einander fanden – hätte es sich weit schlechter gemacht: Um ein so beträchtliches Stück war er kleiner gewachsen als sie.

Salomo folgte ihnen auf dem Fuß. In der Essstube, vor deren Fenstern große Bäume verschneite Zweige wiegten, hatte er beim grün glasierten Kachelofen seinen Thron, einen umgestülpten Korb mit darauf befestigtem Kissen, denn Salomo saß gern hoch und übersah die Lage und nicht zum wenigsten den Esstisch, der ihm schon morgens hocherfreulichen Anblick bot: wo reichlicher Imbiss des Hausherrn wartete, der an den Wochentagen erst abends Zeit fand zum Mittagsmahl daheim.

Anneliese hatte sich bereits gesetzt – da kehrte sie sich plötzlich um zum Manne, der neben ihr stand. Sie fasste nach seinem Arm, drückte ihr Gesicht daran, es unwillkürlich senkend. Als er sich niederbeugte und es zu sich emporhob, standen ihre Augen in Tränen.

»Lieselieb!« sagte er nur, aber der Kosename, der einzige, mit dem er sie rief seit ihrer Brautzeit, klang wie Bitte und Mahnung zugleich. Da schwieg sie von dem, was sie weinen machte.

Ein Tag des Gedenkens – der Geburtstag ihres dritten Kindes, das ihnen vor Jahren starb. Leise hatte er gehofft, sie würde sich nicht sogleich daran erinnern, als er vorhin ihr morgenhelles Gesicht gesehen – draußen im Vogelschwarm.

Seit der Trauer um Lotti ging Anneliese nur noch in grauen oder braunen Kleidern umher. Und doch sah er an ihrer blonden, kraftvollen Frauenerscheinung die frohen Farben am liebsten.

Neben den beiden Gedecken lag die Frühpost. Er reichte Anneliese den Brief, den er während des Wartens am Tisch gelesen hatte.

»Lies!« sagte er. »Lauter Gutes. Gitta schon auf dem Rückweg von den Verwandten, von ihrer ‹Examenbelohnung›, wie sie es im Brief stolz nennt. Trifft also wohl noch vor Balduin ein. Der allerdings sollte vielleicht noch mal kurz fortgehen – nach Weihnachten. Denn offenbar ist dies Erholungsheim gerade das Richtige für ihn gewesen. Nicht umsonst rühmten die Kollegen mir den leitenden Direktor so sehr.«

Anneliese griff lebhaft nach dem Brief, sie bemerkte:

»Gestern, bei Professor Läuer, da sprachen sie auch so angenehm über unsern Balder. Ganz eingenommen hat er die alten Schulpäpste durch den Übereifer, womit er sein Abiturium nachholte! Jetzt begreifen sie's, dass du ihn zugabst, den kostspieligen Hausunterricht, für ihn, den schlechtesten ihrer Schüler! Der nun doch noch der jüngsten Studenten einer wird! Ich saß und tat beide Ohren auf und labte mich.«

»Ja, ja. – Aber nun?! Warum labt *er* sich nicht an dem, was er hinterdrein mit so wütender Energie bei sich selbst durchgesetzt hatte? Warum im Handumdrehen wieder der Ekel daran? – Das ist nicht nur Überarbeitung. Ja – wenn der Junge stetig auszuschreiten verstünde anstatt hin und wider zu fliegen.«

Man konnte sehen, wie die fröhliche Nachricht von der Tochter für den Augenblick zurücktrat vor der Sorge um den Sohn. Die Falten im bartlosen Gesicht vertieften sich, das sich ohnehin bereits reichlich durchfurcht ausnahm. Dennoch wirkte der ganze Mensch auch jetzt jung. Die Augen an ihm blickten jung, und auf wen sie sich richteten, an dessen Jugend schienen sie sich zu wenden.

Anneliese war ganz bei Gittas kurzem Brief, aber auch der unerwartet sorgenvolle Ton kam ganz bis zu ihr, und er riss sie förmlich fort davon, rief ihre eigne Hoffnungsbereitschaft zur Antwort auf.

»Ach, Frank, lass gut sein! Wer weiß –: vielleicht lernt mancher nur spät und schwer gehen, der einmal zu hohem Flug bestimmt ist –«

Eine Spur von Überschwänglichkeit klang mit – klang aus dem Gewählten, Geschwellten der Worte.

Und nicht nur aus den Worten. Ihr über die Teetasse gebeugtes Gesicht verriet es – diese verräterische Haut der rötlichen Blondinen, bei der man die Blutwellen kommen und gehen sieht selbst in der leisesten Erregung. Auf diesem Farbenspiel, das gewissermaßen noch weiterredete in die Stille zwischen ihnen, ließ der Mann den Blick ruhen. Und auf den beinahe mattvioletten Schatten, die das wellige Haar dazu am Stirnansatz warf und hinten über dem Nacken – was ihm immer von Neuem so gut gefiel. Er meinte manchmal, es sei das allererste gewesen, was ihm an Anneliese aufgefallen war, als sie einander entgegentraten.

Seine Frau prüfte nur flüchtig die übrige Post, las eine Karte.

»Also Helmold geht wirklich fort. – Wird dir fehlen unten in deiner Klinik. – Ob auf so lange, wie er denkt? Ich glaube: Er kommt wieder!«

Das pfiffige Gesicht, womit sie diese Behauptung aussprach, nach dem Pathos von soeben, machte ihn lachen.

»O Kupplerinnen! Selbst du!« antwortete er und stopfte sein Pfeifchen mit Türkentabak. »Aber ich fürchte sogar, als Backfisch schwärmtest du wirklich für Marlittsche Reckengestalten mit goldblonden Bärten. Daher vielleicht.«

»Helmold hat mehr als blonden Bart und lange Beine. Und sollte Herr Doktor Frank Branhardt nicht selber den größten Narren an ihm gefressen haben?« fragte sie fröhlich. »Manchmal scheint er mir dir über deine leiblichen Kinder zu gehen – jedenfalls schon ‹ein Sohn› zu sein.«

Branhardt konsultierte nochmals seine Uhr und erhob sich. »Frauenlogik! Eben darum! Darum soll er sich jedenfalls noch ganz gehörig

Wind um die Ohren blasen lassen, ehe er den Kopf in die Schlinge steckt. Wird mal ein erstklassiger Chirurg! Unsinn, sich so früh zu binden.«

Auf diese Ansichtsäußerung lachte Anneliese über das ganze Gesicht. Sie stand auf, und etwas von übermütiger Herausforderung, ihrer sonstigen Art sichtlich Fernliegendes, verfing sich in den Klang der Worte, mit denen sie dem Mann zum Abschied ihren Kuss gab.

»Frank, du Armer! Dass du dich gar so früh binden musstest!«

Ihre Augen kreuzten sich mit den seinen in der gleichen, plötzlich hochschlagenden Erinnerung und Wärme. In beiden Menschen erstand der gleiche stolze Wunsch: Wie wir es gehabt, geradeso möge es unsern Kindern zuteilwerden!

Ungern trennten sie sich.

Während Branhardt aber durch den Garten ging, dachte er bei sich: Vielleicht würde ja sein Interesse an dem jungen, tüchtigen Helmold nicht dermaßen väterlich groß sein, wenn er am eigenen Sohn einen bessern Erben der eigenen Tüchtigkeit erhoffen könnte. Oder täuschte er sich am Ende darüber nur? Sooft hatte er heiß ersehnt, Schüler, Söhne, Jünglinge um sich zu haben, denen er mitteilen, abgeben, schenken dürfte. – Ihm fehlte es an Zeit an allen Ecken und Enden, auch für einen akademischen Lehrstuhl. Er musste lächeln: Hundert Söhne sollte Lieselieb haben –.

Und doch ging es ihm vor allem um den einen –, o ja, das fühlte er schon, dass es sein einziger leiblicher war. Zum Greifen deutlich tauchte Balduins Jungengesicht vor ihm auf, die stumpfe Nase, die Sommersprossen. – Es hatte der Mutter zarten Farbenton, ihr rotblond auch. Doch war's nicht erst der Umweg über Anneliese, wodurch es Branhardt Zug um Zug lieb ward.

Im Weitergehen stellte er sich vor, wie er dem Jungen die Hand um die Schultern legte, wie er »wir« von ihm und sich sagte.

Anneliese war indessen hinuntergestiegen zu den Wirtschaftsräumen des in den Berg eingebauten Untergeschosses. Beim Fensterchen an der Treppenbiegung blieb sie stehen: über den Vordergarten weg sah sie die Landstraße hinab zur Stadt eine kleine, untersetzte Gestalt gehen, die rasch und ruhig ausschritt.

Wie hatten sie doch miteinander glücklich gescherzt – nicht einmal Erwähnung getan hatten sie ihrer –: Lottis. Die Lebenden allein behielten recht – es fiel ihr aufs Herz.

Mein süßes Kind, mein Liebling: Es ist dein Tag! Dachte Anneliese.

Sie stand, die Stirn ans kleine Fensterglas gedrückt. Branhardts Gestalt wurde ferner, undeutlicher, entschwand hinter den kahlen Bäumen der Allee.

Gesund und rotwangig wie ein Apfel, so war Lotti acht Jahre alt geworden. Dann ein Sturz aus der Schaukel; Rückenverletzung, Qualen, Streckbett und endlich erlösend: der Tod.

Wenn Menschenkraft Anneliese durch diese Zeit hindurch geholfen hatte, so war es die ihres Mannes gewesen und sein Beispiel. Litt er auch wie sie, er gab sich nicht wie sie der Trauer hin um das tote kleine Mädchen. Den Blick, der dem Kinde nachschauen wollte, hielt er unentwegt auf die Lebenden gerichtet, die ihn nicht missen konnten, und noch heute lag es daran – lag an seinem Kampf mit Unvergessenem, wenn er Lottis Tag zu vergessen schien.

Aber sein Tagewerk war auch so, dass es wohl vieles zurücktreten lassen konnte. Auch der Alltag muss so unalltäglich sein können, dachte Anneliese bei sich.

Da ging sie still an ihre häuslichen Pflichten.

*

Neben den Küchenräumen befand sich unten noch eine Miniaturwohnung nach dem abfallenden Garten hinaus: Drin hauste ein sehr nützliches Ehepaar, Herr und Frau Lüdecke, sie, um die Küche, er, um den Garten zu versorgen, obschon er einst, als selbständiger Gärtner, bessere Tage gesehen. Frau Lüdecke kränkte an den veränderten Verhältnissen seltsamerweise am meisten der Umstand, dass ihr Mann im gleichen Hause arbeitete wie sie, weil sie es reizvoll gefunden haben würde, ihn Feierabends abzuholen oder ihm mittags den Esstopf zuzutragen, wie andere Frauen tun. Herr Lüdecke war gutmütig: Des Sommers, bei extra schönem Wetter, tat er ihr den Gefallen und speiste etwas romantisch im allerentferntesten Gartenwinkel, wo eine Bretterbude mit Gerät stand. Abends aber, besonders bei Mondschein, spazierten sie dann immer noch ein wenig wie Liebesleute, und wenn ihnen solche begegneten, errötete Frau Lüdecke sogar im Dunkeln. Denn an ihr war nach fast zehnjähriger, kinderloser Ehe eine wunderbar zähe Bräutlichkeit haftengeblieben, und wenn Herr Lüdecke ihr Küchenholz kleinmachte oder den Wäschekorb trug, nahm sie das noch entgegen wie einen Minnedienst.

Die Nachricht von »Herrn Balderchens« Heimkehr zum Universitätsstudium stieß bei Frau Lüdecke auf größte Wärme, Studenten in Wichs waren ihr Höchstes. Und auch dass Gitta zurückkam, schien ihr an der Zeit. Wer konnte wissen, wie lange man sie noch behielt. »Ach! Gittachen einmal im Brautkranz! Herr Lüdecke sieht die Myrtenstöcke schon immer so an –«

Aus lauter Besorgnis, man könnte ihren Mann nach seiner Verschlechterung kurzweg »Lüdecke« titulieren, hatte seine Frau sich so daran gewöhnt, ihn ihrerseits als Herrn Lüdecke zu betonen, dass sie selbst in ihren inwendigen Gedanken kaum noch davon abging.

Vielleicht fiel Anneliese eine fatale Ähnlichkeit auf die Nerven zwischen Frau Lüdeckes Zukunftsschwärmereien für die Kinder und ihren eigenen am Frühstückstisch. Schauten sie nicht auf einmal wie Bilder von Konfektschachteln: »Braut im Kranz«, »schmucker Student«? Nicht so ausführlich wie sonst hörte sie Frau Lüdeckes Morgenunterhaltung an, da unten in der kleinen Behausung mit den Tüllgardinen und dem Kanarienvogel, wo alles fast unnatürlich blank und neu blieb, als habe es eben erst den Laden verlassen, oder als sei Herr Lüdecke von Asbest. Seine Frau vermerkte es auch übel, als Anneliese zu bald sich nach ihrer tiefer stehenden Nebenbuhlerin im Dienst des Hauses, nach Frau Baumüller, umsah, die außen auf einer kurzen Leiter stand und Fensterglas klar rieb.

Frau Baumüller kam alle Morgen aus dem Dörfchen Brixhausen, das jenseits des Bergwaldes lag, und blieb tagsüber, worauf sie noch Speise mit heimbekam, denn das tat not. Sie besaß zehn lebendige Kinder und einen Leib, der es nicht mehr der Mühe werthielt, sich zurückzuziehen: Fast in jedem Jahr gebar sie und begrub auch ein

Kleines – erst letzter Tage das Letzte. Gesund geboren, starb es den übrigen nach, um die sich nie jemand recht kümmerte.

Als Anneliese sie wegen des kleinen Begräbnisses ansprach, fuhr sie sich zunächst mit dem Fensterwischtuch nach den Augen, hielt unterwegs jedoch inne und rieb kräftig weiter. Weinen, das war nicht nötig hier, wo man sie kannte.

Ihre Philosophie dabei hatte stets denselben Wortlaut: »Mit die Kleinen war's nicht anders, und die Großen kam's zugute.« Ja: mütterlich froh im Herzen, tiefbefriedigt, dass kein Neuangekommenes nun einstweilen ihren Kindern das Brot vom Munde fortessen werde, blickte sie von ihrer Trittleiter zu Anneliese herab – so unverfallen, weiblich stattlich sogar –, in ihrer gebärtüchtigen Mächtigkeit eine nicht enden könnende, sich selbst im Wege stehende Kraft.

Gitta, die ein Patent auf Träume hätte nehmen können, hatte einmal geträumt, die Baumüllers fräßen jedes Mal ihre kleinsten Kinder, davon würden sie derb und drall.

Sämtliche Söhne und Töchter waren Anneliese wohl vertraut, sie half die älteren versorgen, die jüngeren ernähren und auch noch die toten begraben. Ihre Beziehung zu den Hilfskräften ihres Haushalts ging wesentlich weiter, als unter ihren Bekannten üblich war; von diesen wohnte sie entfernt, enthielt sich wegen der Zeitknappheit ihres Mannes jeden Verkehrs und fand anstatt dessen in die Dörfer der Umgegend manchen Zugang von Baumüllers oder Lüdeckes aus: was ihr wertvoll vorkam.

Bei Frau Baumüllers Worten zog Anneliese der Kleinsten Schicksal das Herz weh zusammen; sie sah die paar Nächstjüngsten vor sich mit ihren grauen, greisenhaft ergebenen Gesichterchen.

Sie sah den Zug von Kindern – ungezählter, fremder, geliebter, vergessener –, die allein, vor der Zeit, ins große Dunkel zurückgehen aus Not. Dabei stand noch immer unverrückt vor allen ihren Sinnen Lotti.

Anneliese stieg noch einmal hinab in das Erdgeschoß. Dort war neben der Lüdeckeschen Wohnung und unterhalb einer kleinen Holzveranda ein heller Raum, die sogenannte Truhenstube, die nur Schränke und Truhen beherbergte und alles, was dem täglichen Ge-

Gebrauch nicht mehr oder noch nicht diente. Von beidem – Altem und Neuem – entnahm Anneliese den Schubfächern und tat es in einen Handkorb zusammen, und als sie zu Wäsche und warmem Zeug auch noch Spielzeug hinzulegte, da war es Altes – und Neugebliebenes dennoch –

Bisher hatte sie's nicht weggeben mögen – aber nun sollte Lotti mit ihr gehen und beschenken.

Seit den Geburtstagen der Kinder hatte Anneliese die schöne Sitte angenommen, mit ihnen zugleich Bedürftigen aufzubauen. Die Kinder selbst beteiligten sich eifrig daran, nicht selten mit dem Geld für manches, was vorher auf dem Wunschzettel gestanden. Warum setzte es aus an Lottis Tag? Weil es kein Dankopfer mehr sein konnte der Eltern an ewig unbekannte Mächte? Aber wohnte denn diesem Tage nicht unverlierbar sein ewiges Geschenk inne? Immer, für immer, bedeutete er Besitz, nicht Verlust nur.

Aus diesem Zug der Kinder, die ins Dunkle gingen, rettete die Liebe die geliebtesten sich zurück, dass sie stehenblieben, ewig unversehrt.

Nicht darum allein waren die Kleinen der Baumüllers tot, weil sie gestorben waren.

Anneliese hatte den Weg eingeschlagen ins Dörfchen Brixhausen jenseits des Bergwaldes, von woher die Arbeitsfrauen mit ihren Rückenkiepen zum Tagewerk in die Stadt kamen.

Draußen begann es zu schneien. Aus der Stadt unten hatten sich Spaziergänger eingefunden mit vergnügten Gesichtern und vom lange erwarteten Schneewetter wie elektrisiert; erwachsene Menschen bewarfen einander mit Schneebällen, ein sonst ganz vernünftig aussehender alter Herr in großem Kragenmantel sang mit Innigkeit: »Trara, trara, trara! Der Winter, der ist da!« Jeder fühlte sich stolz, geehrt und erhoben, weil er weiß wurde und niemand wissen konnte, ob er nicht morgen wieder schwarz sein würde. Man ging wie zu einer Maskerade. Wie eine Verhüllte fühlte auch Anneliese sich. Ein Querpfad durchschnitt die bergan sich windenden Waldstege kurz und steil. Da oben ward es stiller. Tief verschneit lagen unter ihr die Hänge. Ruhiger, breiter Flockenfall darüber, ohne Wind, fast ohne merkbaren Frost. Geisterhaftes Hineingreifen in die reglose Luft wie mit weißen Fittichen, die alles hinweg trugen aus ihr, was nicht höchste Reinheit war. Es schien: wenn das noch anhielte, dann öffneten die Wolken sich bald, und herniederstiege vom Himmel der große, weißeste Hauptengel selber.

Anneliese schritt langsam in ihrem Schneeflockenmantel. Der Hängekorb war umfangreich und drückte schwer den Arm.

Da lag vor ihr das Dörfchen, fast hinweggelöscht vom Wetter.

Von diesem Gang würde sie heute Abend ihrem Manne erzählen können! Dachte sie, wie an etwas Schönes.

Zwar hörte sie, wie er mahnte – am meisten durch sein Beispiel –, nicht sich zu schwächen in Trauer, nicht dem Toten nachzugehen. Und sie gab ihm recht. Aber wäre das nicht ein Armutszeugnis an Leben, wenn es *nur* tapfer wäre und nicht auch reich, und geizen müsste mit seiner lebendigsten Schenkkraft? Und von seinem Überfluss – von dem durfte doch wohl auch Lotti empfangen –, wie die Ärmeren empfingen hier aus diesem Korb.

Dies dachte Anneliese, als sie, ihren Korb am Arm, zum ersten Mal ganz allein ging, auf einem Weglein zur Freude, das sie sich selbst erfand.

So stieg sie durch die ruhige Schneelandschaft hinunter in das Dörfchen Brixhausen.

II.

Wenn Branhardt abends heimkam, klang ihm schon eine Strecke vor dem Hause Musik entgegen.

Er freute sich eines jeden Males, wo er so empfangen wurde, und er wusste manchen Grund dafür. Vor ihrer Verheiratung, die seine Frau schon in ihrem siebzehnten Jahre schloss, hatte sie sich zur Musikvirtuosin ausbilden wollen, und ihr Mann empfand sehr wohl, dass die frühe Gebundenheit Anneliese von einer schönen Entwicklung abhielt. Wohl trat er niemals fordernd gegen etwas auf: Doch sie, gegen sich selber, tat das –. Vielleicht aus Furcht, dass gar zu weit die Seele sich ihr verlieren könnte – zu weit fort vom Pflichtenkreis eines materiell sehr beengten und daher strengen Lebens, in das sie beide ziemlich lange Zeit hindurch gebannt blieben.

Als deshalb Anneliese, zögernd erst, dann immer länger und ernsthafter, ihren damaligen Stutzflügel wieder in Gebrauch nahm – als sie, von Jahr zu Jahr unbekümmerter und voller, den Unterstrom ihres inneren Lebens musikalisch freigab, da galt ihm das einer köstlichen Liebeserfahrung gleich: einer endgültig gefestigten Gebundenheit aneinander – einem Lautwerden gleichsam alles dessen, was sie und Branhardt verband. Anneliesens Musik: Das war noch einmal Anneliesens Vermählung.

Trat Branhardt abends ins Haus, dann nahm er gewöhnlich gleich den Weg ins noch unerhellte Wohnzimmer; mit seinem leichten, nie lauten Gang kam er fast unmerklich, blieb fast unmerklich in einem der tiefen Sessel, aus denen er sich nicht weit heraushob. Dies war ihm das liebste Ausruhen, das er kannte.

Selbst unmusikalisch, auch durch Zeitmangel dem Hören von Musik ferngehalten, wurde er mit ihr nahezu ausschließlich durch Anneliese vertraut. Deshalb wirkte so vieles daran auf ihn allmählich wie eine Wesensäußerung Anneliesens selbst. Dass Musik ihm in gewisser Weise ebensoviel von seiner Frau erschloss wie diese von jener, darin bestand eigentlich der musikalische Reiz für ihn.

Und Anneliese lernte immer mehr und besser, sich auch noch anders, als er wusste, dessen zu bedienen: auf solchem Wege bis zu ihm zu gelangen mit manchem, was ihm sonst Überschwänglichkeit geheißen hätte. Sie verbrauchte einen starken Gefühlsschwung und war frisch und froh genug, um ihn sicher zu bewältigen. In ihres Mannes Schweigen, während der Flügel sprach, genoss sie nicht ohne seine Schalkhaftigkeit ein wortloses Ihn-Überreden, sein besiegtes Sie-Umfangen.

Rief dann Frau Lüdecke mit überbehutsamem Türöffnen zum Mittagsmahl und blickte in der unvermittelten Helle der Essstube Branhardt auf seine Frau, dann lag auf ihrem Gesicht jedes Mal das Herzensfreudige, Lebenleuchtende, das noch die schwermütigste Musik darüber zu breiten pflegte.

Und einem solchen Gesicht gegenüber erzählte es sich noch einmal so gut von des Tages Mühe und Arbeit.

Mit der ihr eigenen Unbedingtheit vergötterte Anneliese ihres Mannes Beruf, verwechselte ihn gewissermaßen mit ihm selbst; ob er nicht am Ende auch einen andern hätte ergreifen können, das hatte längst keinen Zugang mehr in ihren Vorstellungskreis. Zudem verknüpfte ja sein Berufsleben sich gleichzeitig mit seinem Eheleben so sehr, dass in allen entscheidenden Vorkommnissen der Frauenschaft oder Mutterschaft die Autorität des Mannes von der des Arztes sich nicht mehr trennen ließ. Und gern legte Anneliese sich die Dinge so zurecht, als ob in Branhardts ärztlichem Dasein wiederum etwas Feinstes, Menschlichstes ihm erst als eine Frucht erwachse ihres persönlichsten, gegenseitigen Verhaltens.

Jetzt, während der Abwesenheit der Kinder, konnte ihre Unterhaltung sich noch unbehinderter als sonst ergehen. Dennoch vermissten sie Tag für Tag »ihre beiden«, wenn sie sich so gegenübersaßen zu zweien, gerade wie einst als junge, kinderlose Leute.

Nach der Mahlzeit, als sie noch bei Tisch verweilten, meinte Branhardt deshalb einmal:

»Was groß wird, rückt aus! Kleiner Nachwuchs tät uns eigentlich not, Lieselieb! Sieht man so eine wie dich, denkt man sich am liebsten: Ein Volk von Söhnen sollte sie umstehen!«

Anneliese schwieg. Dankbar froh war auch sie gewesen, als sie vor einigen Jahren noch einmal ein Kind erwartete. – Zwillinge waren es, die dann infolge unglücklicher Lageverwicklung unter entsetzlichen Leiden der Mutter tot zur Welt gebracht wurden.

Trotzdem sie sicherlich nicht nervenschwach heißen konnte, blieb ihr von jener einzigen ernsthaften Erkrankung ihres gesunden Lebens ein unverwindbarer Eindruck zurück. Andererseits freilich hatte dieses Geschehnis erst sie mit einem Schlage eingereiht ihnen allen, denen Branhardt sein Leben widmete, und sie in schweren Krankenerfahrungen ihrem Mann auf eine ganz neue Weise verbunden.

Sie unterdrückte einen Schauer. »Da es doch nicht mehr möglich sein könnte, Frank –«

Fragend blickte er sie an: »Wie denn, nicht mehr möglich?«

»Seit damals.«

»Ja, damals! Aber seitdem – bist ja doch immer noch jung – glaubst's wohl gar nicht mehr, weil du die Großen hast! Jung bist du und in blühender Kraft. Verzichten tut da nicht gerade not.«

Sie stützte die Arme auf, zuseiten des Gesichts, um es ihm zu entziehen, und sah vor sich hin auf das weiße Tischtuch. Verzichten nannte er das! Hätte er – er also wirklich wünschen können – er, der sie so entsetzlich, unmenschlich leiden gesehen – ja, als Arzt notgedrungen leiden gemacht –. War sie denn feige – war er brutal in seinen Wünschen? Liebte er sie denn nicht zu sehr für eine solche Wiederholung – genügte nicht schon ein wenig, klein wenig, sorgende Liebe dazu?

Branhardt warf einen halben Blick auf sie, die, den Kopf noch auf die Hände gestützt, schweigend dasaß. Vielleicht kam ihm eine Ahnung von dem, was in ihren Gedanken umging. Er sagte rasch:

»Ein vereinzelter Unglücksfall, einer unter Zehntausenden, dergleichen ist doch in keiner Weise ausschlaggebend! Daran darfst du überhaupt gar nicht mehr zurückdenken – nur voraus! Eine so Tapfere wie du: Tapfer würdest du immer wieder sein – dafür kenn' ich dich doch! Die geborene Mutter, Lieselieb: Und *das* ist ausschlaggebend.«

Sie hatte aufgeblickt – aber auch ohne hinzublicken, sah sie, wie er da vor ihr stand – in seinem Ton, seiner Haltung, so frei und überzeugt. Nicht an den Worten lag das Überzeugende, sondern an weit unmittelbarer Überredendem – ja, beinahe Körperlichem, an ein paar Bewegungen, einer Sicherheit, die wie Anmut wirkte – Anmut bei aller Unbeträchtlichkeit der etwas kleinen, gedrungenen Gestalt.

Noch ehe er ausgeredet hatte, ja noch während etwas in ihr sich auflehnte gegen seine Worte und ihre Seele sich zu verbergen trachtete vor ihm, wusste sie dennoch: Schon gab sie ihm recht – schon stand sie bereit, mitzuwünschen mit ihm, inbrünstig zu wünschen alles, was aus seinem Leben das ihre werden ließ.

Wenige Minuten später sprach man von anderem. Branhardt vergaß bald das kurze Gespräch. Wenn ihm in den nächsten Tagen sich etwas hätte aufdrängen können, so wäre es nur dies gewesen, dass aus der Musik im dämmerdunklen Wohnzimmer noch mehr Musik zu ihm sprach als sonst.

*

Branhardt pflegte sich abends nach Tisch in seine Zimmer zur Arbeit zurückzuziehen, wenn er nicht telephonisch abgerufen wurde, was oft geschah, oder wenn nicht etwas Besonderes vorlag. Eigentlich stand fest, dass er dann nur noch ganz kurz zum Tee zu Frau und Kindern ins Wohnzimmer käme. Meistens aber geriet er in eine aussichtslose Klemme zwischen diesem Grundsatz, an dessen Durchsetzung ihm was lag, und seinem Temperament, das sich in den lebhaftesten Anteil an allen Familienvorkommnissen verstrickte.

Zu zweien war das besser: Sie glitten dann unwillkürlich in die alte Gewöhnung von früher hinein, auch abends im Studierzimmer neben der Bibliothek zusammenzubleiben und dort auch den Tee zu nehmen. Und während Anneliese an ihrer eigenen Lampe mit ihrer eigenen Arbeit bei ihm saß, konnte Branhardt sich an freien Abenden bis in die Nacht hinein in Theoretisches vertiefen, wozu er in dem ganz von praktischen Forderungen erfüllten Tagesleben nicht gelangte.

Anneliese hatte ihr Nähzeug beiseite getan und sich ein Buch mitgebracht von Balduins Bücherbord in seiner Schlafkammer oben. Einen Dichter, den sie sonst weder las noch auch zu kennen sich sehnte; war ihr der Sohn aber fern, dann trieb es sie bisweilen, zu tun, was er selbst etwa täte, um sich so gemeinsam mit ihm zu beschäftigen.

Manche Stellen gewährten ihr Genuss um hoher sprachlicher Schönheiten willen, vieles erschien ihr fremd – anderes wiederum erinnerte sie eigentümlich an ihren Balder selber, mit seinem ungleichen, unbeherrschten, den Eltern Sorge bereitenden Wesen.

Gitta, die groß war in Namenerfindung, hatte ihn wegen seiner starken Stimmungsschwankungen schon in der Kindheit nie anders benannt als den Prinzen Nimm-von-mir oder den Kaspar Habenichts. So lange her also schon bestand dies Aufflackern und Verglühen, Alleskönnen und Nichtsvermögen...

Von wem hatte er Krankhaftes?! Sie dachte an ihre Familie, an Branhardts. – Sein Vater, oben an der Nordsee, war als Landarzt hochbejahrt gestorben; die Mutter, eine dunkle Schweizerin aus dem Tessin, starb früh an einem toten Kinde, aber seine Erinnerungen an sie waren lauter Heiterkeit und Schönheit.

Als der Abendtee gebracht wurde und Anneliese ihn bereitete, bemerkte sie unvermittelt:

»Entsinnst du dich der alten Briefschaften, die ich nach dem Tode meiner Mutter vor ein paar Jahren aus Kurland empfing? – Da waren solche, wo vom Leiden des Großvaters die Rede war – ich las das wohl nie recht durch. – Du weißt, er starb in geistiger Umnachtung.«

»Ja. Infolge eines Absturzes in den Keller, als er Wein holen ging, oder so etwas. – Gehirnerschütterung. – Warum denn?«

Branhardt erhob sich, nahm seinen Tee, erblickte dabei Balduins aufgeschlagenes Buch und erriet unschwer den Gedankengang seiner Frau.

»Weißt du, Lieselieb, selten haben Kinder gesundere Eltern und Voreltern hinter sich als unsere beiden.– Und nun euer Leben gar, generationenlang im köstlichen Landfrieden, in eurem kurländischen Winkel da! Mit den Majoraten, die so viele Geschwister arm lassen, habt ihr's euch dort dumm eingerichtet, aber den Landfrieden, den hast du noch auf dir, Geliebte. Und ich kann ihn gut brauchen!«

Er sprach heiter, stimmte auch Anneliese so. Den Kopf gegen das Polster ihres Korbsessels drückend, meinte sie nur:

»Gitta, die hat ja auch noch ein kleines Stück Landruhe abbekommen – wenigstens sofern man eine Vorstadt vor der Hauptstadt so nennen kann. – Manchmal wünsch' ich aber: wär' nur auch der Balder uns noch dort geboren worden, am Waldrand, bei Kiefern und Heide, anstatt in der besseren, bequemeren Wohnung! Anstatt inmitten der Stadt, zwischen Kasernen und Kliniken, Lärm und Staub. Standen die Fenster offen, um ein wenig Sommer zu ihm hereinzulassen, und sausten die Elektrischen um die Ecke, dann zuckte er im Schlaf. Das seh' ich noch sooft vor mir, wenn er nervös ist. Und selbst du warst es damals – Jahre der gehetztesten Überbürdung waren's ja –, darum allein zogen wir ja herein –«

Branhardt fuhr sich über die steil gebaute Stirn, über der das kurzgeschorene Haar immer weiter zurückwich, ohne über diesen steilen Stirnansatz täuschen zu können, der sich sooft fest abgrenzte, als wolle er sich sein Recht wahren, nicht erst von der Jahre Gnaden da zu sein.

»– Ein Mensch gleich dir, ein so harmonisch in sich ausgeglichener – und ein Sohn wie Balduin, eingerechnet alle seine Fehler wie Vorzüge: Das ist freilich ein Problem. In jedem neuen Menschenkind ist eben so viel Neues, Fremdes, davon unser Fleisch und Blut nicht weiß – und was doch wir selber weitergeben, mit blinden Händen, schuldlos, letzten Endes verantwortungslos. – Da ist ein Unberechenbares uns unzugänglich. Eine Schranke, errichtet zwischen den Generationen. – – Kinder gehen in jedem Fall und in jedem Sinn weiter, als unser Bund mit ihnen reicht.«

Er begab sich an seine Arbeit, blätterte jedoch zerstreut. Stand wieder auf, ging hin und her mit seinen leichten Schritten, als ob das Gespräch ihn noch nicht gleich losließe. So dauerte es eine Weile, bis er wieder festsaß am Schreibtisch.

Anneliese bewegte noch die Frage in ihrem Herzen:

Gehen die Kinder weiter als unser Bund mit ihnen –? Wenn man ihnen aber folgt? Würde eine Mutterseele davon verwundet und gesprengt? Und warum auch nicht –?

Und sie dachte weiter:

Schuldlos an ihnen sein, letzten Endes verantwortungslos –? Ach, was hilft das, wo man liebt?!

Stunden verrannen, die Nacht rückte vor, ohne dass Branhardt aufstand. Seine Kraft zur Sammlung, »Geschenk ausgezeichneter Nerven«, wie sie sagten, neideten Kollegen ihm oft. Gelang es einmal, dass er bei einer Sache bleiben durfte, dann fand er ein Ende nur schwer.

Anneliese hatte nicht selten solche Nächte neben ihm zugebracht, und besonders im ersten Jahrzehnt ihrer Ehe. Sie waren nicht so wie in Gesellschaft eines Bücherwurms, der sich vergräbt. Nein, oft hatten sie einen lebendigen Kampf bedeutet, weil seine Natur darauf ausging, das Leben in voller Ganzheit zu umfassen und sich zu jeder Art von Einseitigkeit nur zwang. Auf vieles verzichten, was zu solcher Ganzheit zu gehören schien, um vom gegebenen Punkt aus umso fruchtbarer allseitig zu wirken: Das spielte sich in Branhardts Seele vor den seinen Augen seiner Frau wie ein tiefmenschliches Drama ab, mit Siegen und Niederlagen.

Der Schauplatz: Dies Studierzimmer blieb fast immer derselbe, denn dessen ursprüngliche Einrichtung hatten sie durch allen Wechsel mit sich genommen wie die Schnecke ihr Haus. Und im allerersten Haus, dort an der Stadtgrenze vor dem Föhrenwald, repräsentierte es auch fast die Gesamtwohnung; gegenüberlag nur noch das Schlafzimmer, die Küche aber war erhoben zu einer allerliebsten kleinen Essstube, darin Anneliese am Herde waltete.

Entsann Anneliese sich dieser engen Behausung zu zweien, so lag für sie dennoch etwas darüber von einem fast feierlichen Alleinsein. Tagsüber hielten Branhardt berufliche Pflichten in der Umgegend und an Instituten der Stadt von ihr entfernt; und beinahe war ihr das recht so. Beinahe bedurfte sie der Einsamkeit: So überstark ward ihr das Erlebnis ihrer Liebe. Gleich allzu feurigem Wein berauschte das Glück die kaum Erwachsene, von den Ihrigen Entfernte – brachte sie um alle Fassung. Ein Instinkt sagte ihr, dass er sie nicht ebenso beobachten dürfe, wie etwa sie seinen Berufs- und Entwicklungskämpfen zusah. Die vielen Stunden ganz mit sich allein in diesen Räumen, deren Enge Poesie geworden war, halfen ihr zur glückbereiten Sammlung durch ihrer Hände schlichte, grobe Arbeit. Ließen ihr

Raum, auf ihre Frauenweise an sich selbst zu arbeiten – in jenem tiefen, zitternden Ernst einer, die ihr Haus nicht nur für sich, sondern für den Geliebten schmückt mit allem Kostbarsten, davon sie weiß – ihre Seele für ihn ruft und schmückt. – Nein: Flitterwochenglück war es nicht, für alle beide nicht, dies glückesschwere.

Aus dem bescheidenen Vorstadtidyll am Waldrand, vor das gleichwohl nicht so sehr Turteltauben zu Wächtern geeignet schienen als ein Löwenpaar, erstand Gitta.

Anneliesens Gedanken, gegen den Schlummer ankämpfend, verträumten sich. Wie kam das doch nur, dass dieser Vorstadtwald so schön sein konnte, so weit und still, trotz der Scherben und Papiere, die seinen Nadelboden verunreinigten, der Menschen und Räder, die ihn durchschwirrten? – Sie meinte ihn noch wahrzunehmen, den warmen Duft des Kiefernstandes, auf den ihre paar Fenster hinausgingen – das Herüberblinken der Riesenstadt – ihr dumpfes Brausen, und wie sich langsam, immer näher, Haus an Haus zu ihnen heranbaute – und doch immer noch unberührte Stille bestehen blieb, oft hart daneben: irgendwo friedvoll ruhend unter alten Bäumen oder auf letztem Wiesenland – gleich ahnungslosen Lämmchen dicht vor dem alles verschlingenden, sich nähernden Wolf. –

Als Branhardt spätnachts einmal an die Büchergestelle trat, sich etwas herauszugreifen, bemerkte er, dass seine Frau in ihrem Korbstuhl schlummerte. Den Kopf mit dem vollen rötlichen Haar gegen das Lederkissen der Rückenlehne gelegt, schlief sie fest, einen unnennbar beglückten, lieblichen Ausdruck auf den Zügen. Denn in ihrem Traum stand ein Wald im Märchenglanz. So wie er damals bisweilen gestanden hatte bei sinkender Sonne im Winter: ganz von Silber. Und sie wusste, dass es ein Wald ohne Ende sei.

Branhardt legte sein Buch aus der Hand. Ihr Gesicht, das nicht schön war und ohne die innige Inschrift der Seele in all den Jahren in das Banale hätte verblühen können, war so beredt für ihn. Wie in der Jugend noch, so stark und herzlich liebte er es, und dann auch noch anders als nur in der Jugend: denn was darauf zu lesen stand, das trug nun auch er, vielleicht in härteren Lettern, als gleiche Lebensinschrift in sich.

Waren sie einander doch gleich im innersten Bestreben: und so auch Geschwister geworden in irgendeinem Sinne.

Einen Augenblick blieb er vor ihr stehen, und mit einer tiefen Freude überkam ihn die Gewissheit: Jeder Jugendglanz weniger auf diesem Gesicht, das ist nur wie ein Schleier mehr, der abfällt vom Antlitz einer Schwester.

Anneliese fühlte sich an der Schulter berührt.

»– Lass mich im Wald!« murmelte sie.

»Dies ist kein Nachtschlaf für dich. Steh' auf, Lieselieb. Komm, ich helfe dir hinaufgehen.«

Niemand kam zurück. Die Lampen blieben brennen auf dem Schreibtisch und auf dem Nähtisch.

Morgens, kurz vor dem Hellwerden, als Frau Lüdecke sich zum Aufstehen rüstete, nahm sie sogleich den fahlen Lampenschimmer wahr über den verschneiten Gartenwegen. Missbilligend schüttelte sie ihren Kopf im weißen, vorn getollten Häubchen, das sie des Nachts trug, weil Herr Lüdecke sich vor Haaren fürchtete, die sie im Bett verlieren könnte. Und gegen Haare war Herr Lüdecke nun einmal empfindlich.

»Ach Gott, Gottchen, so ein Überstudierter, was der treibt! Herr Lüdecke, der dürfte mir das nicht, sich so zuschanden studieren!« entschied sie bei sich und eilte hinauf – mit sanftem Vorwurf anzuklopfen, denn geheizt musste nun werden. Sie wagte ja immer nur einen wortlosen Tadel und suchte ihn nur in den schlimmsten Fällen durch ihren Blick und einen Seufzer eindrucksvoll zu machen.

Als sie jedoch die Tür öffnete, war das Studierzimmer leer.

Frau Lüdecke behielt aber zeitlebens die heimliche Überzeugung, da habe sich jemand noch in letzter Minute vor ihrem vorwurfsvollen Blick gedrückt.

III.

Mit roter Bandschleife am Hals, ungefähr auf der Grenze, wo er schon nicht mehr Terrier und noch nicht ganz Mops war, wurde Salomo zum Bahnhof geführt, und die Leute staunten ihm nach – was ihn freudig stimmte. Er hielt viel von roten Bandschleifen, und auch Gitta wollte ihn zu ihrem Empfang festlich sehen.

Anneliese sah im letzten Augenblick auch Branhardt an den Zug kommen – obgleich es zu einer Stunde war, wo er sich sonst kaum freimachen konnte –, und obgleich es kaum möglich schien, über Salomos Gemütsbewegung hinweg Gitta in menschlicher Weise zu begrüßen.

Sie kehrte noch genau so zeitgemäß wunderschlank zurück, wie sie fortgegangen war, aber auch trotz ihres unfertigen, schmalen Wuchses in Aussehen und Bewegung von derselben, Branhardts Arztblick förmlich labenden Gesundheit wie immer. Ihm blieb nur gerade Zeit, das Gepäck abzuwarten und Frau, Tochter, Koffer und Salomo in einen Wagen zu verladen – doch hinterher sprang er auf einmal noch mit hinein.

Das war recht unvernünftig, denn jeder Schritt entfernte ihn weiter von den Kliniken. Allein – Gitta hatte es nun einmal an sich, die Leute leichtsinnig zu machen, fand Anneliese stets.

Dazu brauchte nicht einmal der Inhalt ihrer Mitteilungen ihn zu interessieren: In ihrem dritten oder vierten Jahr hatte er ähnlich hingenommen zugehört, wenn sie ihm aus umgekehrt vor die Augen gehaltener Zeitung mit Wichtigkeit vorlas – und nicht nur das, sondern später auch, wenn sie ihm wahrhafte Nichtsnutzigkeiten bekannte.

Anneliese sagte bisweilen: Von dieser bedenklichen Seite habe sie selber ihn erst kennengelernt dadurch, dass sie ihm diese Tochter gab.

Zu Hause angelangt, als Gitta in ihrer kleinen Stube neben dem elterlichen Schlafzimmer oben den Hut ablegte, nahm Anneliese die einzige Veränderung wahr, die sich doch mit ihr zugetragen hatte: Wieder war – zum wievielten Male schon – die Haarfrisur eine neue.

Und das nichts weniger als üppige, etwas wellige dunkelblonde Haar fügte sich ganz merkwürdig allen Experimenten.

Gitta, im Geplauder mit der »Mumme«, wie die Mutter bei ihr hieß, fuhr beim Auspacken in der Stube herum, deren Fußboden, nicht sehr ästhetisch, schützende Lappen deckten, da er etwas verspätet gestrichen worden war. Gitta behauptete, ihre Frisur habe sie der Einhornreiterin auf dem »Schweigen im Walde« nachgemacht, das noch aus ihrer Kinderzeit an der Wand hing, in ihren Träumen eine Rolle spielte und bei Frau Lüdecke unausrottbar »Genoveva« hieß.

Auf dem Tisch darunter stand sonst ein goldener Wecker. »Der musste schleunigst zu Helmold zurückgebracht werden«, bemerkte Anneliese; »weißt du noch, wie er ihn dir lieh mit der scherzhaften Motivierung: ‹Der greulichen Langschläferin›, weil du fast dein Examen verschlafen hattest? Nun reist Helmold wirklich ganz fort.«

»So?« äußerte Gitta etwas zerstreut, denn schon war sie mit ihren Gedanken wenig dabei; sie strebte aus der Stube, dem Hause hinaus. Sie musste mit Salomo in den Hühnerhof, das einzige Stück innerhalb der Wirtschaft, wofür sie sich ernsthaft interessierte. Max, der Hahn, kannte sie noch, er entstieg sofort seinem warmen Torfmull und krähte in Ekstase, die letzte seiner stolzen Schwanzfedern, die ihm von der Mauserung übriggeblieben, wie eine windschiefe Fahne schwenkend. Zwei Hennen aber, Lena und Margareta, fehlten! Gitta wusste, wo sie geblieben waren, zornrot lief sie hinein zu Frau Lüdecke.

Ja, Lena und Margareta waren Suppenhennen geworden. Gegen die überzähligen Hähnchen im Frühjahr musste man ebenfalls das Herz verhärten. Würde Gittachen nicht manchmal verreisen, so gäb's bald einen Hühnerhof von lauter Greisinnen und Knaben, was den Eiern unmöglich gut bekommen konnte. Es war gegen die Weltenordnung. – Frau Lüdecke hielt davon noch mehr als von Weltordnung.

Herr Lüdecke aber nicht. Er verbesserte es leise. Trotz der Baumschere, die er in der Hand hielt, denn er ging gerade die Hecken zu beschneiden, nahm er sich mit seinem gehaltenen Wesen und der goldenen Brille, die er ständig trug, fast wie ein Bankier aus, der Gartenliebhaber wird zu Entfettungszwecken.

Von Lüdeckes musste Gitta noch weiter hinabsteigen bis ins letzte Kellergelass, wo auf Holzgestellen das Obst lagerte. Auch dort musste sie jemanden wiedersehen: einen lieben Igel, der die Mäuse fraß. Aus diesem Grunde war er im Hause sehr wohlgelitten, obschon, was Gitta anbetraf, er anstatt dessen auch Mäuse hätte hervorbringen können. Er hieß Justus, und manchmal, nach Tisch, wurde er in den Kreis der Familie gezogen.

Und nach Justus kam der Garten dran: die Vogelbegrüßung. Von dem, was noch sichtbarlich durchs kahle Gezweig flog, konnte man ja die Meinung hegen, es stelle sich ein Gitta zu Ehren, die allwinterlich den Altan zum Schlaraffenland werden ließ; was weiterhin ins Undeutliche sich verlor – ein Tönchen, ein Flügelschlagen –, gehörte vielleicht zur Insassenschaft des Berghausgartens gar nicht mehr, aber Gitta beargwöhnte es darum noch lange nicht als der Fremde Zuzuzählendes: Lieber weitete sie dem Garten seine Grenzen.

Lange währte es deshalb, bis sie mit allen Begrüßungen zustande gekommen war. Es blieb Gittas Geheimnis, wo die Welt ihrer Hausgenossenschaft endete.

Nun stand sie, die Augen nach den Fenstern gerichtet, in den Stuben still. Das schien ihr das schönste am kleinen, alten, weißen Hause, dass es aus so vielen Fensteraugen blickte.

Jetzt schaute es auf lauter Winter hinaus: Am Buschwerk nur oder an niederen Zweigen saß hier und da noch ein kränkliches Blatt, selbst bei stiller Luft erzitternd – furchtsam, dass ihm Wind gemacht würde. Alle ragenden Wipfel dagegen zeichneten nackt – die grüne Maske abgeworfen – ihrer Züge Rhythmik in strengen, reinen Linien in die Tageshelligkeit.

Das Haus besaß zwei Aussichten; eine über den abfallenden Garten hinweg auf Tal und Stadt und Höhenzüge: die Fernsicht – und die andere den Bergwald hinauf, der zur Sommerzeit mit einer Mauer von Baumwipfeln davorstand. Jetzt jedoch wirkte das fast entgegengesetzt: Oft wurde, wie soeben, das Tal von Winternebel bedeckt, die Ferne verhangen; der entlaubte Bergwald dagegen wies plötzlich allerorten Wege, die ins Ferne gingen, denn serpentinenartig wand sich der Pfad zwischen seinen Hängen hinauf. Weithin sah man, und noch ein Stück über das Hochplateau oben, und was dann kam, das *glaubte* man zu sehen.–

Dies alles kannte Gitta nun hinlänglich, es konnte nichts Überraschendes für sie haben, zu keiner Jahreszeit mehr. Allein immer von Neuem kam es ihr überraschend vor oder so, als habe sie es noch nie ergründet.

*

Neben der kleinen Holzveranda hinten am Haus, unter der die sogenannte »Truhenstube« lag, stand Anneliese inzwischen mit Herrn Baumüller aus Brixhausen, der dabei war, ein paar morsch gewordene Stufen an der schmalen Seitenstiege auszubessern, die vom Garten zur kleinen Veranda hinaufführte. Sie unterredeten sich wegen der Baumüllerschen Ältesten, Therese, Thesi genannt, welche sich bei Frau Lüdecke zu einer »perfekten« Köchin ausgebildet hatte, allein nirgends Stellung finden konnte, weil sie heillos stotterte.

Baumüller, groß, ungeschlacht, an Kräften seiner Frau würdig, war hintereinander, auch miteinander, Fuhrmann, Maurer, Metzger, Tischler und noch einiges gewesen – ein Alleskönner, trotzdem er, einmal vom Gerüst gefallen, ein Bein nachschleppte und ihm auch gelegentlich etwas rasch gekündigt worden war. Durch Not aufs Ausbeuten bedacht, entbehrten Mann wie Frau der Rechtschaffenheit im strengeren Sinn, und das vermochte ihre Tüchtigkeit nicht immer zu ersetzen. Anneliese wusste es, hielt möglichste Gelegenheit zu Arbeit und Geldverdienst für das einzige Heilmittel dagegen, und wenn ihre guten Bekannten die Köpfe dazu schüttelten, dass sie die Baumüllers reichlich heranzog, anstatt sich an Tadellosere zu halten, dann dachte sie wohl manchmal ähnlich wie ihre Tochter Gitta im Hühnerhof und angesichts von Frau Lüdeckes unerbittlicher »Weltenordnung«: »Wir richten uns die Dinge auch gar zu praktisch ein.«

Sie redete noch über Thesi, als Branhardt, etwas zeitiger, als er angesagt, heimgekommen, nach seiner Frau rief. Er hielt einen kleinen Maiglöckchenstrauß, wohl für Gitta bestimmt, in der Hand, sah aber dabei höchst verstimmt aus.

Gitta hörte bald den Vater im Hause, lief nach ihm und fand ihn im Esszimmer, neben dem schon gedeckten Tisch, mit der Mumme. Sowie sie jedoch eintrat, verstummten die beiden, und so sonderbare Mienen machten sie, dass Gitta betreten stehenblieb.

Branhardt blickte sie an. »Ich habe Helmold, weil er fortreist, den goldenen Wecker zurückgebracht, den er dir einmal lieh«, sagte er nur.

»Den Wecker –?« stammelte sie verständnislos. Aber plötzlich wuchs dieser unselige Wecker riesengroß herauf in ihrem Gedächtnis, wo er sich, weiß der Himmel wie, versteckt hatte, und sein Schlagwerk, das sie heimlich immer abgestellt, durchdröhnte sie wie eine Posaune des Jüngsten Gerichts.

Branhardts Augen wichen nicht von ihrem Gesicht.

»Er wurde dir nicht einfach geborgt damals – wie wir glaubten. Helmold hat dir gesagt: Entweder käme der Tag, wo er euch alle Stunden gemeinsam wiese – oder die Rücksendung sollte bedeuten, es sei für immer eine Hoffnung für ihn zu Ende. – Hat er dir das gesagt?«

Gitta sah ganz elend aus, sie rieb sich mit dem Rücken am Ofen, da sie auf keine Weise hineinkriechen konnte, und schwieg erschrocken still. Der Vater bekam so weiße, schmale Lippen. –

Und jetzt schlug er mit der Faust auf den Esstisch, dass das Geschirr darauf hochsprang.

»Hat er dir das gesagt?«

»Ja!« rief sie in bitterlicher Reue. »Gesagt hat er es! Sogar genau so! Dass er das aber auch so wörtlich genau behalten hat! Ich dachte auch daran. Sehr oft sogar. Aber manchmal doch auch nicht. Dann vergaß ich es. Und das war jetzt ein Augenblick, wo ich es gerade vergessen hatte. Ich komme ja auch gerade erst an –«

Frau Lüdecke, ahnungslos, wie schlecht am Platz ihr feierliches Lächeln sei, brachte mit herdroten Wangen das dampfende Essen herein. Sie war sich einer Zubereitung bewusst, die jeden Koch beschämt hätte.

Man schwieg notgedrungen. Branhardt ging hin und her im Zimmer.

Anneliese suchte zu vermitteln. Heftig wurde Branhardt doch sonst nie.

»Es ist ein Missverständnis dabei, man muss es aufklären. Helmold wickelt das Ding aus dem Papier, starrt es an, fragt: War das ihr freier Wille, mir das zurückzuschicken? Und wird –«

»Schweig von ihm!« fuhr ihr Branhardt rasch dazwischen. Erschreckt sah Gitta ihm in die Augen, diese lichtbraunen, so groß im Schnitt, dass sie auch noch extra viel Platz hatten für all den schrecklichen Zorn. Gitta hätte gewünscht, sie möchten ganz klein werden. »Dass er sich's zu Herzen nehmen konnte – er –! Dass du ihm was damit antun konntest – ihm, einem Mann, der tüchtig ist vor vielen, der's mal sein wird für viele – einem ganzen Mann! Dass du dich nicht scheutest, so einen zum Narren zu machen! Zum Himmeldonnerwetter! Achtung vor Männerwert und Männersachen! Mit deinen Frauenzimmerfingern fort davon!«

Er empfand: Gleich würde man sich niedersetzen, speisen, die Schüsseln wurden ja schon kalt! Das Alltagsgeschehen würde alles begütigen. Die Empörung in ihm wollte sich das nicht gefallen lassen, explodieren wollte sie vorher – die Empörung des Mannes für den Mann.

Der kleine Maiglöckchenstrauß lag noch, dürstend, beiseite auf dem Tisch. Er hatte jedenfalls bei Gittas Gedeck stehen sollen. Anneliese füllte ein schmales Glas aus der Wasserkaraffe und tat das Dutzend blühender Stängelchen hinein. Dann schob sie es aber doch lieber mehr in die Tischmitte.

Sie setzten sich, fingen an zu essen, zum Schein erst. Dann musste man's mit mehr Ernst tun, denn Frau Lüdecke kam zum Tellerwechsel herein, und beim Zweiten rechnete sie auf eine kleine Mitunterhaltung.

Ihre schöne Torte, die sie zur Feier des Tages bereitet, stand gewichtig zwischen den Schüsseln. Neben ihr der kleine Maiglöckchenstrauß, der, so klein er war, sich nun unter alle teilen musste.

Salomo, den Kopf auf die rote Bandschleife gesenkt, die großen Fledermausohren lauschend gespitzt, saß beim Ofen auf seinem Thron und schien halbgeschlossenen Auges zu überlegen, wie die Sache am besten beizulegen sei.

Sobald es irgend anging, schlichen sich Gitta und Salomo schnell und verdonnert hinaus.

Aber Ruhe fand Gitta auch auf ihrem Zimmerchen oben nicht. Die Eltern böse wissen am Heimkehrtage! Und der Vater – wie rührend war es doch eigentlich von ihm, dass er gar nicht seiner selbst wegen zürnte – seiner komischen Rolle wegen, zu der er da, mit dem Wecker in den Händen, kam – nein, nur Helmolds wegen. Oh, wie bequem und herrlich wäre es, wenn Helmold plötzlich nie existiert hätte. Die Eltern wären wieder gut.

Und dann: was meinten sie wohl damit, dass man das Missverständnis »aufklären« müsse? Gitta schwebte dunkel vor, als bedeute das etwas Ähnliches wie eine Verlobung. Die Eltern wussten ja nun plötzlich, wie verlobt sie im Grunde schon war, und auch sie erinnerte sich ja jetzt nur allzu genau dessen.

Lange konnte sie all diese Ungewissheiten unmöglich ertragen, und so stiegen Salomo und sie nach etwa einer Stunde wieder hinunter. Etwas musste geschehen!

War der Erzürnte auch wesentlich der Vater, fiel es ihr doch mit keinem Gedanken ein, sich für die Verhandlung zuerst ein wenig hinter die Mumme zu stecken. Dazu bildeten beide ein zu unteilbares Ganzes für sie, sogar bei verschiedenen Ansichten: Jederzeit konnte, was der eine fühlte, auswandern, um sich beim andern einzufinden, und auch umgekehrt.

Also klopfte sie an Branhardts Stubentür und kam mutig und ehrlich zu den Eltern und sagte:

»Lieber Vater, liebe Mumme, verzeiht es mir, ich will es ganz gewiss nicht wieder tun. – – Und da es nun doch schon ein Missverständnis ist, so meine ich, dass es am besten gleich dabei bleibt. Wenn man es ganz aufklärt, so wird es nur immer schlimmer.«

Es wurde nicht recht deutlich, was unter dem »Schlimmerwerden« zu verstehen sei.

Anneliese kam auf sie zu und legte den Arm um sie.

»Gittakind, es handelt sich um eine unbeabsichtigte Kränkung. Du bist noch ein solcher Kindskopf, dass du nicht recht weißt, wie kostbare Geschenke es gibt von Mensch zu Mensch, und dass man achtsam umgeht mit ihnen.«

»Ach, Mumme, das weiß ich doch! Aber es ist nicht so leicht, wie du denkst! Bei etwas so Kostbarem gerade weiß man nicht immer, wohin damit – es kommt bei allem in die Quere –, und das macht, dass man es auch gern mal vergisst!«

» *Uns* hättest du es in Verwahrung geben müssen, anstatt es uns zu verschweigen. – Bist du denn so gewiss, dass nicht einmal ein Tag kommen kann, wo es dir leid sein wird um das, was du jetzt aus lauter Unbesonnenheit einbüßt?«

Gitta sah unsicher zum Vater hinüber, der sich so gar nicht zu beteiligen schien. Ihr mit dem Gesicht ganz abgekehrt, saß er unheimlich gutartig bei einem Bücherschrank, wo er was zu suchen schien. Gitta drückte sich enger heran an Anneliese.

»Weil ich doch – ich – habe –«

Dann stockte sie erschrocken, ob sie's auch sagen solle. Wieder blickte sie nach dem Vater hin. Aber er sah keineswegs neugierig aus nach weiteren Mitteilungen. In großer Ruhe bemerkte er, lediglich zu seiner Frau, als ob seine Tochter sich gar nicht mehr im Zimmer befände:

»Helmold ist selbst schuld: Wie kann er sich nur eine Minute darum grämen! Zu bemitleiden ja nur der, der mal so ein launisches Ding freit.«

Da schluchzte Gitta plötzlich auf. Viel zu spät eigentlich und recht zwecklos. Sie schluchzte zu sehr, um zu widersprechen, aber es ging durchs Zimmer als ein lauter, jammervoller Protest.

Gitta weinte gar nicht lieblich, sondern immer gleich mit der Maßlosigkeit, wie kleine Kinder tun, bei denen man lächelnd denkt: Der Schmerz fährt mit aus!

Aber es war doch ganz gut für Branhardt, dass er ihr den Rücken zukehrte.

IV.

Der kleine Anbau mit Holzveranda über der »Truhenstube« lag neben Branhardts Studierzimmer, durch Doppeltür davon getrennt und mit großen, vielscheibigen Schiebefenstern versehen, die von allen Seiten Sonne einließen, sowie den schönsten Blick freigaben gegen die Höhenzüge jenseits des Tals. Auf Borden und Bänken pflegten hier Pflanzen zu überwintern, ihrethalben stand auch ein eisernes Öfchen darin. Daneben öffnete die Tür sich auf die überdachte schmale Veranda – nur eben groß genug für einen bequemen Sessel –, von der das Holztreppchen steil in den Garten sprang.

Anneliese fand, hier solle Balduin tagsüber sein Eigenreich haben, und da man seine Heimkehr für den folgenden Tag erwartete, war sie dabei, es ihm einzurichten. Sie ließ die Pflanzen und meisten Gestelle fort tun, seine Bücher aber auf deren Hauptbord unterbringen, nahm den blass grünlichen Ölanstrich der Wände feucht auf, deckte über den alten Gartentisch dunkelgrünen Wollfries, zog etwas getupften Mull längs den unteren Scheiben und holte endlich noch ein paar Korbsessel heran, die sommers auf dem Altan dienten. Für ein Bett blieb kein Platz.

Während sie sich jedoch damit beschäftigte, den kleinen Raum schön und behaglich zu machen, wünschte sie dabei im Stillen, all dies möge nicht nötig sein. Sie bekannte sich's, wie sehr sie einen Sohn ersehnte, der heiter und stark neben ihr gestanden hätte, in aufblühender Männlichkeit, des Vaters Jugendbild, und einst ihr die bekannte »Stütze im Alter«, wie man es sich so ganz trivial wünscht.

War's denn natürlich, dass sie ängstlich darauf bedacht sein musste, Störungen fernzuhalten von ihm? Dass ihr schon schien: Seine Schlafkammer oben bei ihnen, die läge zu nahe der Treppe und allem Kommen und Gehen – zu nahe jetzt auch der Gaststube, für die sich soeben ein Gast angesagt hatte, Anneliesens Kindheitsgespielin Renate, die etwas lebhaft auftrat und im Ganzen mehr Rücksichten erwartete als nahm.

So frischen Herzens Anneliese ihre Arbeit begonnen, so müde hatten solche Erwägungen sie gemacht, als sie fertig war und hinaufstieg, um Staub und Schürze von sich zu tun.

Oben bei ihr im Schlafzimmer stand der elterliche große, sehr alte Sekretär, den die Kinder wegen seiner vielen verschmitzten Fächer, Schlösser und Federn »Geheimniskasten« nannten. Da lagen auch die Briefschaften ihrer Mutter und noch ältere Briefe. Anneliese dachte wieder daran, was sie kürzlich gegen Branhardt geäußert hatte über eine angebliche Geisteserkrankung ihres Großvaters mütterlicherseits. Sie zündete ihre Lampe an und öffnete ein Fach.

Branhardt, der sonst um diese Zeit eintraf, befand sich unterwegs zu ärztlicher Beratung in eine zwei Bahnstunden entfernte Stadt und kehrte über Nacht nicht mehr heim; Gitta besuchte, nach der längeren Abwesenheit, die »besten« ihrer Freundinnen. So blieb sie in aller Muße über ihren Briefen und fand bald, wonach sie gesucht: beruhigenden Aufschluss in den Niederschriften ihrer Großmutter, die, nach des ersten gemütskranken Gatten Tode, sich nochmals vermählt hatte. Diese Schriftstücke selber jedoch fesselten Anneliese bald derartig, dass ihr darüber der ursprüngliche Anlass zu ihrer Lektüre aus dem Sinn schwand. Da gab es Tagebuchblätter, gerichtet an den geistesumnachteten Mann, und die ganze Qual, erlitten um ihn, der »nicht mehr verstand«, zitterte noch in ihnen; das ganze leidenschaftliche Bemühen auch, ihn sich herauszuretten aus der Wirrnis seiner selbst – seine Spur nicht zu verlieren, die aus glücklicheren Tagen heraufführte –, mit der Gewalt der Sehnsucht und Erinnerung so viel Schönheit auszugießen über ihn, dass sie das Dunkel um seine Gestalt hinwegzulöschen schien.

Anneliese saß und las von Seite zu Seite in immer steigender Ergriffenheit.

Trauerumrandete Gedenkblätter folgten, doch eines Inhalts, der mehr dem Wiedersehen galt als einem Verlust: denn dem frommen Glauben der Witwe war der Heimgegangene wiedererstanden zur Geistesklarheit – war er nun wieder nahe dem Erleben all ihrer Tage, das sie vertrauensvoll vor ihm ausbreitete. Und in der Tat trat er gerade aus diesen Blättern dem Lesenden ganz besonders lebensvoll vor den Blick: Enthoben dem Kampf und Schmerz, aber auch der Überspannung, die zu angstvoll an seinem Bilde gemalt hatte – überzeugend geschaut wie in festem, ruhigem Goldumriss seines wahren Wesens.

Spätere Jahre brachten noch einmal dieser Frau spätes, großes Glück. Doch auch dann, ja am Tage selbst, da die zweite Ehe geschlossen wurde, wandte sie ihm, mit dem sie alles geteilt, voll Unschuld ihre ganze Seele zu, und man konnte nicht lächeln über die Naivität, womit es geschah, über die kindliche Kühnheit der Vorstellungen, die dies Erdenglück wie selbstverständlich bis in den Himmel trugen, ohne dass es einbüßte an seiner warmen Erdenkraft. Das blieb fortan so: an allen Erinnerungsfeiern, Gedenkfesten, Geburtstagen der Kinder – immer gab sie ihm, der darauf herniedersah, rückhaltlos ihres Herzens Erlebnis her. Allein er selber erschien hier nicht mehr in so zwingend deutlichem Bild wie zuvor – aufgegangen schien er im Strahl, womit er das ihre umleuchtete – erloschen schon, während es ihr noch leuchtete –, nur noch Glanz und Weihe über ihrer Erde: ihrer eigenen Schönheit nur noch ein Teil.

Dieser dunkle Unterton unter dem glaubenshellen, hindurchwirkend gegen den Willen der Schreibenden, hatte eine Einfalt und Macht, wie beabsichtigt von einem großen Dichter. Von Dichterblut gewesen war die Frau, die da, was sie lebte, dem Toten schrieb.

In Anneliesens Geist spukte nichts mehr von den schwarzen Vererbungsschatten, denen sie kleinmütig hatte nachspüren wollen. Sie stand, dankbar, ganz still unter dem starken Licht, das aus dieser Vergangenheit brach – und auch über ihren Kindern ruhte.

Gitta, als sie kam, wunderte sich, ihre Mumme im Schlafzimmer aufsuchen zu müssen.

»Ach, so alte Briefe – so gelbe schon –, von wem denn?« fragte sie.

»Von deiner Urgroßmutter.«

»Du siehst ja aber aus, Mumme, als ob sie sie dir eben geschrieben hätte. Hast du's denn nie gelesen?«

»Wohl nicht – oder mit lässigen Augen, vor denen, was schön ist, sich zurückhält«, sagte Anneliese. Sie zog Gitta, die sich darüber gebückt hatte, an sich.

»So schön ist es? Ach, lass mich mitlesen, Herzensmumme! Ich bin ja die Urenkelin.«

»Hoffentlich bist du's.« – Anneliese musste denken, wie wunderlich das war und wie fein, dass im Ton vieler dieser Blätter etwas lag, was in seiner kindlichen Reinheit zu einem so jungen Mädchen sprechen konnte – und dass doch auch daran hätte weit werden können das Herz eines Menschen, der alles in sich durchrungen hat.

Sie gab der Tochter viele von den Blättern.

Gitta befasste sich sofort mit der Lektüre, mit einer Gründlichkeit, die Anneliesens noch weit übertraf. Jede Wendung beachtete sie, vieles las sie zweimal, und Anneliese hatte sich anzustrengen, um in ihrem Gedächtnis all dem nachzuforschen, was Gitta von der Schreiberin dringend wissen musste. Zwischendurch unterbrach sie sich mit dem Ausruf: »Nein, diese Urgroßmumme!« Und bei kleinsten Zügen hielt sie sich mit einem Eifer auf, der leise das rein Gefühlsmäßige in den Hintergrund schob.

Wer das mit ansah, diesen sachlichen, fast strengen Ernst, dies stillhaltende Verstehen, der verfiel wohl nicht leicht darauf, Gitta für den gedankenlosen Taugenichts zu halten, als den sie sich erst vor Tagen hervorgetan hatte, sagte sich Anneliese im Stillen.

Gitta war auch nach der Lektüre noch nicht fertig: Sie fing im Gegenteil erst an. Denn nun verlangte sie von den Kindern der Urgroßmumme zu wissen, dann von Anneliesens Elternhaus, um das sie sich bisher nicht im Geringsten bekümmert.

Anneliesens Mutter, Brigitte, nach der Gitta hieß, war von anderem Schlage gewesen wie die Urgroßmutter: eine richtige einfache Gutsfrau, tüchtig und nüchtern, heimlich vom dringenden Wunsch beseelt, auch ihre fünf Töchter so zu erziehen – aber eine warme Güte vereitelte es stets und ließ sie jede hausbackene Arbeit selbst übernehmen, damit die Mädchen ihren geistigeren Neigungen frönen könnten, auf die sie keinen Pfifferling gab. Darüber merkten ihre Töchter den mütterlichen Lebensplan nie so recht, den sie nicht genügend auseinanderzusetzen verstand, regten sich jede auf ihre eigene Art, und allzeit ging vor ihnen her durch das Haus die Freude.

Diese unpraktische Liebe der Praktischen hatte sich vortrefflich bewährt: Von den Töchtern schlug eine immer besser ein als die andere. Und obgleich die Mutter ihren verschiedenen Geistesneigungen stets so ferngestanden wie nur möglich, so haftete doch an jeder der ihnen gewidmeten Stunden unverwischbar ihr Bild: das einer weißhaarigen Frau, liebevoll gebückt über irgendein Tun, das gar nicht ihr zukam, vielmehr zehn jungen Händen und Augen, denen sie es schenkte.

Es ließ sich nicht bezweifeln, dass Gitta gerade hiervon Mitteilung zu machen, ganz bedeutend unpädagogischer genannt werden musste als alles, wovon bei der Urgroßmutter zu lesen stand. Doch Anneliese gab sorglos her aus dem Liebesschatz ihrer Mutter, überzeugt, was so schön sei, verhelfe jedem jungen Leben auch nur wieder zur Schönheit. Von solchen Erfahrungen konnte sie nicht vorsichtig berichten, erziehlich berechnend und mit Nutzanwendungen: Ihr schien, sie seien zu kostbar dazu.

*

Gitta hatte das noch während ihrer Schulzeit neu angegliederte Mädchengymnasium schlecht und recht, in aller Gemächlichkeit, durchgemacht, nur weil sogar der Vater dies für ganz ersprießlich hielt. Im Übrigen konnte ihr »geistige Interessen« eigentlich niemand nachsagen, trotzdem sie sich gerade mit der Musterschülerin des Gymnasiums, einer Pastorstochter aus dem nahen Hasling, befreundet hatte; wie sie versicherte: aus lauter selbstloser Freude an deren Vollkommenheit und aus wirklicher Zuneigung zu so vielfachen Tugenden. Von sich behauptete Gitta ebenso unbeirrt, geistvoll sei sie nur des Nachts – was sich beweiskräftig schwer feststellen ließ, da sie mit den Hühnern schlafen zu gehen pflegte. Wachte sie aber auf, dann schien ihr immer, als besitze sie nicht nur Geist, sondern obendrein ein wahrhaft hervorragendes Zeichentalent: so greifbar deutlich, in jedem Umriss, konnte sie Köpfe, ganze Gestalten vor sich sehen. Doch auch ein Abreißheft von rauem Papier und schöne, weiche Bleistifte – darunter bunte, wie für Kinder – führten zu gar nichts.

Einmal machte sie eilig Licht und entschloss sich, was gezeichnet nicht herauskommen wollte, auf dem rauen Papier mit den bunten Stiften ungemein farbig in Worten auszudrücken. Sogleich stellte Salomo in seinem Polsterkorb sich gähnend auf – den ernsthaften

Hundeblick, trotz Schlaftrunkenheit glänzend und pflichteifrig wie immer, auf sie heftend: als assistierende Muse gleichsam.

Noch blinkten ins Fenster die Sterne hinein, man sah in die Luft wie gegen einen zugezogenen Vorhang. Nur von der Stadt her schimmerte es schon aus vielen Lichtern talaufwärts: der ungeduldige Tag der Menschen.

Da rollte ein Wagen langsam die Landstraße hinan – hielt. Die Gartentür knarrte.

»Der Vater!« sagte Gitta zu Salomo. Branhardt kehrte von der kurzen Berufsreise heim.

Sobald Gitta an seine berufliche Tätigkeit dachte, fasste sich für sie alles in dem einen zusammen, dass er Menschen ins Leben hinein verhalf. Sie stellte sich nicht vor auf welche Weise. Sie dachte einfach dabei an die ausgestreckte Hand Gottvaters in der Decke der Sixtina, wie sie den Menschen anrührt: »Lebe!«

Nun dämmerte es schwach. Vor dem Fenster stiegen Nebel auf und nieder.

Der arme Vater mochte wohl müde und hungrig sein und wärmebedürftig, und er musste so bald wieder zur Klinik.

Gitta besaß eine blühende Phantasie; die half ihr, ebenso lebhaft wie ihre Köpfe und Gestalten auch dies vor sich zu sehen, wie sie jetzt sogleich aufstehen werde, für den Vater sorgen, zusehen, dass er auch alles richtig bekam – wenn auch Frau Lüdecke Bescheid wusste mit solchen Fällen, ganz anders schmeckte es jedenfalls, bereitet von der Tochter Händen: so las man immer –. Überdies wurde es nun ohnehin Zeit aufzustehen, dachte Gitta noch, worauf sie einen langen Schlaf tat.

Von ihr wusste man schon, dass sie zwar mit den Hühnern ins Bett stieg, keineswegs aber es mit ihnen verließ.

Bei ihrem dementsprechenden Erscheinen am Frühstückstisch fand sie zu ihrer größten Überraschung Balduin vor. Sein Wagen, nicht Branhardts, war vor Morgengrauen herangerollt. Obgleich die Bahnentfernung nur wenige Stunden betrug und er aufs Bequemste mittags hätte eintreffen können, war er doch bei Nacht und Nebel aufgebrochen, um ganz plötzlich da zu sein, denn dafür hatte Balduin eine Liebhaberei. Er erwartete von jeher etwas ganz Absonderliches davon, was indessen nie eintraf.

Am Heimkehrglück verschlug's nichts: Das strahlte ihm so vom Gesicht, als ob er nach tausend Fährlichkeiten gelandet sei aus Australien. Bei seinem Anblick hätte man meinen können, zu bedrücken vermöge hinfort ihn nichts mehr, seit er wieder da war, »zu Hause«.

»Nun bist du wieder der Prinz Nimm-von-mir!« sagte Gitta lachend, doch ein wenig beschämte es sie auch. Sie, wenn man sie reisen ließ, hatte am Wechsel so unbändige Lust – natürlich blieb's auch schön, dann heimzukehren, aber so ein bisschen selbstverständlich schön: ein Glück hinzu zum andern. »Freilich: wenn man aus solcher Strafanstalt erlöst wird!«

Sie folgte ihm in sein neues Privatreich, den kleinen Anbau bei der Holzveranda, wohin er sich schon hocherfreut sein Gepäck hinübertrug. Lebhaft erzählte er dabei von der Anstalt, wie langweilig und anstrengend gleichzeitig es dort gewesen sei; das Stichwort dafür – »Strafanstalt!« »Erlöst!« – hatte ja Gitta bereits gegeben. Mit der verblüffenden Sicherheit eines Schnellzeichners auf bestelltes Thema entwickelte er daraus ein ganzes Album von Karikaturen des Personals, der Gäste, der Ärzte – aber obgleich es ihn unter Gittas beifallsfröhlichem Gelächter zu immer tolleren Ausfällen trieb, blieb doch, vom Ausgang der Stichworte her, fast künstlerisch etwas dran haften von nicht zu Karikierendem, Erlösungsbangem – das noch ungerechter als Spottlust sich an der Wirklichkeit vergriff. Es war wie eine plötzliche Rache, gar nicht beabsichtigt, nur aus der übermütigen Sicherheit des Zu-Hause-Glücks heraus und eingegeben von der Minute.

Von der Hoffnung auch, dorthin nicht mehr zurückzugehen. Denn das wusste er ja: Kaum würde er dort einen von ihnen wiedersehen, die in Wahrheit alle gut zu ihm gewesen – so kam ihm die Scham. Eine ärgere Scham, als wenn er sich vor ihren Augen ungebührlich benommen hätte und es durch doppelten Anstand vergessen machen müsste. Und an dieser Scham konnte dann jeder ihn beliebig packen, wehrlos und hilflos, ihn sich zu eigen machen, bis Balduin sich selber hineinredete in eine übertriebene Hingebung – oder bis er zuletzt in einer solchen viel zu vertraulichen Minute wieder einen andern vielleicht preisgab.

Anneliese, die dazukam, hatte an diesem Tage nur Blick für das Frische, Heitere seines Wesens. Ein gesunder junger Mensch, so nahm er sich aus, trotz der schmal und lang aufgeschossenen Gliedmaßen, denen übrigens die beibehaltene knabenhafte Tracht – dazumal nur als »Radfahrertracht« üblich, obschon Balduin nie eine der betreffenden Maschinen bestiegen haben würde – vorzüglich stand. Nur seine Hände, von Natur edel geformt, wurden des Winters von Frostbeulen entstellt, gegen die nichts half. Auch an den Füßen befielen ihn die, Jahr für Jahr; das stete Bewusstsein davon beeinträchtigte seinen Gang und sogar seinen Gesichtsausdruck.

»Bliebest du doch jetzt hier, so wohl wie du bist!« sagte Anneliese mitten hinein in seinen heimlichen Wunsch, der über den eigenen Spottreden – sozusagen über dem Abbau der Anstalt – aus einem bloßen Wunsch zur verzweifelten Entschlossenheit geworden war, diese unvermutete Stätte der Zerstörung niemals zu betreten.

»Hierbleiben? Selbstverständlich doch, Mutter. Gleich sag' ich's dem Vater – suche ihn mir unten auf –, mit dem Studium geht's jetzt los! Am liebsten spring' ich ins Semester mitten hinein. – Geschichte, Literatur und – oh, du sollst mal sehen, Mutter – du wirst schon sehen!«

»Wirklich, Balder?!« Sie stand im kleinen Winkel bei ihnen, wo drei sich kaum bewegen konnten, aber sie konnte ihn ja auch gar nicht nahe genug haben. »Ich *wusst'*¹¹ es ja – ach, du, das hab' ich gewusst! So *muss* er mir ja zurückkommen, froh und gesund – *mein* Balder, wie er leibt und lebt!«

Wer Anneliese in die Augen sah, dem musste scheinen: Vor einem ganzen strahlenden Weihnachtslichterbaum stehe sie schon und spiegle ihn wider. Aber auch *dies* Weihnachtliche war darin, dass man die Lichter, eins nach dem andern, in Gedanken schon hat aufflammen sehen, ehe sie alle brennen.

Gitta betrachtete mit gemischten Gefühlen die Freude ihrer Mumme, wie sie so beim Bruder saß und sie die Zukunft berieten. Was der Balder doch gleich für ein Glück brachte mit seiner Heimkehr! Sie dagegen, hatte sie nicht sofort am ersten Tag nur Unfug angerichtet und alle Welt enttäuscht? Sie musste nun wirklich zusehen, dass sie tunlichst bald ein rechtes Glanzstück folgen ließ.

Als Balduin seine eigenen Versicherungen so unmittelbar im innigen Glauben der Mutter an ihn entgegentraten – ja, ihm eigentlich schon vorweggenommen waren durch eben diesen Glauben –, da erfasste ihn eine eigentümliche Bangigkeit. Gewiss glaubte er an alles das – felsenfest sogar! Nie hatte er noch so fest an was geglaubt, schien ihm. Allein, indem man Anneliese damit gegenüberstand, fühlte man eine geradezu peitschende Verpflichtung, es nun auch restlos schön hinauszuführen – so wunderschön, wie es doch wohl erst wurde durch ihren Blick, der darauf fiel, durch ihr Wesen, das es aufnahm.

Er selber malte sich freilich die Dinge erst recht mit allen Farben aus, übertrieb sie sich nach Möglichkeit, doch das band ihn ja nicht! Vor ihren zärtlichen, ernsten Augen hingegen – wenn er sich da auch nur im geringsten unwahr vorkommen müsste – so einer, der sich aufhielt, protzt, heuchelt und dann versagt: Wie hielte er's da noch in seiner Haut aus?

Ach ja, herrlich war's hier zu Hause! Aber eben darum – ach, eben darum nicht für ihn! Das Herrliche ihm immer wieder so fern entrückt, wenn er danach griff – so seltsam unerreichbar. Hungrig und müde trat er an eine für ihn so reich besetzte Tafel und konnte sich nichts davon nehmen.

Anneliese entging es nicht, wie im Laufe des Gesprächs sein lebhafter Gesichtsausdruck sich veränderte, gleichsam erlosch. Er fing über allerlei zu klagen an, um Kleinigkeiten, um einen Riss im Rockfutter, um sein körperliches Befinden, der eine Fuß war unterwegs schlimm geworden. – Zuletzt fehlte nicht viel, so stand er in der Tat da als ein Armer, in Lumpen gehüllt, mit Schwären bedeckt.

Auch Gitta bemerkte es: Prinz Nimm-von-mir empfahl sich, und an seiner Stelle saß bereits Kaspar Habenichts mit den Frostbeulen.

V.

Fast unmittelbar darauf befand sich Balduin schon auf dem Wege zur Stadt, zu Branhardt, der in aller Frühe von seiner Konsultationsreise unten eingetroffen sein musste, jedoch erst abends hinaufkam.

Nach dem Morgengespräch mit der Mutter trieb es ihn doppelt, ihn wiederzusehen – ihn, der so viel nüchterner dachte als sie – von des Sohnes übermäßigen Zuversichten nicht gleich jede Verwirklichung erwartete, ihn aber vornehmen würde, bis er sie verwirklichen lernte. Beide Eltern, in denen Balduin alles verkörpert sah, was er selber so brennend gern gewesen wäre! Wenn irgendjemand auf der weiten Welt, so mussten doch sie es ihm übermitteln. Lebte ihr Sein doch unmittelbar auch ihm im Blut – sein fester, sicherer Untergrund, mochte sonst alles sich ihm verwirren oder schwanken. Er sog sich unterwegs ganz voll mit der Befriedigung, die von diesem Gedanken ausging.

Erst die Nähe des Klinikenviertels stimmte ihn etwas herab. Er war immer außerordentlich empfindlich gewesen gegen Eindrücke gewisser Art. Und des Vaters Wohnräume machten das nicht besser. Nicht nur, insofern sie ja eingerichtet waren im engsten Anschluss an dessen Klinikräume, sondern auch weil ihnen geradezu absichtsvoll alles fehlte, was sie etwas individuell behaglicher hätte machen können. Vielleicht sprach sich in der Tat Grundsatz, Absicht darin aus: Das Behagen sollte oben auf ihn warten, bei den Seinen –?

Man fing an, das Morgenfrühstück aufzutragen, da, wo Balduin wartete. Vom Bahnhof in die Klinik gegangen, weilte Branhardt noch immer dort. Kam er nicht endlich –?!

Balduin erwog bei sich: Sohnesliebe, wenn sie solche Notdurft, solche Abhängigkeit umschließt, verliert zuletzt doch jede Poesie des freien Gefühls. Wie viel besser war doch Gitta mit allem dran, die genoss natürlich einfach ihre Kindesliebe!

Und schon verlor sein Gefühl für ihn selber an Poesie, wie eine schlechtgetränkte Blume, die allzu direkt der Sonne ausgesetzt gewesen ist. Mit jeder Minute, die vorrückte, welkte seine Stimmung mehr ab, und die anfängliche Ungeduld durchsetzte sich sonderbar mit stechender Angst.

Das Bewusstsein, das er unterwegs mit aller Gewalt in sich verschärft hatte: auf den Vater angewiesen zu sein, verstrickte ihn plötzlich in die Missempfindung eines Beengten, Eingesperrten, der selbstverständlich weit lieber frei wäre, sich aber wie eine Fliege zwischen feinsten Spinnweben verzappelt.

Als Branhardt eintrat, stand sein Sohn gerade im Begriff, noch rasch davonzulaufen: zunächst bloß das – als Freiheitsbeweis –, er brauchte gleich den drastischsten.

Es machte ihm Mühe, sich zu fassen.

Branhardt, der zur Pünktlichkeit, zum entscheidenden Augenblick Erzogene, hatte keine Ahnung davon, dass er hier um etliche Minuten zu spät kam. Mit herzlicher Freude bewillkommnete er den Sohn und erfuhr umgehend von dessen Plan, gleich noch ins Wintersemester einzuspringen.

Hätte Balduin das erst jetzt formulieren müssen, so wäre es verworren genug herausgekommen, aber er besaß es noch genau so bei sich, wie es sich im Augenblick der Eingebung vor Anneliese orakelartig in ihm geprägt hatte – und sein augenblickliches nervöses Freiheitsverlangen gab nur den übertriebenen Tonfall dazu.

»Erfreulich, dass du's schon selber wünschst! Hattest dir das Zusammenklappen übrigens redlich verdient, so wie du es triebst«, meinte Branhardt gutgelaunt und fasste ihn um die Schulter, wozu er den Arm heben musste. »Und das hat der Junge sich nicht nehmen lassen, mir wahrhaftig noch um ein Stück mehr über den Kopf zu wachsen!«

Dann ging er sachlich ein auf seine verschiedenen Nöte, ließ ihn den Stiefel abziehen und nahm sich der heimtückischen Frostbeule am Fuß an.

»Dies wären also nur noch Belanglosigkeiten«, sagte er aufmunternd, als sie sich zu seinem verspäteten Morgenfrühstück setzten, womit es nun schon eilte. Doch die Eile, die kam gar nicht recht zur Äußerung. Branhardt ließ noch Wein bringen zu einem Willkommschluck, machte den Wirt für seinen langen, schmalen Jungen, seinen Gast, legte ihm von allem vor, füllte ihm das Glas und unterhielt ihn mit einer Lebhaftigkeit, die dennoch Raum und Ruhe zu schaffen wusste für alle Dinge.

Balduin konnte diesem lebhaft sichern Gebaren des Vaters jedes Mal zusehen wie gebannt – es bestach da etwas seine Sinne, seine Augen bis zur Willenlosigkeit. Von der steil gebauten Stirn mit ihrer senkrecht scharfen Furche, an der auch das Frohsein nichts mehr glättete, schien diese Überlegenheit auszugehen und noch hinter den leichten, freien Bewegungen der Glieder zu stehen wie eine Macht, die spielen kann.

Selbst dass der kleinen Statur das Ansehnliche fehlte, verstärkte für Balduin den Eindruck nur noch. So etwa, als brauche sich da gar nichts erst groß aufzurecken oder sich um Sichtbarkeit der Kraft zu bemühen, weil sie eben zaubern konnte – hexen.

Branhardt fragte zwischendurch den Sohn aus nach seinem bisherigen Aufenthalt, aber Balduin, der in seinem Herzen eigentlich noch mit der Frostbeule am Fuß beschäftigt war und der Frage, ob der Vater sie schließlich nicht würde schneiden wollen, antwortete nur zum Schein. Um diese eine Frage nicht zu tun, lachte er viel zu viel, und sein Gesicht mit den selbst im Winter beharrenden Sommersprossen rötete sich bis unter das dichte, hübsch gewellte Haar. Indem er seine Stimmung zu steigern suchte, geriet er bei der Schilderung des Anstaltslebens in ganz entgegengesetzte Übertreibungen als morgens Gitta gegenüber. Aber einmal im Zuge, lobte er auch sein Wohlbefinden dort: wie der Vater es voraussetzen mochte, und wie es ihn ja jedenfalls freuen musste. Balduin sah auch gut, dass Branhardt überdies des Sohnes mitteilsame Zutraulichkeit zu allergrößter Herzensfreude wurde, und dies trieb ihn nur immer tiefer hinein in eine Strömung, die ihm dabei doch als eine richtungverkehrte, den wirklichen Einigungspunkt mit dem Vater immer weiter verfehlende, völlig bewusst blieb. Er selbst hatte nichts davon, nun nicht mehr bloß als körperlich Bedürftiger vor ihm zu sitzen, sondern gleichsam als ebenbürtiger junger Freund, mit dem man sich findet wie mit der eigenen Jugend. Ausschließlich nur der Vater hatte also die angenehme Illusion, die Balduin daneben rein ästhetisch mitempfand, mit feinstem Eingehen auf der Höhe erhielt und zugleich ganz ohne Weiteres beneidete.

Seine Wiedersehensfreude wurde ihm indessen bei diesem Tun und Unterlassen ausgeblasen wie ein Licht ohne Windschutz.

Als er heimkehrte, des Fußes halber im von Branhardt befohlenen Wagen, da fühlte er sich verunglückter als je zuvor: und so, als habe er sich selber für immer einen Freund entwendet, den er noch am Morgen, noch vor einer Stunde, hätte haben können, der aber nun bereits versorgt war mit einem unrichtigen Balduin.

Etwas stärker hinkend, als unbedingt notwendig gewesen wäre, durchquerte er den Garten, um über die kleine Holzveranda direkt in sein Privatreich zu gelangen. Eins der Schiebefenster stand offen, aber dafür fauchte das eiserne Öfchen vor Hitze rot. Auf dem Tisch mit dem dunkelgrünen Wollfries standen einige harzduftende Fichtenzweige im Glas mit brennend roten Hagebutten dazwischen, wie Gitta sie sich im Bergwald unnatürlich geschickt vom wilden Rosenbusch abriss. Der Koffer gähnte dem Eintretenden weitgeöffnet entgegen; sein Inhalt lag am Boden noch umhergestreut.

Balduin fing diesen Inhalt zu sichten an, kam nicht zurecht damit, denn die Hände brannten ihm an den entzündeten Punkten beim Zufassen.

Müde ließ er ab vom Ordnen und Kramen. Beim Stillsitzen aber belästigten rätselhaft viele Fliegen ihn: weniger noch als zur Sommerzeit ließen diese überlebenden, todgeweihten Schwärme sich fortscheuchen; matt und aufgeregt surrten sie herum – starben manchmal mitten im Fluge unvermutet, oder sie krochen an ihm herauf, mit dünnen, kühlen Füßchen, um zu sterben. Man saß eigentlich in ihrer Agonie. – Zuletzt war er gar nichts mehr als ein Stelldichein für Fliegen.

Endlich stieß er die Tür nach der kleinen Veranda auf. Wenn doch das Rotkehlchen da wäre, das Gitta vorigen Winter so zutraulich gemacht, dass es oben bei ihr wohnte und tagsüber durchs Haus hüpfte und flog, alle Fliegen und Spinnen aufpickend.

Balduin trat heraus auf die Holzstiege in die frische Novemberluft. Ein Raubvogel schrie. Die Sonne stand als ein roter Mond am etwas dunstigen Himmel über der Stadt. Es war nicht wie am Tage, obwohl früher Nachmittag war.

Einsamkeit über dem Stückchen Garten, als sei er weit – Einsiedelland; eine Stimmung, die Tag und Menschennähe leugnete. – Wie fein hatte die Mutter seiner gedacht, dass sie ihm gerade diesen Winkel zu eigen gab – ihm dieses Treppchen ins Freie hinaus, einen Ausweg jederzeit, öffnete! Hier konnte er sich wohlfühlen.

Allein kaum, dass Balduin sich anschickte, die Stufen in den winterlich stillen Garten hinunterzugehen, fiel ihm noch rechtzeitig Frau Lüdecke ein, die das sicher von ihren Fenstern aus bemerken musste. Sie würde ihn sofort wittern, gerade wie es die Fliegen getan – sie würde »Herr Balderchen« zu ihm sagen und gewiss vieles noch. – Heut bei der Ankunft im Morgengrauen, da überstand er das, weil er Frau Lüdeckes so sehr bedürftig und weil er hungrig war.

Es erschien ihm ganz unzweifelhaft, dass sie aus dem Fenster blickte. Sie besaß eine förmliche Leidenschaft dafür, sich dort hinzustellen, zwischen die steifgebügelten Tüllgardinen, beim blanken Kanarienbauer.

Balduin blieb oben. Von seinen Holzstufen schaute er hoffnungslos in den Garten wie in ein ihm verschlossenes Paradies, vor dessen Eingang Frau Lüdecke Wache hielt mit flammendem Schwertchen.

*

Anneliese hatte seine Heimkehr vom Vater nicht bemerkt, weil sie Besuch bekommen hatte, der sie in Anspruch nahm – zu sehr, wie Frau Lüdecke meinte, denn sie fand, den ehre man ja geradezu; als ob er in eigener Kutsche vorgefahren käme.

Das tat Anneliesens Freundin, die alte Hausierfrau, Hutscher mit Namen, nun zwar nicht; Frau Lüdecke argwöhnte aber, dass Branhardts sie am liebsten gleich ganz im Hause behalten hätten. Entschieden besaßen sie eine gewisse Schwäche für dergleichen – die Baumüllers, die Hutscher, ja, Frau Lüdecke war ehrlich genug, hinzuzufügen: auch die Lüdeckes –, lauter halbwegs verkrachte Existenzen, die sie sich mal wo auflasen. Und die neben ihnen sozusagen selbständige Existenzen blieben oder wurden, nicht Dienerschaft, »Herrschaftsanhängsel«. Dieser Umstand wurde Frau Lüdecke am wenigsten verständlich, und beinah tat er deshalb ihrer Hochschätzung der Branhardts Eintrag.

Anneliese kannte die Hausier-Hutscher seit so manchem Jahr, seit sie sie einst am Fuße des Bergwaldes zusammengesunken vorgefunden und bei sich verpflegt hatte. Noch jetzt begriff sie's kaum, dass ihr die Hutscher nicht öfter vor Hunger oder Erschöpfung umfiel, und für wen sie die wunderlich unnützen Dinge in ihrer großen Rückenkiepe feilhielt, als da waren: gefärbte Sträuße, silberne Gürtel, goldene Haarkämme, Diamantnadeln und Ähnliches. Doch vielleicht dank der frischen Luft – dem Einzigen, worin sie prassen durfte – sah man bei aller Entbehrung der Alten ihre siebzig nicht an, und kein weißes Haar im schwarzen, dünnen Scheitel; nur die Augen wurden ihr trüber von Jahr zu Jahr.

Stillsitzen und Stubenluft war ihr Folter: So hatte Anneliese es ganz vergeblich versucht, sie mit lohnender Arbeit festzuhalten – länger als Tage hielt sie's nicht aus, und gut machte sie's auch nicht. Ihre Hände – merkwürdig edelgeformte, wie man es im Volk nicht oft antrifft – mochten allzu lang den Füßen das eigentliche Tagewerk überlassen haben. »Rast' ich, so rost' ich!« sagte sie gern, meinte damit ausschließlich die Füße und behauptete, es stände schon in der Bibel. Je länger ihre schlechten Augen sie am Bibellesen behinderten, desto getroster verlegte sie alle Aussprüche, die ihr besonders wohl gefielen oder Eindruck machten, ins Neue Testament.

In der warmen Stube beim warmen Süppchen, das der Zahnlosen bereitet wurde, saß sie, überselig, wieder mal hier gelandet zu sein – übervoll auch von Neuigkeiten und neuen Kümmernissen. Der Sohn, Arbeiter in einer Teppichfabrik, litt an Bluterbrechen, seine Frau trieb sich liederlich umher. Übler noch war die Tochter dran, ein Dienstmädchen. Frau Hutscher hatte ihre Grete zu phänomenaler Ehrbarkeit erzogen, mit dem drohenden Spruch: »Der Tod ist der Sünde Sold!« Und bis zum letzten Endchen ihrer plagereichen Jugend blieb Grete auch allen Lockungen gegenüber standhaft – bis zum »ehrlichen Freier«, der sie mit dem Standesamt verführte. Ans Sparkassenbuch – diese Begleiterscheinung einer standhaften Jugend – als Ehemotiv hatte niemand gedacht. Nun war sie's los, ihn ebenfalls, und lag verlassen, dienstunfähig, schwanger beim kranken Bruder unterm Dach.

Mitten in ihrer Jammererzählung tröstete Frau Hutscher sich selbst zwischendurch mit einem Sprüchlein, und wär's auch nur: »Hoffnung welket nie« oder: »Lerne dulden, ohne zu klagen«. Von der Gemeinplätzigkeit mancher ihrer Sprüchlein konnte man es kaum glauben, dass sie noch als Herzstärkung wirkten, und so manchen belästigte es, wenn sie ihren Waren zuviel davon gratis hinzugab. Allein in der alten Hand wurde auch das dürrste, abgestorbenste dieses zusammengescharrten Spruchreisigs irgendwie grün und lebendig, bekam Frühling, ja, wuchs sich zu Bäumen aus, unter deren Schatten sie zu rasten, von deren Früchten sie sich zu nähren wusste.

So reich war Frau Hutscher.

Übernachten wollte sie diesmal nicht. So ging sie mit erstem Dunkelwerden; ein großes Bündel Sachen, Nötigstes enthaltend, in die Kiepe zum übrigen gestopft und von Anneliese besorgt entlassen, denn der leuchtete es wenig ein, wie ihre hausuntüchtige Alte das zuwege bringen werde: Den Sohn verpflegen, später Wöchnerin und Kind, und nicht mehr über Land gehen; wie würden ihre trägen Hände und trüben Augen das vollbringen?

Die Hutscher, gekrümmt unter ihrer überfüllten Kiepe am Rücken – aus der sie noch rasch für Gitta Rubinohrringe gespendet hatte und für Balduin diamantene Manschettenknöpfe –, leuchtete vor Sattheit und Liebe.

»Das Vollbringen gibt Gott!« rief sie, sich noch zurückwendend. »Steht doch geschrieben: Kommt her zu mir alle, die ihr mühselig und beladen seid! Und es steht auch geschrieben: Frisch gewagt ist halb gewonnen!«

Anneliese pflegte geneckt zu werden ihrer »Hausierfreundin« wegen, die, sehr zu deren Vorteil, schon überall unter diesem Titel bekannt war. Aber nicht selten, wenn die Alte an ihrem Knotenstock davon stampfte, kam es Anneliese in der Tat vor, als habe sie ihr eine Erbauung hinterlassen, wenn sie sich auch nicht immer im Wortlaut des Neuen Testaments fand.

Als Anneliese hinaufstieg, nach Balduin zu sehen, tönte ihr aus Gittas Zimmer der lebhafteste Streit der Kinder entgegen. Auch durch ihren Eintritt ließen sie sich keinen Augenblick darin stören.

Gitta saß aufgeregt an ihrem Fenstertisch; offenbar hatte sie dem Bruder Mitteilung gemacht von den Briefen der Urgroßmutter und ihm eigene Notizen dazu aus ihrem Abreißheft zum Besten gegeben. Noch ehe man das dem Wortwechsel entnahm, sah man es Gitta an, indem nämlich sie selber bemüht gewesen war, zur »Urgroßmumme« zu werden, und gleich zu oberst bei der Haarfrisur damit begonnen hatte. Zu beiden Seiten ihres Kopfes wand sich ein kunstvolles Flechtwerk eng ineinander geflochtener Zöpflein, wie es sich auf alten Familienporträten den Damen breit um die Ohren legt. Balduin imponierte dies nicht genügend. Seine Kritik ging wie ein Sturm des Zorns über Gittas umwundenes Haupt dahin. Wozu sie in ihrem Abreißbuch wiederhole, was doch schon in den Briefen enthalten sei? Worin denn eigentlich ihre albernen Notizen sich unterschieden vom sklavisch nachgemachten Zopfwerk um die Ohren?

In der Erregung überschrie seine Stimme sich stets.

Als Kritiker war der Bruder Gitta unantastbar; nur ihm, nicht ihr, gelangen die Dinge, vor denen bereits Kenner und Könner nicht etwa Nachsicht äußerten: nein – Respekt.

Aber doch wurde Gitta wütend. Gerade war es ihr gelungen, sich fast ganz so zu fühlen wie die Urgroßmumme. Sie weinte vor Empörung und Verdruss, und Salomo bellte Balduin an.

Salomo saß auf Gittas Rocksaum, den sie ihm sorglich untergeschoben hatte, denn es machte ihn stets betroffen, wenn sein Gesäß unerwartet auf was Kaltes kam.

Anneliese, auf ihrem Stuhl bei der Tür, die Ohrringe und Brillantknöpfe noch in Händen, hörte und sah erstaunt zu. Machte das nur die Abwesenheit während längerer Wochen so seltsam, oder waren ihre beiden Kinder wirklich nicht ganz richtig im Kopf?

Balduin lief dabei beharrlich auf und ab, und von Zeit zu Zeit erinnerte Gitta ihn erbittert an den frischgestrichenen Fußboden. Damit schien er nun auch ein Einsehen zu haben: trotzdem er der Frostbeulen wegen in weiten, weichen Filzpantoffeln steckte, achtete er bei aller Aufregung noch darauf, jedes Mal auf einen der ausgelegten Schutzlappen zu treten, wobei er bald einen sehr großen Schritt machen musste, bald einen ganz kleinen, was sich drollig genug ausnahm. Die unförmlichen Pantoffel zu den schmalen Fußknöcheln und dünnen Waden unter der Kniehose wirkten an sich schon grotesk.

Allmählich fing Balduin an auseinanderzusetzen, wie man's machen müsse. Nicht von der Urgroßmutter aus nämlich, sondern vom Urgroßvater. *Seine* Empfindungen dabei, die wären das Neue, noch nicht Gebuchte. Sobald er mit tatsächlichen Vorschlägen kam, wurde Gittas Aufmerksamkeit wach. Zwar machte sie ihre Einwände. »Sich in ihn hineinzuversetzen ist wenig angenehm«, meinte sie egoistisch.

Balduins Fuß stockte. »Aber wundervoll doch auch! Stell' dir nur diese Vereinsamung vor – und dann, dass diese Frau ihm nachgeht in alles hinein – bis in die dunkelsten Dinge hinein, die ihn zum Abgrund ziehen. – Angenommen, er fühlt das noch: Wie viel Qual, wie viel Seligkeit muss das sein! Förmlich reizen müsste es ja, sich in immer dunkleres Dunkel zu stehlen, nur um zu sehen, wie weit – wie weit ein Mensch nachgeht. – Diese Einsamkeit und dies Entzücken – damit ist er ja in der Hölle und im Himmel gleichzeitig – nicht erst später ist er's, nach seinem Tode –, nein, schon belohnt für alles, schon bestraft für alles–!«

Balduin brach ab. »Wenn du dir das nicht vorstellen kannst, so bist du ein Kamel!«

»Ja, ja, prachtvoll, sehr gut!« sagte Gitta eifrig. Ihr Zorn war verraucht. Das Kamel focht sie nicht weiter an. An den Wimpern noch die letzten der vergossenen Tränen, blickte sie erwartungsvoll und folgsam auf den Bruder.

Er war stehengeblieben, das Lampenlicht fiel auf seine schöne Stirn, deren Haut so zart sich abhob vom rötlichen Haar und das sommersprossige Gesicht eigentümlich adelte, dessen Züge ein wenig unbestimmt waren wie die Anneliesens.

Mit heller Stimme malte er Schauriges aus, während er dastand, die eng geschlossenen Füße in den Filzpantoffeln auf einem der Schutzlappen wie auf einem Postament.

Er redete ernst und gesammelt und fast ohne sich zu unterbrechen, und Gitta schrieb.

Sie hatte große, erschrockene Augen. Aber einwandlos machte sie mit energischem Stift alle erforderlichen Zutaten zu ihren kurzen Notizen. Sie hatte jetzt einen düster violetten Stift dazu gewählt.

Anneliese saß regungslos.

Wie sprach der Balder doch von den Dingen – nicht nervös überstiegen wie vom Wirklichen, nicht reizbar unsicher wie sonst – vielmehr ruhig überzeugt gleich einem, der Freude daran hat, für seine Worte einzustehen. Ja – einzustehen!

Als hörte sie zum allererstenmal ihn von einer Wirklichkeit sprechen anstatt von Hirngespinsten, mit denen er sich herumschlagen musste.

Eine Ahnung kam ihr, was das sei, worin er zu Hause sei – und warum er's nicht ganz sein konnte anderswo und auch bei ihr nicht –, was ihm das sei: »dichten«. So wie er jetzt ihr vor Augen war, so war er in Wirklichkeit – kein Prinz Nimm-von-mir, kein Kaspar Habenichts – nein, er selbst, der Balder.

Sie regte sich nicht auf ihrem Platz – sie schaute, lauschte. – Und die Kinder ließen sich auch gehen vor ihr, als sei dies alles ihr ebenso vertraut wie einst Schaukelpferd und Puppe.

Dennoch fiel es keinem von ihnen jemals ein, dass, in Spiel oder Ernst, die Mumme etwas über sie erfahren könnte, was sie nicht schon wüsste.

VI.

Seit acht Tagen beherbergte die Gaststube oben ihren Gast. Renate, die Jugendfreundin, deren elterlicher Landsitz dem Familiengut Anneliesens benachbart gewesen, kam aus ihrem Standquartier in der Hauptstadt auf einer Fahrt nach dem Süden des Landes vorbei, wo sie etweiche Vorträge halten sollte. Sie hatte Bibliothekwissenschaft studiert, nahm häufig Aufträge entgegen für alte Privatarchive oder zu ordnende Büchereien und oblag daneben gewissen historischen Spezialstudien, die ihr durch eine sehr bemerkte Dissertation zum Doktorgrad verholfen hatten. Trotzdem war sie weniger Gelehrte als ein organisatorisches Talent, und nicht bloß in Bezug auf außer Rand und Band gegangene Bücher. Wie sie schon als junges Mädchen in der großen Welt eine Gesellschaft zusammenzuhalten verstanden hatte, so wusste sie später innerhalb verschiedenster Menschenelemente eine Idee suggestiv zu machen, sammelnd zu wirken, und ihre Vorträge, glücklich unterstützt durch ihre aristokratische Erscheinung, machten nicht selten Aufsehen.

Auch Branhardt, dem alles Tüchtige zusagte, bewunderte diese Aktivität einer fast kränklich zarten Frau, »an der freilich ein Mann verlorengegangen sei«, wie er sich ausdrückte. Aber nur Anneliese war es bekannt, um wie viel bewunderungswürdiger noch dies alles in Wahrheit sei, denn nur sie kannte an Renate die müden Nerven, ihr hinterlassen von einem alten, aussterbenden Geschlecht – kannte ihren Kampf gegen sich selbst mit dem »Rest verwirtschafteter Kraft«. Sie allein würdigte Renatens »Männlichkeit«, die dieser Freunde und Feinde eintrug, als Renatens Heldentum.

Manchmal musizierten sie zusammen. Als kleine Mädchen hatten sie ihren Anfangsunterricht beim gleichen Lehrer gehabt. Ohne nennenswertes Talent im Ausüben verstand und liebte Renate Musik über alles, und nie weilte sie auch nur einen Tag lang im Hause, ohne dass Anneliese ihr schenken musste aus ihrem Schatz.

Dann streckte Renate ihre zierliche Figur lang aus auf einem der Sessel, einen Zweiten sich unter die Füße schiebend und die Hände unter dem Kopf verschränkt, auf dem, seit einem Typhus, ihr weißblondes Haar in kurzem, feinem Gelock stand. Eine wundervolle

Lässigkeit schien ihr direkt ein Haupterfordernis beim Musikhören, und manchmal auch im Leben.

Schon die ergreifendsten Konzerte hatte ein steifer Stuhl ihr verleidet – und übrigens als Backfisch zuweilen auch Anneliese auf dem Stuhl neben ihr, weil diese so selten ihre Rührung, ihren Kampf gegen das Weinen, teilte. Denn Anneliese lachte oft über das ganze Gesicht über all die Schönheit und Herrlichkeit, die sie da zu hören bekam, und beide warfen einander Lachen wie Weinen dann vor. Allmählich wurde große, ernste Musik, zu der es sie am stärksten trieb, überhaupt zu etwas, was Renate sich nur als seltensten Luxus gönnen durfte und wovon sie sich jedes Mal erholen musste wie von einer zitternd ausgehaltenen Verwundung.

Auch diesmal ging es ihr so, nachdem sie wieder und wieder nach Beethoven verlangt hatte.

»Hör auf – hör auf!« murmelte sie hilflos in die Appassionata.

»Du bist angegriffen, weil du dir zuviel zumutest«, äußerte Anneliese besorgt.

»Angegriffen?« Renate verstummte wieder. Dann sagte sie mühsam, rau: »Wer dem zuhört, der will plötzlich das Unmögliche. Der erträgt es plötzlich nicht, dass seiner Jugend, dieser hoffärtigen Dame, eines Tages die Erniedrigung gefiel.«

»Reni –!« Anneliese fuhr von ihrem Stuhl vor dem Flügel hoch: »Du! Denk, was du bist: stark, stolz! Wie wagst du es, von dir so zu reden! – Was liegt denn an dem« – sie sprach atemlos.

Renate hob den Kopf. »Ach, Liese, du gutes Tier! Aber nein, keine Flausen sich selber vormachen.« Und sie sagte ruhig und laut: »Ich habe ihn wiedergesehen.«

Da wandte Anneliese sich stumm zurück zum Flügel; ganz zusammengebückt saß sie davor. Wiedergesehen! Dann war es wie immer. – Ja, es war so, trotzdem ehrlichere, bessere Freunde ihr begegnet, trotzdem sie dann den Versuch erneuert hatte, zu vergessen.

Anneliesens Hände lagen schwer auf den Tasten; zornig hätten sie am liebsten hineingegriffen, zu übertönen, zu übertäuben dies Wort, das sie gehört. Dass man so selbstmörderisch sein konnte im Lieben.

Ihre Renate – damals überdies das von gräflicher Mutter adels- und vorurteilsstolz erzogene Mädchen, jetzt von sich aus von noch tausendfach edlerer Vornehmheit – und er einer, dem Gattin zu sein sie nie und nimmer ertragen haben würde – der Seele nach eine Art von Reitknecht, vertraut nur mit der Peitsche.

Renate hatte sich aus ihrer lässigen Ruhelage erhoben, sie kam an den Flügel; ihre Gestalt, nicht so hinausgewachsen wie die der andern, streckte sich unwillkürlich. Aber auf ihren Zügen, die streng geschnitten und schön waren, beinahe unabhängig von Jugendreiz, lag tiefste Abspannung, und ihre Augen schwammen in Tränen.

»Immer ist es, als ob nur ich – und doch ist es in uns allen – das Stärkste in uns allen: dieser wahnsinnige Reiz der Unterordnung!« sage sie wie verloren.

Und plötzlich lag sie hingekauert bei Anneliese auf dem Teppich, umfasste die Dasitzende fest und leidenschaftlich:

»Wenn du nachdenkst – so ganz, ganz freimütig und tief: Wenn du an das Allerbestrickendste denkst – an solche Augenblicke – und wären's auch nur Augenblicke! – zwischen dir und Frank: War nicht auch in dir so etwas das Stärkste?«

Fast flüsterte sie es ihr ins Ohr. Ihre Köpfe schmiegten sich dicht aneinander, wie sie sooft in der Mädchenzeit getan. Anneliese hob eng verschränkt ihre Hände bis an die Lippen, mit tiefernster Ehrlichkeit in sich selbst suchend – nach dem suchend, was sie als Frauen zu Schwestern machen konnte.

»Wenn ich nachdenke,« jagte sie langsam, »ja, solche Augenblicke: wo etwas, was mir sehr schwer fiel, was ich aber sollte und wollte, mir geradezu hilfreich, als ein Wille von *ihm* kam – zwingend, beflügelnd! Ja, zwingend, aber doch mich fördernd! Niemals wäre es möglich gewesen, wo es nicht meine – nein, unsere – Förderung galt – denn meine allein – – –«

Renate schnellte vom Boden auf, als kein Schluss erfolgte. Sie ging rund um das Zimmer, die Hände am Rücken, sie ging langsam und achtsam auf dem helleren Blumenrandmuster des einfarbigen Teppichs, der die Mitte des Fußbodens bedeckte, und ihre Tritte drückten sich so absichtsvoll wuchtig in ihn hinein, als ließen Teppichblumen sich zertreten.

»Bist du nun eigentlich so unverbesserlich nachsichtig, Liese,« bemerkte sie mit einer Spur von Gereiztheit in der Stimme, »dass du mich gelten lässt, wie ich mal bin – du, die doch also so brav denkt, so – so ‹familienumfriedet› –, oder schätzest du nur rein um meinetwillen gelegentlich so ein bisschen Unkraut mitten in deinem ordentlichen Korn?«

Da lachte Anneliese, und es war wie eine Befreiung.

»Ganz so einfach ist es mit dem Korn gar nicht, Reni. Man muss ja alles beides in sich haben, und von beidem eine ganze Menge! Sät man doch Unkraut in ganzen Feldern, zu deren Auffrischung, weil es mehr Wurzelwert hat als Nutzkraut und die tieferen Erdschichten berührt, lockert. – Weißt du das nicht als Landkind? Wenn längst all das Bunte und Blühende dran verwelkt ist, dann fängt erst *sein* Sinn an: unten in der Erde bereiten die kleinen Wurzeln dem neuen Korn den neuen Boden. – ‹Was ist Unkraut?› – spricht Pilatus – bei mir.«

»O Liese, wie wunderschön!«

Renate lag wieder im Stuhl, den Kopf zurückgelehnt, die Augen geschlossen. »Ich danke dir! Nun spiel – spiel, du Liebe, Weise, was dir unter die Finger kommt! Jetzt kann ich hören!«

*

Als sie noch Backfische waren, da hatte »Reni« auf »Liese« fast ein bisschen hochmütig herabgesehen, weil die es mit ihrer Musik so ernst nahm, dass sie ganz dafür leben wollte – und sogar *davon*! Dann, nachdem Renate selber eine »Strebende« geworden war, machte sie wiederum Anneliese die frühe Vermählung zum Vorwurf, als Abtrünnigkeit gegen den erwählten Beruf. So lernten sie sich während und nach der Kinderfreundschaft dicht beieinander im Grunde nicht ganz kennen – erst das Leben, fern voneinander, lehrte sie das. Und Anneliesens Glück war es, was Renate selbst in der Ferne durch Jahre weit sichtbar blieb wie ein stetiges Licht dem Boot auf der See, das sich daran auskennt.

Selten nur sahen sie sich, schrieben sich noch seltener, und mehr verlangte keine von der anderen.

War Renate aber einmal da, so beanspruchte sie von Anneliese umso mehr. Deshalb traf es sich gut, dass diese aller Geselligkeit, schon um Branhardts Zeitmangel willen, ganz entsagt hatte. Nur für die Kinder kamen öfters Einladungen in dieser Zeit, manchmal zu Tänzchen, die aber Gitta nicht annahm, seitdem Balduin sie nicht begleiten konnte, denn erst hatte er mit verbundenem Fuß gelegen, und jetzt hinkte er herum. Einmal kam gar eine gedruckte, förmliche Balleinladung mit der Nachmittagspost. Anneliese suchte die Tochter, die auch für diesen Abend ausgebeten war, vergebens im ganzen Hause. Endlich fand sie sie in Balduins Privatreich an der kleinen Veranda, angetan mit seinen großen, weichen Filzpantoffeln und im Begriff, eine Flasche mit Kirschbeermost, für den er schwärmte, zu entkorken. Der kleine, vielfenstrige Raum, jetzt mit noch mehr Büchern und mit Bildern geschmückt und von ihm in etwas pedantischer Ordnung gehalten, nahm sich ungemein anheimelnd aus.

»Balleinladung, für Sonntag!« sagte Anneliese. »Was treibst du denn hier? Trinkst du dem Balder seine Flasche aus?«

»Nur einen Schluck, Mumme. Den gönnt er mir. Muss er's erst selbst entkorken und anbrechen, dann quält er sich zu lange, ob er eigentlich will oder nicht. Oder: ob er die Flasche zum Korkenzieher tragen soll oder den Korkenzieher zur Flasche holen. Und die Filzpantoffel – ja, die möcht' ich ihm gern warmhalten, das tut ihm jetzt gut am armen Fuß, unserm hinkenden Kaspar Habenichts.«

Anneliese küsste sie. So ganz plötzlich, da konnte Gitta mal ein richtiges kleines Weib sein, fürsorgend. Dann wieder kümmerten die Geschwister sich blutwenig umeinander oder nur in der Form, dass sie beim geringsten Anlass berserkerhaft wurden.

Gitta überflog die Einladung.

»Wenn du nicht magst, brauchst du nicht«, sagte die Mutter.

Sehr tiefsinnig sah Gitta drein.

»Diesmal mag ich eigentlich wohl, Mumme. Und das Weiße ginge recht gut – die Lüdecke bügelt es mir auf. – Bei solcher größeren

Gesellschaft wird nämlich jedenfalls jemand sein, Mumme, den ich sonst gar nicht leicht wiedertreffe.«

»Jemand? – Wer denn?«

»Ich hab' ihn noch nicht oft gesehen. Zweimal im Frack – im Straßenanzug einmal, da sah er ganz anders drin aus: nach fast gar nichts. – Aber das letztemal, damals auf dem Kostümfest, weißt du – als Araber.«

»Ja, aber wer ist es denn nur eigentlich, Gitta?«

»Er heißt Markus. Ich meine mit Vornamen. Und weiter heißt er« – sie seufzte – »Mandelstein. Ich wollte, er hieße rumänisch – von dort irgendwoher ist er. Wie schön könnte er heißen! – Von Beruf ist er Mediziner oder so was.«

»Mediziner? – Ja, dann hat Vater mir den einmal genannt. Ich glaube, habilitieren will er sich hier. Aber was liegt dran, wie er heißt? Zum Tanzen bleibt es doch wohl gleichgültig«, meinte Anneliese.

»Ja, süße Mumme, zum Tanzen wohl. – Aber noch lieber würd' ich ihn heiraten.«

»Was sagst du da –?!«

Anneliese, niedergebückt zum Öfchen, das gern verlöschte, wenn man nicht nach ihm sah, fuhr in die Höhe, als wäre ihr die Funkenglut übers Gesicht gesprüht.

»Du hast wohl ganz den Verstand verloren, Gitta?! Ich will nicht hoffen, dass der Herr Mandelstein dir hinter unserm Rücken den Hof gemacht hat?«

»Nein, Mumme.«

Anneliese atmete erleichtert auf. Worüber erschrak sie denn auch! Gitta hatte doch immer die wunderlichsten Schrullen ohne Belang.

»Also bei deiner einseitigen Verehrung für ihn kannst du ihm ja nun in Gedanken die schönsten aller Namen beilegen, das ist ja deine Leidenschaft«, bemerkte sie scherzend, ihren erschrockenen Ton zu verwischen, und fuhr Gitta übers Haar.

Diese kämpfte sichtlich mit sich.

»Siehst du, Mumme – das mit dem Hofmachen ist doch nur so – es ist nicht jedermanns Art. – Aber damit ist noch nicht gesagt – –. Ich glaube sogar eigentlich, dass – –. Das Merkenlassen, das Sprechen davon, das ist ja oft nur noch so das Allerletzte, süße Mumme. Sei mir nicht böse, aber mir scheint – ich glaube – alles kann sehr gut schon da sein – nur noch ganz dünn zugedeckt, weißt du – und oft macht das ganz unbändige Schmerzen, dass es noch nicht herauskann. Es ist ja auch so bei einem Geschwür, das schließlich nur noch platzt«, schloss Gitta mit gedankenvollem Ausdruck, und sie schien bewegt.

Die Mutter stand still vor ihr. Trotz des selbst für eine Arzttochter schauderhaften Vergleichs konnte Anneliese gar nicht lachen, es nicht scherzhaft wenden, die Kehle war ihr wie zugeschnürt; sie bemerkte mit angestrengter Sachlichkeit:

»Ich möchte etwas Tatsächlicheres wissen, Gitta! Irgendetwas, wenn schon nicht Hofmacherei, muss es doch sein, was dich auf so eitle Vermutungen bringt. Irgendwie muss dieser Herr sich doch wohl benehmen –«

»Es liegt nicht am Benehmen, Mumme, das ist es ja eben!« rief Gitta, und jetzt flammte ihr Gesicht vor Eifer. »Menschen gibt's, denen sieht man gleich alles an, alles, was da ist, und womöglich auch noch, warum es da ist – überhaupt alles – so wie Helmold –«, etwas zögernd sprach sie den Namen doch aus. »Und dann solche wie dieser – da sieht man nichts. Und reibt sich die Augen und denkt manchmal: Wo ist es denn? Und doch ist es da! So etwas Festliches, Mächtiges, so etwas, dessen Liebe auf einen zukommt wie mit ganz großen Glocken, oder wie Sturm oder Gesang. – Man fühlt es – man fühlt es!« wiederholte sie, und ihr kleines Gesicht mit des Vaters Charakterzügen sah ganz entzückt aus.

Anneliese hatte sie in die Arme genommen, das Herz schlug ihr in einer sonderbaren Angst, fast hastig sagte sie:

»Gitta – geh' nicht hin – auf dieses Tanzvergnügen –, Kind, geh' nicht. Du weißt noch: Soeben erst vor Kurzem, da hast du mit solchen Dingen gespielt – unrecht getan, gekränkt. – Du gerätst ins Spielen – und einmal kränkst du einen andern –, und einmal wächst's dir selbst über den Kopf.« Anneliese wusste nicht genau, was sie so stark dabei fürchtete, unterließ es aber, sich genauer darauf zu prüfen. In keinem Fall sollte Gitta in dies Neue verwickelt werden. – Als deshalb die Tochter zaudernd stumm blieb, ergriff sie den Entschluss an ihrer statt:

»Du wirst mein gutes Kind sein und nicht hingehen!« entschied sie und küsste sie auf die Stirn.

Mit solchen Küssen war es nun ein wunderliches Ding. Anneliese gebot und verbot höchst selten was, es sei denn in rein praktischen Alltagsfragen; geschah es dennoch einmal, dann endgültig abschließend und mit einem Kuss. Gegen dieses Kusses Bedeutung gab es noch weniger einen Appell als gegen des Vaters strengste Miene.

Sie wechselten noch einige Worte über Gleichgültiges, über das Nachhausekommen abends. Man hörte nebenan Branhardt heimkehren, und Anneliese wollte hinübergehen. Da, wie sie schon in der Doppeltür zu seinem Studierzimmer stand, stürzte Gitta plötzlich auf sie zu und umhalste sie stürmisch.

»Mumme, Herzensmumme, lass mich von Sonntag auf Montag nach Hasling hinüberfahren, zur Gertrud ins Pastorat –«

»Natürlich, warum nicht? Warum nur gerade am Sonntag, wo Vater mit uns ist?«

»Es ist nur – wegen des Tanzfestes ist es. – Ach, lass mich lieber gar nicht hier sein, wenn er – ich meine, wenn dies Tanzfest ist.«

Ihr Gesicht erblasste dabei.

Anneliese legte sich etwas schwer über die Glieder. – Sie tat, als bemerke sie an Gitta weiter nichts, sie war unbewusst bemüht, auch von ihrer eigenen Erregung nichts zu bemerken. Aber Gittas Gesicht, blass mit einem Male und mit dem zitternden Mund – so rührend mit einem Male, das wich nicht mehr von ihr, wo sie ging und stand.

Bei Tisch fiel es auf, wie ungewohnt zerstreut Anneliese schien und nicht wie sonst mit ganzer Seele bei dem, was sie sprach.

Als Gitta fortgegangen war und sie mit Renate im Wohnzimmer bei der Lampe allein blieb, äußerte diese unwillkürlich:

»Kinder großzuziehen, das muss eine heillose Not sein – Glück ja freilich auch, natürlich. – Ja, wenn man ein Stück Natur sein könnte, schöpferisch, vergeuderisch, schmerzlos, skrupellos! Oder meinetwegen der Herrgott in Person, der seiner Kinder Herzen ‹lenkt wie Wasserbäche›. – Aber gleichsam in der Klemme zwischen beidem – – . Gute Eltern sind tragische Menschen.«

Anneliese blickte lebhaft auf; gegen ihre Gewohnheit saß sie müßig. Sie sagte halblaut:

»Ja – Zwittergeschöpfe, das sind wir – die gebären, ohne zu wissen was, erziehen, ohne zu wissen wen, verantworten müssen, ohne zu wissen wie, und doch weder ihre Macht noch ihre Angst lassen können.«

Sie gewahrte Renates erstaunten Blick, einen so erstaunten, dass ihr ein Lächeln kam. Da verbesserte sie sich rasch, aufleuchtenden Auges: »Dies gerade ist ja aber das Herrlichste wiederum – all dies Widerspruchsvolle aus Tiefstem heraus –, und dass wir mittun am ganzen Rätselwerk!– Wer wollte wohl aufs Leben verzichten da, wo es am meisten Leben ist.«

»Nein, du wohl jedenfalls nicht – Himmeldonnerwetter!« meinte Renate lachend. »Und da wundert man sich noch, dass es so einer wohlergeht auf Erden!«

Schon wieder lag sie lang ausgestreckt und rauchte sogar: Eine richtige Zigarre, denn Zigaretten behauptete sie, nicht vertragen zu können. Übrigens tat sie es selten, bei besonderen, nur ihr kenntlichen Anlässen.

Sie war verstummt, dachte bei sich:

Wahrhaftig! Wissen und Können, Philosophie und Religion und weiß der Himmel was, wie wenig leistet das alles gegen dies Einfache: die Daseinslust des vollkommen gesunden, physiologisch harmonischen Menschen – der ich nicht bin. – Was das Leben eigentlich ist, das hat's nur ihm verraten. Man kann dem Leben trauen – wenn die Liese ihm traut.

Auch Anneliese dachte das ihre: Wie so »kinderlos« Renate daher sprach, und war doch so mütterlich! Wie viele junge Menschen drängten sich um sie, empfingen Rat und Tat von ihr. Und das ging bis in die zarteste, materielle Fürsorge. Vielleicht wusste aber nur Anneliese, weshalb ihre Freundin manchmal höchst knapp bei Kasse war, trotzdem gerade sie Kassenebbe unverhältnismäßig schlecht ertrug.

Ihren Rauchwölkchen nachschauend, bemerkte Renate nach einer Weile:

»Mir wollt' es doch heute scheinen, als machten dir die Kinder Kopfzerbrechen.«

Anneliese gab es zu. Ihr tat es wohl, von Gitta zu reden, die ihr alle Gedanken einnahm. So erzählte sie einiges von ihr: aus der Helmold-Episode, wobei sie mit Verwunderung wahrnahm, wie längst vergangen das alles ihr schon schien. Dann auch von Gittas Treiben mit den alten Großmutterbriefen. Das Letzte, ihre neueste Sorge, verschwieg sie.

Renates Interesse wurde lebhaft erregt. »Und da behandelt ihr immer nur Balduin als das ‹Problem›? Wie unzeitgemäß! Ihr werdet doch nicht so vorurteilsvoll sein, bei Gitta zu denken: ‹Nur ein Mädchen›? Lasst ihr nur um Gottes willen Freiheit, sich ganz auszumausern!«

Und sie band es Anneliese auf die Seele, Gitta nicht zu früh in eine Ehe hineingeraten zu lassen.

Dies leuchtete Anneliese an diesem Abend ganz besonders ein.

»Sie soll für sich herumfabulieren dürfen, soviel sie nur will!« versicherte sie, viel fröhlicher geworden, denn schon verwandelten ihre Wünsche Markus Mandelstein aus einer lebendigen Gefahr zu einem bloßen Bildnis, gleich der Urgroßmumme im »Abreißbuch«, dessen abgerissene Einzelblätter übrigens meist mit hinausgefegt wurden. »Ich gönn' es ihr wahrlich, so ihren Ausdruck zu finden für alles, was auf dem Herzen sitzt – mehr davon sagen zu können als etwa: ‹Ach, Frank!› Bei mir ist es leider bei dieser einen Kundgebung geblieben.«

Sie lachten darüber.

»*Du* sein und noch dies Andersartige können, das wär' auch wahrhaftig mehr, als auf ein einzelnes Menschenkind an Glück kommen darf«, behauptete Renate. »Wer weiß übrigens, ob nicht ein Glück, groß wie deins, bereits recht dicht liegen mag bei Künstlerland – vielleicht nur gerade noch eine Station davor. Du mit deinem schauderhaft guten Instinkt wirst natürlich da eben rechtzeitig noch ausgestiegen sein, denn weiterhin fährt es jedenfalls vorüber am Frauenglück – falls der Zug nicht überhaupt entgleist.«

Aber von solchen Eisenbahnunglücken wollte Anneliese durchaus nichts wissen, und heftig umstritten beide noch die geographische Lage des Glücks. Sie saßen auf bis in die Nacht und redeten sich heiße Wangen an, fast wie in ihrer Mädchenzeit.

Als dann Anneliese diesmal nur kurz vor Branhardt zur Ruhe ging, der spät noch einmal hatte fort müssen, da wäre sie gern zu ihm gekommen mit dem, was sie an diesem Tage als Mutter so stark in Anspruch genommen hatte. Die ungeheure Nähe, womit die Kinder ihr ans Herz drängten, ließ sie die sachliche Überschau eher verlieren, an der Branhardt sich stets zurechtfand.

Manchmal machte es auch Mühe, alles so darzulegen, wie man es selbst empfand. Schon als sie ihm kürzlich vom Eindruck erzählte, den der Balder während des Urgroßmutterzwistes mit Gitta auf sie gemacht, fühlte sie, dass es sich mit bloßen Worten nicht recht wiedergeben ließ.

Für die Kinder allein schon müsste unsereins ein Talent sein können von Gottes Gnaden, in allen Zungen beredt! Mutter sein: das heißt wahrlich nach Begabung schreien für vieles – alles! Dachte sie bei sich – und wäre gern nicht vorübergefahren an Künstlerland.

Branhardt jedoch schien diesen Abend benommen zu sein von andern Angelegenheiten, er war einsilbig und lag lange wach. Sie wusste: Wenn nach so aufreibendem Tagewerk der Schlaf ihn floh, so bedeutete das meist irgendeinen sehr schweren Fall, der ihm nachging. Hinterher, wenn ihm gut ausgegangen war, was zwischen Tod und Leben hing, dann konnte er, sei es selbst mitten am Tage, für Stunden in einen fast unerweckbaren Schlaf verfallen.

Und während sie lag und lauschte, ob er nicht doch eingeschlummert sei, wichen von ihr selber leise ihre eigenen Sorgen, stellten sich nicht mehr so abgehoben und überwichtig neben jene vielen, fremden, unter denen ihre Familie, was immer sie auch betraf, doch gleichzeitig mitzählte unter den Unzählbaren.

Auch ohne sich gegen ihn ausgesprochen zu haben, kam sie so neben dem Schweigenden, Wachenden, mit Unbekanntem Ringenden bis dorthin, wo man schon, von unten her betrachtet, ganz klein aussieht, aber sehr weit sieht.

VII.

Renate verlebte die letzten Tage im Berghaus, den letzten Sonntag. Das Mittagsmahl fiel dann gutbürgerlich früh, und die Feiertagsruhe ließ zu so ausgedehntem Zusammensein Zeit, dass Renate ihre Nach-Tisch-Zigarre schließlich öffentlich rauchen musste.

Branhardt versicherte, seinetwegen brauche sie das nicht zu bedrücken, denn unmöglich könne eine harmlose Zigarre sie in seinen Augen noch emanzipierter erscheinen lassen, als sie schon sei. Ganz umsonst verteidigte sie sich: ihr bisschen selbständiges Leben Emanzipation! Doch nichts als eine zwangsweise Willensauffrischung. Das hieße, jemand als Nixe verschreien, weil er eine Kaltwasserkur gebraucht. Es gehe ihr damit genau wie mit den kurzen Haaren, die sie auch keiner Frauenrechtlerei verdanke, vielmehr der Spitalschere.

Branhardt erinnerte sich trotzdem in scherzhafter Wehmut ihrer langen Zöpfe und damenhaften Schleppen bei ihren ersten Besuchen. Und nun gar ihrer hausfraulichen Reize, als sie einmal höchst unerwartet ankam im kritischsten Augenblick vor Balduins Geburt. Renate fand damals, dass Lieses lange Kittelschürzen ihr prächtig ständen, und als Not am Mann war, behauptete sie sogar, dass sie kochen könne. Merkwürdigerweise wurde nur immer alles zu höchst englisch-rohem Beefsteak mit Ei. An diesen Mittagen zu zweien, die kleine Gitta im Korbwagen neben dem Tisch und alle Gedanken bei Anneliese und dem Neugeborenen, waren Branhardt und Renate sich überaus nahe gekommen.

Sie wusste wohl, dass er inzwischen sich ein kleines Vorurteil gegen sie zugelegt hatte, vielleicht weil er unter ihrer »Emanzipation« im Stillen gerade manches Weibliche mit einbegriff, wovon das Gerücht manchmal bis zu ihm drang. Er schien Renate zu den Männern zu gehören, die weit toleranter in der Theorie sind als in der Praxis und dies noch immer weniger werden, je näher ihnen oder den Ihren ein Mensch steht. Mit dieser sehr indirekten Schmeichelei musste sie sich wohl begnügen. Jedenfalls war ihr unzweifelhaft, dass in der Mehrzahl der Fälle Branhardt die milde Liesen-Frage: »Was ist Unkraut?« ganz energisch beantworten würde.

Gitta eilte gleich nach Tisch zur Stadt, um mit der Bahn nach Hasling zu fahren, wohin sie erst noch Apotheker Leutweins Anna, eine Mitschülerin von ihr und der Haslinger Gertrud, abholen sollte. Balduin hielt es für höflich, etwas zu verweilen, ehe er in der Stadt kolleghalber ein paar Professorenbesuche erledigte.

Renate hatte an ihm ihre Freude gehabt in dieser Zeit. Zu Anfang, als er des verbundenen Fußes wegen mit hochliegendem Bein stillhalten musste, peinigte es ihn, wenn er sie stehen sah oder sich selber was holen. Später errötete er kindlich vor ihr wegen seiner Filzpantoffeln. In alledem fühlte man nichts Eitles – etwas fein Ritterliches, einen empfindlichen Geschmack, wie auch sie ihn hegte – die Zigarre ausgenommen. Dem, der Balduin fremd blieb – und wesentlich anders hatte er sich zu ihr nie gestellt –, verdeckte dieser Anstand im Verkehr seine krankhafte Reizbarkeit völlig, so dass Renate stets mit einiger Verwunderung davon sprechen hörte. Offenbar lag hier seine Art von Selbstbeherrschung, wobei die Familie zu kurz kam.

Das Wetter war nicht gerade einladend draußen. Balduin in den Gummischuhen, die er über die Besuchsstiefel gezogen, stampfte schwerfällig durch den zähen Straßenschmutz, wenn er nicht rutschend und schimpfend auf Glatteis geriet. Unter mehreren gleichgültigen Besuchen stand ihm einer bevor, dem er gar zu gern ausgewichen wäre. Da war der junge Historiker, ein Dr. Sänftgen – der Einzige wirklich junge zwischen den alten Schulpäpsten, von denen er zum Abiturium vorbereitet worden war –, wie feurig doch hatte er sich mit ihm beim gemeinsamen Studium zusammengefunden! Aus dem Lehr- und Lernbaren wurde eine Art von Geistesausschweifung, die Balduins Talent entfesselte, sein Wesen entzündete – nicht etwa nur Kameradschaft wurde daraus: Ekstase. Als Balduin dann, nach überstandener Prüfung, überarbeitet, ermüdet, angewidert, alles aus der letzten Zeit von sich stieß, da erschrak er darüber, dass hier seine intimste Befreundung, seine vertrautesten Geständnisse, sein verschwiegenstes Seelenleben mit hineingeraten waren – und er schämte sich wie jemand, der ausgehen soll und nichts über seine Blöße zu decken hat.

Der junge Historiker, seit kurzem Oberlehrer und um etliche Jahre Balduin voraus, aber linkisch, ein Unerfahrener im Erleben, konnte es kaum erwarten, ihn wiederzusehen – fragte an. – In seinem trockenen Studiendasein, das er niemals gewagt hätte, aus freien Stücken der Trockenheit zu entziehen, waren ungeahnte Quellen aufgesprungen – ihn dürstete nach mehr. Er wusste nicht und würde auch nie verstanden haben, wie gewohnt, ja monoton, es Balduin schon geworden war, auf den täuschenden Sprossen des Geistes sich gleichsam hinaufzuschwindeln ins höchste Gefühl – wo man sich eben verstieg, und von wo man nun einmal nicht anders wieder heruntergelangt als durch einen Luftsprung.

Balduin verschob den Besuch bei Dr. Sänftgen bis ganz zuletzt – dann aber musste es sein, schon der ewigen Angst wegen, ihm einmal unvermutet zu begegnen wie einem Gespenst. Und Balduin würde jetzt doch täglich in der Stadt sein, hatte es doch durchgesetzt, gleich ernstlich mit dem Studieren zu beginnen. Wie verfiel er nur eigentlich darauf, auf dies übereilte Studieren, jetzt gleich?

Er dachte nach: erst bei seiner Ankunft kam das so; eigentlich hatte die Mutter es gesagt, das heißt vorausgesetzt – dann ging er zum Vater. – Ach, diese beständige Vergangenheit, die man an sich festhaften fühlt wie einen klebrigen Stoff, der sich nicht abstreichen lässt! Bald sollte er Kraftstücke leisten, weil er mal etwas fleißig gewesen – bald auf ewig Freund sein, weil er mal etwas freundlich gewesen. Geschichte studieren würde er – er, der in sich selber keine Spur von Historie und erinnert werden vertrug – ja, sie hasste! Er, der so gern neu begonnen hätte, nagelneu, an nichts gemahnt, ein Beginnender an jeglichem Tag.

Alles müsste man jederzeit wechseln können, allem gerecht, niemandem verbunden – frei, ganz frei! Ja, manchmal da kam ihm der grässliche Gedanke: Alles, selbst die eigenen Eltern, sie, in deren Blut man lag wie eingeschmiedet, in unzerbrechlichen Schranken – wechseln, umtauschen, fort tun können müsste man sie – als ganz Fremde sie abgeben, ihnen selber ganz fremd. –

Dieses war der Höhepunkt seiner Gedanken und der dritte Besuch. Und wie wohl im Traum das alleräußerste Geschehen plötzlich aufweckt, ehe es noch völlig hereinbricht, so fuhr hier Balduin aus dem Größenwahnsinn heraus und in seine eigene Haut. Nicht einmal bereuen tat er, dass er's gedacht, so gar nicht gehörte es ihm mehr zu.

Irgendwo kam er automatenhaft die Treppe herunter und stand wieder auf der nassen, übernebelten Straße. Und fand sich in einem ganz andern Gefühl – obschon es doch auch fast das nämliche war: ein sehr stilles Gefühl, als ob er ja unmittelbar teilhabe an allen Dingen und alle Dinge an ihm – als ob er Kind sei, allem und alles mütterlich ihm – als ob er ganz klein und zufrieden würde, willig und vertrauend – ein Dingelein unter Dingen und mit aller Dinge Schöpfer eins.

Ihm durch den Kopf gingen wunderbare Bilder und vergingen wieder – Rhythmen sangen. –

Inmitten des graupelnden Dezemberregens, unter den vereinzelten Windstößen, die's nach seinem Hut als Fangball gelüstete, durchlebte Balduin Minuten tiefsten Glücks.

Da kam von Weitem winkend und schon fast laufend auf ihn zu ein junges Mädchen aus Gittas Bekanntenkreis, Ida Mittenwald. Sie und einige andere »Freundinnen« Gittas verhielten sich zu Balduin wunderlich intim und doch fast ohne jene halb feindliche, halb kokette Befangenheit, womit sie sonst auf junge Männer und sogar auf heranwachsende Knaben schon blickten. Dennoch kokettierten sie auch für ihn, nur ein wenig anders. Sie wussten, dass er imstande war, auf junge Mädchen Gedichte zu machen, und das blieb begehrter noch als Kotillonorden. Und Ida Mittenwald wusste sich mit Recht die Hübscheste dieser Mädchen, wenn sie auch eine »Entgleiste« war aus dem Gymnasium.

Sie rief ihn an:

»Wissen Sie denn schon?! – Und Sie gehen so ruhig herum – nein, ich glaube, Sie standen sogar! – Und Sie betrifft's doch am allernächsten!«

Dem empfindlichen Balduin schien, vor ihm platzte die Welt auseinander. Von so weit her kam er in diesem Augenblick zurück, dass ihm vorkam, inzwischen könne das Menschenunmögliche sich ereignet haben.

»Was denn? Was soll ich wissen?«

Ida Mittenwald rang für die Nachricht nach Atem.

»Gitta ist mit einem Griechen entflohen.«

»Gitta?! Entschuldigen Sie, die ist vor ein paar Stunden nach Hasling gefahren.«

»Ja, aber mit einem Griechen.«

Balduin starrte sie an. Dass es Gitta betraf, beruhigte ihn sehr; die würde sich ihre Sache schon zermahlen.

»Ja, fragen Sie nur bei Leutweins, die wissen es genau! – Gitta traf den Griechen doch bei ihnen – Anna, die konnte doch eben wegen des griechischen Besuchs nach Hasling nicht mit.«

Ungeachtet der Spannung, womit er zuhörte, behielt Balduin Blick für die überhastete Art, wie sie sprach, wie sie sich etwas spreizte, um Trübsal zu zeigen, und doch vor kindischer Wonne an der Sensation fast auseinanderging. Seine goldbraunen, großgeschnittenen Branhardtschen Augen, die so unverwirrt auf ihr ruhten, brachten in Ida Mittenwalds Bericht den Tatbestand noch mehr in Unordnung, als er schon war. Sie spürte den lebhaftesten Drang, in Balduins Augen etwas schön dazustehen, wenn auch nicht wie für andere Mannsleute mit Bändern und Blumen ballmäßig geschmückt, sondern mehr dichterisch ideal. Als er fortfuhr, sie so gar nicht anzusehen wie einen Gegenstand für ein Gedicht, stieg unmotiviert Zorn gegen Gitta in ihr auf.

»Zum Stehen an den Straßenecken hab' ich übrigens nicht Zeit«, sagte sie brüsk und wandte sich zum Gehen.

»Ja, wie haben Sie denn überhaupt nur davon erfahren, Fräulein Ida?« fragte er.

»Ich?! Die ganze Stadt! Denn die junge Frau – der Grieche hat doch eine Frau! –, die hat doch einen Weinkrampf bekommen – natürlich, denn er ist doch ihr Mann! Soll die etwa Gitta schonen? – Da hat Gitta es nun! Sitzenlassen wird er sie ja doch! So einer, der seine engelsgute Frau verlässt.«

Mit diesem Trumpf schritt sie von dannen.

Balduin suchte sofort die Leutweinsche Apotheke auf.

Jetzt konnte er auf keinen Fall zu seinem Historiker, Doktor Sänftgen, gehen, dachte er bei sich erleichtert – der Schwester Angelegenheit ging selbstverständlich vor.

In der im Schatten der Heiliggeistkirche gelegenen Apotheke »Zur Taube«, wo sie sich als Kinder sooft Lakritzen und Pfefferminzplätzchen schenken ließen, war der Prinzipal, als am Sonntag, unten nicht anwesend; Balduin, der gehofft, es mit ihm allein zu erledigen, musste in die Wohnräume hinauf. Anna, bei Balduin »Annine« genannt, hatte er einst angesungen: dunkel auf eine große Aufgabe hindeutend, die es ihm verwehrt, um sie zu freien – unter dem Motto: »Ophelia, geh' ins Kloster!« Er erwartete jetzt, dass sie ihm dafür helfen werde, für Gitta einzustehen, nötigenfalls sang er sie auch nochmals an.

Oben saßen Eltern und Tochter bereits um die Lampe am Familientisch, »Annine« damit beschäftigt, Taschentücher zu merken.

Balduins Erscheinen verursachte großen Alarm, umständlich ward er gebeten, doch abzulegen, ein Gläschen Likör zu genehmigen, er blieb jedoch im Überzieher und brachte ungesäumt seine Bitte um Aufklärung an.

»Annine« prustete vor Lachen, obschon sie das selber anstößig fand und sonst in Balduins Gegenwart nie vergaß, was sie sich als seiner ehemaligen Muse schuldig war. Sie bemühte sich so angestrengt, am roten »L« auf dem Taschentuch nicht vorbeizusticken, dass sie fast schielte.

Apotheker Leutwein lag ungemein viel daran, die Geselligkeit in seinem Hause ganz so zu halten wie »in den Professorenkreisen«, und er versicherte fortwährend, es sei kein Wort gefallen, kein Wort, was nicht zur »höchsten Konversation« gehöre. – Ein harmloser Besuch, den ihm ein junger Botaniker, Sohn eines Studienfreundes – »allerdings Grieche, aber nur mütterlicherseits«, auf der Hochzeitsreise gemacht.

Seine Frau, eine magere, lange Erscheinung mit strengen Augen hinter Brillengläsern und sehr gebildet, liebte seinen devoten Ton gar nicht. »Leutwein,« fiel sie ein, »sie hat ihn aber angesehen! Alles, was wahr ist: Fräulein Gitta hat ihn angesehen! Und überhaupt, ich glaube, sie sah ihn wieder.«

»Gitta kennt keinen einzigen Griechen!« unterbrach Balduin sie, bebend vor Hass; er fing an, in seinem Winterüberzieher zu schwitzen, und konnte ihn nun doch keinesfalls ablegen; »was ich übrigens einzig und allein wissen möchte, kann mir wohl nur Fräulein Anna sagen, die doch mit zum Bahnhof gegangen sein soll?«

Anna prustete von Neuem, sodass ihr blühendes Gesicht unter dem schwarzen Haar, ohnehin mehr farbig als eigentlich hübsch, purpurn ward. Gerade dies Blühende, fast südländisch Prangende, hatte Balduin dazu verführt, sie sich im Strohkranz Opheliens vorzustellen.

Sie antwortete sehr rasch: »Was ihr doch nur draus macht! Vater, wozu entschuldigst du dich – Mutter, wozu beschuldigst du – es ist doch im Ganzen nichts dran! Ich kenne doch Gitta! Das junge Paar ging plaudernd mit uns, wir kamen zu früh, nahmen Bahnsteigkarten, und da – gerade, wo der Zug losging –, na ja, da sprang der ‹Grieche› eben mit hinein. – Warum tut er's, wenn seine Frau so schwache Nerven hat? Gitta, die sitzt längst wohlgeborgen im Pastorat. Er mag zusehen, wie er nun wieder zu seiner Frau kommt – ein Zug geht nicht mehr zurück, springt er aber wie ein Hase, so ist er wohl mit Tagesanbruch bei ihr!«

Bei dieser Vorstellung entfuhr ihr, förmlich befreiend nach dem Prusten, eine schmetternde Lachsalve.

Balduin erhob sich – wie war er ihr gut für ihre braven Worte – mehr gut, als da er sie angesungen, was er jetzt absolut nicht mehr begriff. Sie bemerkte seinen dankbaren Blick – sagte sich: Er ist noch ganz ebenso wie damals verliebt, und erwog flüchtig, ob sie wohl einmal ein A. B. in ihr Taschentuch sticken werde.

Ihr Vater geleitete Balduin mit vielen Bücklingen und Ratschlägen und Versicherungen hinaus. Kaum jedoch schloss sich die Wohnungstür hinter ihm, als aus der Küche, die direkt auf die Treppe mündete, Annine noch einmal vorgeschossen kam und nochmals, etwas sentimentaler im Wortlaut, ihre hilfsbereite Herzensgüte spielen ließ, die vorhin gänzlich unbeabsichtigt und goldecht sich geäußert hatte. Diese Wiederholung von dem, was ihn gerührt, wirkte nun zwar auf Balduin nicht mehr ebenso, doch wollte er bei dem zweiten Abschied, gleichsam als Antwort und Dank, ihr die Hand küssen – da kam ihm ihr Mund so eigentümlich nahe –, und da küsste er den.

Seine Annine entfloh mit einem kleinen seufzenden Schrei – Balduin aber stapfte die Treppe hinunter, an der hellerleuchteten Apotheke vorbei und dachte bei sich: dumm! Das kommt davon, dass Gitta mit einem Griechen abfährt. – Dumm, so was gleich nachzumachen.

Er kannte viel reizendere Mädchen als diese Anna. Dennoch war die kleine »Ausschweifung« für ihn genügend, um es plötzlich weit möglicher zu finden als vor einer halben Stunde noch, dass Gitta wirklich irgendeinen tollen Streich begangen habe. Verstand doch gerade er so gut, in den verschrobensten Launen, im scheinbar Seltsamsten, den oftmals überaus natürlichen Anlass zu würdigen, wie andererseits häufig die natürlichen Geschehnisse ihm in ihrer tiefen Seltsamkeit, ihrem Wunder aufgingen.

Die gesamte, mit einem Male von fremden und eigenen Liebeleien, wie überladene Atmosphäre wirkte auf ihn – die Massensuggestion, die unwillkürlich vom Stadtklatsch ausging, den er mit dem Nachtwind sich förmlich um die Ohren summen hörte. – Und als Balduin endlich, im Trabe fast und ganz in Schweiß gebadet, beim Berghaus anlangte, da wäre beinahe auch er mit dem Ausruf ins Zimmer gestürzt:

»Gitta ist mit einem Griechen entflohen!«

*

In Wirklichkeit betrug Balduin sich dann aber ganz anders und tadellos. Er gab vom Vorgefallenen eine gehaltene, angenehm humoristisch gefärbte Schilderung, und zwar mit Absicht gleich in Gegenwart Renates, die bei den Eltern im Wohnzimmer saß. Ihr fiel es auch sofort auf, wie überlegt und richtig er damit handelte, und wieder dachte sie bei sich: den beurteilt man ganz falsch.

Balduin schloss mit den beruhigenden Worten, dass es auf keinen Fall was auf sich habe, denn »was Gitta sich einrührt, das frisst sie auch aus«. Und wer ihn kannte, der wusste wohl, welch eine unverkürzte Anerkennung in diesem brüderlichen Kraftausdruck steckte.

Man nahm im Berghaus die Nachricht auch weit weniger aufgeregt entgegen als in der Stadt unten. Mindestens schien es so. Branhardt äußerte vor Renate keine nachdrückliche Meinung, sondern begnügte sich, zum Telegraphenamt hinunterzutelefonieren: eine Weisung für Gitta, dass sie bereits mit dem Frühzug von Hasling zurückerwartet werde, nicht, wie verabredet, erst abends.

Trotzdem malte Renate, seine ruhige, bestimmte Physiognomie betrachtend, sich's als höchst ungemütlich aus, einen Streich auf dem Kerbholz zu haben, zu dem dieses Vaters Nachsicht nicht ausreichte. Geradezu bewunderungswürdig erschien ihr Anneliese: keine Spur an ihr zu sehen von Argwohn, Zorn oder Menschenfurcht – es blieb nur übrig, den Folgen eines Klatsches zu begegnen.

Ganz verdiente indessen Anneliese diese Bewunderung nicht. Nicht aus spitzfindigem Takt vor dem Sohn oder der Freundin blieb ihre Haltung so unbeeinflusst von etwas, was noch vor Kurzem sie vielleicht aufs Lebhafteste beunruhigt haben würde. Doch seit Kurzem – je mehr sie Gittas Wesen beobachtet hatte, desto unzweifelhafter – erschien ihr die Zeit der Spielereien vorbei und nichts zu befürchten als ein ganz anderer Ernstfall.

Kaum hatte Renate, nicht ohne Absicht, sehr früh sich in ihr Gaststübchen oben zurückgezogen, als Anneliese zu ihrem Mann in seine Arbeitsstube kam.

Er saß im Korbsessel, wo sonst sie mit der Näharbeit bei ihm zu sitzen pflegte, anscheinend unbeschäftigt da. Jedoch wusste sie, dass er sich nur höchst ungern in Mutmaßungen über das Geschehene ergehen werde; solange es ein bloßes Tappen im Dunkeln war, erschien ihm dergleichen nur nervenschädigend, kindisch und ohne jeden Zweck.

Anneliese sagte auch etwas total anderes, als was Branhardt zu hören ungern erwartete:

»Frank – wer ist Markus Mandelstein?«

Er fuhr zu ihr herum:

»Nanu? – Was ist denn das schon wieder für einer?!«

»Du hast ihn mir einmal genannt – entsinnst du dich?«

»Ausgezeichneter Kopf!« sagte Branhardt. »Neurologe, jetzt wohl vorwiegend Theoretiker. Hat physiologisch stark gearbeitet – im hiesigen Institut gibt er ein ganz klotziges Geld aus für Tierversuche – englische Präparate. Hat's jedenfalls dazu. Sehr orientalischer Vater. – Was interessiert denn der dich?«

»Nur so. – Du erwähnst sein Judentum. Bist du denn dagegen – ich meine, zum Beispiel, würde dir denn eine Mischung mit jüdischem Blut – immer und in allen Fällen unerwünscht scheinen?«

Lange zu überlegen brauchte Branhardt anscheinend nicht.

»Ja!« sagte er.

»Und warum, Frank? Müssen sie denn schlechter –«

»Schlechter? Wer sagt das? Aber jedenfalls – anders. Sei's nun wirklich von Grund aus, sei's letzten Endes durch unser aller Mitschuld – gleichviel: Das ‹andere› ist da. Auch sonst hätte es ja sein Missliches nach mancher Richtung, allein das Wesentliche wäre wohl dies.«

Anneliese saß irgendwo in einer Ecke, auch fern vom Lampenlicht; er konnte nicht sehen, dass sie denn doch zu gedrückt aussah, um sich aus abstraktem Interesse plötzlich über das Judentum zu unterrichten. Jetzt meinte sie mit aufleuchtender Hoffnung:

»Wenn es so ist – da zieht sich dermaßen Verschiedenartiges auch schwerlich ernsthafter an.« Aber Branhardt schlug ahnungslos diese kleine Hoffnung tot.

»O doch! Weshalb denn nicht! Ganz im Gegenteil! Fremdestes, ja Gegensätzliches erregt bekanntlich die tollsten Leidenschaften. Nur – die Frage bleibt: ob es auch zu verschwistern vermag. Beinahe könnte man doch sagen, das Problem aller Ehe sei dies, inwieweit einmal das Wort zur Wahrheit werden kann: ‹Ach, du warst in abgelebten Zeiten meine *Schwester* oder meine Frau.› Dazu dürfen die Wurzeln, die von fernher reichen, nicht gar zu weit auseinanderliegen, worauf Leidenschaft nicht achtet.«

Er war aufgestanden und schraubte an seiner Lampe, einer richtigen alten Öllampe mit ihren blank messingnen Doppelbehältern, die er beim Arbeiten jedem sonstigen Licht vorzog.

Dass Anneliese sich wirklich nicht in Mutmaßungen über das »griechische Abenteuer« erging, freute ihn, aber dass sie so ganz still blieb auf sein schönes Zitat, bei dem er so deutlich auf sie selbst und sich anspielte, war ihm doch auffallend. Er ließ die Lampe und blickte nach ihr.

»Nun, Lieselieb – aber wie schaust du denn drein? – Du bist doch nicht am Ende dennoch nervös geworden durch diesen blödsinnigen Stadtklatsch? – Nein, weißt du – alles, nur das bitte nicht!« sagte Branhardt, und er beugte sich zu ihr mit seinen zuversichtlichen Augen.

Anneliese hob ihr Gesicht, im Versuch, lachend zuzustimmen in seinen Ton – und begann zu weinen.

Und nun erst erfuhr Branhardt, was es eigentlich auf sich hatte mit Markus Mandelstein.

*

Über ihnen hörte man Renate langsam auf und ab schreiten.

In ihrer über einem Teil von Branhardts Arbeitszimmer gelegenen Stube, wo nicht gerade viel Raum vorhanden war zum Spazierengehen, trieben ihre immer nachdrücklicheren Schritte den nebenan schlafenden Balduin vermutlich zur Verzweiflung.

Renate lächelte, wenn sie an Gitta dachte: In ihres Herzens Grunde erlaubte sie sich nämlich, an ihn zu glauben: an den blitzdummen Streich.

Und was läge denn daran? Diese beiden Liesenkinder, als bloße Fortsetzung gedacht, mit Anneliesens ungeteilter Bravheit bedacht, das würden vielleicht bloße Abklatsche und Abschwächungen, Banalisierungen von etwas einzig Harmonischem: ihrer Mutter. Hingegen noch einmal zersprengt der vollendete Kreis – und neu durcheinanderwirbeln alle Möglichkeiten, alle Zukünftigkeiten.

Aber mit dergleichen Ketzereien konnte man ja Eltern natürlich nicht trösten.

Sie sah in Gedanken Gitta unter den jungen Geschöpfen, von denen sie so viele kannte, manche leitete. Sie sah sie in hunderterlei Verhältnissen und Gestalten und wunderte sich, warum das so leicht gelinge.

Unten beratschlagten sie nun vermutlich ganz im Gegenteil, wie ihr Küchlein besser unter den Flügeln zu halten sei. Oder vielmehr: Die Liese ließ es sich von Branhardt sagen.

Renate streckte plötzlich beide Arme hoch – mit geschlossenen Händen hoch über sich:

»Ach ja, köstlich hier das Haus! Und ein Käfig doch! Und morgen oder übermorgen, da geht's weiter – von Neuem ins Leben hinein: Das heißt in all das, was so herrlich zugrunde richtet – uns! Nicht aber sich. – Amen.«

Sie blieb stehen am Fenster und blickte in den Lichtschein, der aus Branhardts Arbeitszimmer unter ihr in den Garten fiel. Ihr kam in Erinnerung, wie Branhardt und sie heute gescherzt hatten über ihr plötzliches Hineinschneien zu ihnen, gerade bei Balduins Geburt.

Damals schien das alles ihr noch kein »Käfig«.

Mit entzückender Deutlichkeit entsann sie sich vieler Einzelheiten: wie Anneliese, in den ersten Wehen schon, noch herauskam, sie jubelnd zu begrüßen. Wie Anneliese dann noch ein wenig bei ihnen saß oder hin und her ging, in den Händen, scheinbar arbeitsam, irgendein feines, kleines Strickzeug, das Gesicht aber gleich einer, die alle Arbeit von sich getan, gesammelt und leuchtend wie vor einem Fest.

Nicht der physische Mut war es, der Renate daran ergriff, den besaß sie selber. Die Gewalt der Seele aber, der dieser Tag – allem zum Trotz und bedingungslos – seinen ganzen feierlichen Gehalt hergeben musste und ihn hergab, bis in den Schrei der letzten – ersten – Minute.

Noch oft dachte sie später: Was sie da erlebt, das war nicht nur die Geburt irgendeines Kindes, arm und sterblich – beigesellt gleichsam Öchslein und Eselein in der Natur –, es war des Menschen Sohn.

Denn mit weiter Seele wusste man's plötzlich wieder – wie ein Evangelium der Freude, verkündet allem, was lebt –, dass im Täglichen und im fast Alltäglichen, im unzählbar oft sich Wiederholenden, dennoch nicht das Banale waltet als innerstes Lebensgesetz, sondern das Ewig-Neue, das göttlich Unerschöpfliche, das jeden Frühling ausmacht, jeden Sonnenaufgang und jedes Genie.

Renate stand noch am Fenster, als sie Anneliese hinaufkommen hörte, um schlafen zu gehen. Anneliese machte an der Tür einen Augenblick zaudernd halt, allein es blieb still dahinter. Mit niederhängenden Armen, den Krauskopf gegen das Fensterglas gesenkt, blickte Renate hinaus in die ruhige Nacht, die viele Sterne hatte.

VIII.

Am nächsten Morgen zeitig schon holte Balduin die Schwester von der Bahn ab. Er fand, dass es an ihm sei, sie über den Sachverhalt aufzuklären, und dass sie, die Gleichaltrigen, sich die Geschichte erst mal unterwegs von ihrem Standpunkt ansehen sollten, ehe sie vor den Richterstuhl der Erwachsenen gelangte – denn er meinte doch, ihr erster und natürlichster Beschützer zu sein. In dieser ganzen Angelegenheit, weil sie ihn nicht in nervöse Verwirrung versetzte, benahm Balduin sich vortrefflich.

Worauf er jedoch fest gerechnet, Gittas mutwilliges Gesicht, darin wurde er enttäuscht. Sie machte beim Aussteigen eine grauenhaft ernsthafte, ja bedrückte Miene, hörte schweigsam unterwegs seinen Auslassungen zu und antwortete bei Weitem einsilbiger und dunkler, als er's um sie verdient hatte. Je mehr sie sich dem Berghaus näherten, eng aneinandergeschmiegt unter Balduins großem Schirm, denn es hatte grob zu regnen begonnen, desto beklemmender wurde für ihn ihr Armesündergesicht. Mit so schlechtem Gewissen behaftet, so ganz merkbar schlechtem, hatte er Gitta noch kaum jemals erblickt; das lachende Laster war eigentlich ihre starke Seite.

Im Hausflur kam Anneliese auf die Geschwister zu, half der Tochter, sich des nassen Mantels entledigen, und sagte: »Guten Morgen, Gittakind, gut, dass du wieder da bist!«

Allein das bedeutete doch nur so eine Art öffentlicher Begrüßung für aller Augen und Ohren, der jetzt erst das hochnotpeinliche Verhör folgen musste in des Vaters Privatgemächern. Balduin, wegen seiner weitgehenden Wissenschaft von der Sache, ward unbeanstandet mit eingelassen, ein Vertrauen, welches er sehr fein empfand; an der Tür stehenbleibend, wartete er nicht ohne Herzklopfen auf die Eröffnungen, die Gitta nun von sich geben würde.

»Wie kam in aller Welt dieser unverschämte Mensch nur dazu, zu dir ins Abteil zu springen?!« hatte Branhardt ohne jegliche Einleitung gefragt.

»Der arme Mensch!« sagte Gitta. »Er war selber ganz furchtbar erschrocken, das könnt ihr glauben! So verdutzt, wie er über sich selbst aussah, hab' ich noch nie was gesehen!« Sie stockte: wie es nun weitergehen solle? »Wir waren beide furchtbar erschrocken. Am liebsten hätte er sich sicher aus dem Fenster zurückgestürzt! – Gott, er war doch verliebt in seine Frau und auf der Hochzeitsreise. Und wirklich war kein Wagen von Hasling mehr hierher aufzutreiben, außer einem mit Schweinen. Obgleich der Pastor suchen half.«

»Das ist alles ganz interessant!« meinte Branhardt, der ruhig nach der Uhr sah, ob er nicht auch schon hinunter müsse in die Klinik. »Aber – wie er denn zu dem Unfug kam, wie und wodurch: Das hast du noch nicht gesagt. Frau Leutwein behauptet, du habest ihn fortwährend angestarrt – und das ist doch hoffentlich nur Gefasel.«

Gitta bekam damit zu tun, dass Salomo begeistert auf sie zuwackelte, denn der hatte inzwischen störend an der Tür gewinselt und gekratzt, bis Balduin ihn mit einließ zur Familienberatung. Salomo erstieg Gittas Schoß, die unbequem auf einer Stuhlkante dasaß, machte einige Bemerkungen über ihr ungebührliches Ausbleiben nachts und rollte sich zusammen.

Ein paar Minuten nahm das in Anspruch, dann antwortete Gitta, den Blick auf Salomos Mopsteil geheftet:

»Fortwährend wohl nicht – das ist Gefasel – aber angestarrt: ja! Ich wusste es aber selbst gar nicht – erst hinterher – ich wusste nichts davon. – Und dann war es schon übergesprungen auf ihn – ich weiß nicht wie – aber er konnte nichts dazu – und ich, ich war so froh – wenn ich ihn ansah, so toll froh –«

Anneliese, auf ihrem Sesselplatz beim Nähtisch, machte eine lebhafte Bewegung, doch ehe sie was äußern konnte, fragte Branhardt ruhig weiter:

»Froh? – Potztausend, eine solche Sehenswürdigkeit ist der ‹Grieche›?«

»Nicht er. Aber er erinnerte an was«, sagte Gitta mystisch und betrachtete ernst, mit angestrengtem Ausdruck, noch immer Salomos feisten Rücken. »Später gar nicht mehr – aber eben im Anfang so sehr.«

»An wen – Gitta?« fragte Anneliese etwas starr, halblaut.

»An Markus.«

Sie sagte von einem Fremden »Markus«. – Eine Stille entstand.

Balduin blickte weitgeöffneten Auges auf seine Schwester hin wie auf ein unbegreifliches neues Wesen.

Salomo, der ein leichtes Zittern Gittas dahin verstehen mochte, dass man sie bedrohe, und der überdies höchst unbequem ihr zwischen die Arme geklemmt lag, hob langsam den Kopf mit den großen lauschenden Fledermausohren, musterte durchdringend einen nach dem andern und fing für alle Fälle zu knurren an. Die volle Lage und Wahrheit der Dinge ging indessen selbst seiner Weisheit nicht ganz auf, und sie schien ja auch ziemlich verwickelt.

Da ließ Gitta den sehr Verdutzten jählings vom Schoß fallen. Sie faltete ihre Hände – und hatte plötzlich ein ganz elendes, kleines Gesicht:

»Vater! Mumme! Was werde ich gewiss noch alles anrichten um Markus! – Gebt ihn mir, ich bitte euch. – Gebt mich Markus«

Bei Balduin stellte sich eine Empfindung ein, wie wenn die Haare auf seinem Kopf sich einzeln sträuben würden. So also sah es aus, dachte er, wenn ein Mensch urplötzlich wahnsinnig wurde, und dieser Mensch war Gitta.

Als Gitta nicht augenblicklich eine Antwort wurde, fiel sie vor dem Stuhl in die Knie, warf Arme und Gesicht darauf und bekam einen Weinkrampf.

»Weil ich ihn nicht wiedersehen sollte, Mumme! – Wenn ich ihn nicht wiedersehe, ist es besser, ich sterbe, Mumme! – Ich liebe ihn! Ich liebe ihn! Ich liebe ihn!« stammelte sie mitten im grässlichsten Schluchzen und Zucken.

Salomo bellte. Anneliese war um Gitta bemüht. Branhardt hob sie auf von den Knien. Balduin sah es nicht mehr; die Hände über die Ohren geschlagen, war er dem Zimmer entflohen.

Nicht weit; draußen auf der Treppe stand er still, denn die Knie zitterten unter ihm. Gitta, überrumpelt von sich selber, Gitta, preisgegeben weiß Gott welchen ungeheuerlichen Gewalten – jemandem, von dem man nur wusste, dass er Markus hieß, der Elende!

Aber Gitta, die war ja doch stark! Warum konnte sie da nicht noch stärker sein und diese Tobsucht ablegen? Das konnte er ihr nicht vergeben! Das stieß ihn in eine Angst, als ob selbst die Mauer des Hauses nicht Schutz genug sei, um nicht überfallen zu werden von teuflischen Machten.

Die Fäuste am Kopf, die Augen böse, lehnte er an der Tür gegenüber, die – dünnes, schwaches Holz – ihn allein noch vom Grässlichen schied.

Und er, der Gitta liebte, er, der den leisesten Zwang hasste wie nichts anderes auf Erden, fasste nur einen Gedanken:

Nur nicht ihr nachgeben! Lieber Zwangsjacke.

*

Außer Balduin wusste vom Vorfall niemand. Über Branhardts Studierstube kam es nicht hinaus.

Nachmittags nur, nachdem sie Stadtbesorgungen unternommen, sagte am Schluss eines längeren Berichts Frau Lüdecke zu Herrn Lüdecke: Griechenland, das habe überhaupt was Anstößiges, von jeher, und zudem gingen der Wärme wegen die Leute dort nackt; man wisse das ja durch die Statuen. Für Gittachen sei das nichts.

Und schon tags darauf erwies sich als eine andere blitzrasche Wirkung des kleinen Stadtklatsches die, dass Markus Mandelstein seine Werbung anbrachte. Es geschah schriftlich und in aller Form bei Branhardt. Was er gehört haben mochte und wie diese Dinge des nähern zusammenhingen, wurde nicht weiter aufgeklärt.

Gitta erfuhr keineswegs sofort von der ihr widerfahrenen Ehre, aber sie wurde wieder vergnügt. Nachdem sie den Eltern ihre Sorgenlast vertrauensvoll aufgepackt, zeigte sie nicht die mindeste hysterische Erregbarkeit mehr, wie man es nach ihrem jähen Ausbruch hätte fürchten können. In unbekümmertster Daseinslust ging sie mit Salomo auf dem Bergwald spazieren, der bald unter Schnee lag und bald unter Schmutz.

So kam anscheinend alles wieder ins alte Gleis: Renate war abgereist, Branhardt ganz durch seinen Beruf in Anspruch genommen. Mitten dazwischen aber wob eine wunderliche Stimmung im Berghaus sich ein: voll von unmerklichen Heimlichkeiten, sodass sie wohl hineinzupassen schien in diesen Monat der stillen Weihnachtsvorbereitungen – und gleichzeitig doch auch nahm sie sich aus wie ein rechter Gegensatz zu einer Bescherung. Anneliese konnte unvermutet Wasser in den Augen haben, sie war weich mit beiden Kindern, zärtlicher noch als sonst, Branhardt nachdenklich; stundenlang ging er manchmal in seinem Zimmer hin und her, dass es sich jedoch dabei nicht immer um Krankheitsfälle handelte, ersah man aus der Anwesenheit seiner Frau bei ihm, mit der er sich darüber unterredete.

Eines Tages, als Balduin aus dem Kolleg nach Hause kam, hatte Markus Mandelstein seinen Antrittsbesuch gemacht. Balduin erfuhr es schon im Garten, wo Gitta stand und ihn mit Schneebällen empfing, Gesicht und Augen strahlend von übermütiger Lust. Markus verreise auf ein paar Wochen in Angelegenheiten der Seinen; alsdann aber werde er des Öfteren zu ihnen ins Haus kommen, berichtete sie.

Aus dem Fenster sah Anneliese ihrem wenig bräutlichen Treiben mit den Schneebällen zu. Auch sie dachte daran, dass Herr Mandelstein nun bald öfter kommen werde, und hörte in Gedanken die Antwort auf den Stadtklatsch, die sich in einiger Zeit daraus ergeben würde: »Gitta mit einem ‹Griechen› entflohen? Nein, nur mit einem Juden verlobt.«

Grundloseste Einbildung war das, Phantasiespiel, Fälschung – kein Mensch würde so von Markus Mandelstein sprechen! »Ich Kleinliche, ich Törin, nicht anders als der Balder übersteigere ich mich kopflos!« dachte sie ungehalten über sich selbst. Sie rang und kämpfte ehrlich mit ihrem Herzen und seinem Vorurteil.

Alles vergegenwärtigte sie sich, was er geäußert, wie er ausgesehen – ihr Herz suchte nach ihm; es nahm ihn her, den fremden Menschen, und wollte ihn lieben. – Die Zukunft suchte sie einzubegreifen in ihre Gegenwart, sie damit zu durchdringen – aus ihr *musste* ihm der andere Name entgegenwachsen: »mein Sohn«.

An diesem Abend sagte Anneliese zu ihrem Mann: »Ach, Frank, ich glaube doch, ich werde ihn liebhaben! Alles war ja gut, was wir über ihn hörten, aber am schönsten ist es doch, wie er von den Seinen spricht. Ein so guter Sohn und Bruder, das ist ein guter Ehemann.«

»Wie man's nehmen will!« entgegnete Branhardt. »Glaubst du, wir zwei hätten uns ebenso innig ineinander gewachsen, wenn du dich nicht so weit fortvermählt hättest von deinen Eltern – ich die meinen so früh entbehrt? – Schließlich gibt man sich doch in jeder allzu herzlichen Zugehörigkeit auch aus und sättigt die Seele – nun, warten wir's ab.«

Um so viel sachlich unbefangener er trotz Vorurteils geurteilt hatte als Anneliese, um so viel ferner lag es ihm jetzt, den Markus Mandelstein unversehens zu überschätzen. Ganz gut war er ihm – das genügte aber auch reichlich für den Anfang.

So recht achtete in diesen Tagen niemand auf Balduin. Er selber wünschte sich auch nichts weniger als das; ihm schien, eher hätte er auf die andern zu achten gehabt. Denn das sah er ja, dass man nichts unternahm, um Gitta aus ihrem Zustand zu retten.

Balduin entwickelte krankhaftes Feingefühl für Enttäuschungen und Gefahren, die gerade Gitta drohen konnten – für das, was ihm selber wesensverwandt war in ihrer Natur, und was möglicherweise nur er ganz ahnte. Wusste denn niemand von ihnen sie zu hüten, wenn sie so sorglos dumm hineingepatscht kam ins Wasser, wo es am tiefsten ist? – Musste er selber sie da nicht hüten? Saß sie erst drin im Wasser, dann retteten seine schwachen Kräfte sie ja nicht vor dem Ertrinken. Finster brütend hockte Balduin in seinem Privatreich, verzweifelnd über die Größe dieser Aufgabe, die ihn hieß, die Welt einzurenken für Gitta.

Der geschwisterliche Zusammenhang wurde ihm plötzlich fühlbar wie nie, weil die Stelle, wo er einsetzte, ihn schmerzte. Wenn dies stärkere Stück Geschwisterleben, Gitta, nicht glücklich ausfiel – was erwartete dann ihn erst?! In seiner Angst fühlte er sich bereits weit mehr als siamesischer Zwilling denn als Bruder.

Balduin magerte ab. Branhardt fing an, aufmerksam zu werden, fragte ihn eines Tages aus und stellte ihn ernstlich zur Rede: All das erscheine zart und rührend, sei jedoch ein Krankheitszustand, nichts Großartigeres; seine eigenen Schwierigkeiten zu überwinden, müsse er trachten, anstatt sein Bündelchen abzuwerfen und mit Größerem sich zu beladen, was auf fremden Schultern niemals zum Ziele kommt. Dem gesunden Gefühl sei jeder sich der Nächste – eben in dem Sinn, dass sich wahrhaft hingeben nur der kann, der wahrhaft sich besitzt.

Balduin fand, der Vater habe recht; er gab Gitta gar nichts – sich aber verlor er. Und bisweilen erbitterte es ihn maßlos, dass er ihretwegen, während sie mit Salomo sich vergnügte, litt.

Am Judentum von Gittas Auserkorenem nahm er nicht den mindesten Anstoß, dennoch verfiel er zuletzt darauf, sie selbst dadurch zu beeinflussen:

»Du wirst Brigitte Mandelstein heißen, ganz plötzlich, anstatt Branhardt«, sagte er böse. »Magst du das denn? In eurer Schule, die zwei Mädchen, weißt du – die mit dem Pferdehaar und den Hüften –, mochtest du doch niemals leiden.«

Gitta schien einen Augenblick verdutzt. »Nein – das ist wahr! Besonders von hinten!« – Und sie versank in Nachdenklichkeit. Doch es dauerte gar nicht lange, dann war sie sich klar über diesen Fall, und ihr Gesicht leuchtete und strahlte in sieben Glückseligkeiten.

»Hätt' ich gewusst, dass es Markus in der Welt gibt, so hätt' ich sie mitgeliebt, und auch von hinten!« entschied sie.

»Aber weißt du denn überhaupt, ob ihr zueinanderpasst?« forschte Balduin weiter; »ob er dasselbe liebt wie du, ob dieselben Menschen – ob, wie du, auch Tiere?«

»Tiere sicherlich. Nur so ganz anders als ich. Er sagte: Ein Vermögen könnt' er dafür opfern. – Aber dann zerschneidet er sie ja.«

Hierbei sah Gitta betrübt aus.

Noch ist sie zweifellos wahnsinnig! Dachte der arme Balduin und gab den Kampf auf.

Sie führten diese geschwisterlichen Gespräche im Bergwald oben, wo sie auf einem alten Handschlittenchen aus der Kinderzeit die Hänge hinunterrutschten, denn es hatte gefroren und geschneit. Manchmal schämte sich Balduin ein bisschen vor Kindern auf der Straße, die ihm zusahen. Manchmal auch zog er ächzend das Schlittenchen hinter sich her den steilen Hang hinauf. Allein das Hinunterrutschen verleitete ihn immer wieder.

Und doch mahnte ihn gerade das sausende bergab am allermeisten an das Verhängnis, das Gitta auf ihrer Lebensfahrt erwartete. Aber eben diese Umsetzung des Schrecklichen in andersartige, beliebig wiederholbare Form, wobei man auch das Aufstehen mit heilen Beinen jedes Mal wieder erlebte, tat ihm dennoch wohl.

Gleich nach seiner Rückkunft aus Rumänien wurde Markus Mandelstein zu Tisch geladen. Balduin geriet in unbeschreibliche Erregung, die zu einem kleinen Kampf ausartete zwischen Anneliese und ihm, denn am liebsten wollte er ganz fernbleiben. In letzter Stunde, unerwartet, stand Branhardt ihm bei und erlaubte ihm, sich bei einem Freunde einzuladen; offenbar wünschte er nicht, gleich den ersten Verkehr von Markus Mandelstein im Hause noch verwickelter zu gestalten durch Balduins unberechenbares Verhalten; er sagte diesem also, erst dann gehöre er mit dazu, wenn er sicher sei, aufzutreten wie ein vernünftiger Mensch.

Balduin kam in stockfinstrer Nacht nach Hause, wenigstens schien's bei dem dunklen Wetter so, aber spät war es noch nicht, und aus dem der Straße zugekehrten Fenstererker des Wohnzimmers strahlten noch die Lampen.

Er lief leise die Treppe hinauf in seine Schlafkammer. Einen Augenblick dachte er ganz verwegen daran, noch ins Wohnzimmer hineinzugehen, und ordnete vor dem Spiegel mit zitternder Hand Anzug und Haar.

Oben an der Treppe blieb er jedoch wieder stehen, horchte aufs unbestimmte Stimmengemurmel unten – und da, während er noch unschlüssig zauderte, ging die Stubentür auf, und Markus Mandelstein, gefolgt von Branhardt, kam hinaus in den Flur.

Gebeugt über das Treppengeländer, sehr von oben herab, doch aber ganz klein vor Angst und Schrecken, suchte Balduin sich's anzusehen, das Schicksal, das zu ihnen ins Haus getreten war.

Markus Mandelstein sollte dreißig sein, Balduin hätte gemeint: älter. Ziemlich groß war er, eher hager als das Gegenteil, und doch nicht hüftschlank, das sah man deutlich, wie er sich umdrehte.

»Von hinten kann sie ihn auch nicht gern haben!« entschied Balduin schadenfroh.

Während Markus Mandelstein den Mantel umnahm und mit dem Vater noch sprach, konnte Balduin im grell bestrahlten Treppenhaus aufs Bequemste sein Gesicht studieren, das blass im Ton war wie bei Südländern. Stirn und Blick erschienen ihm schön, intelligent; das kam auch von der Nase her, die in ihrem Ansatz etwas Kühnes besaß, was den Ausdruck einnehmend machte – sie hörte aber, nachdem sie so gut angefangen, nicht rechtzeitig genug auf. Und das nahm merkwürdigerweise dem Gesicht seine Kühnheit wieder, verlieh ihm fast etwas Betroffenes. Die Mundpartie war zart, ganz verdeckt in ihren Linien von dunklem, dichtem, aber sehr kurzgeschorenem Bart.

Jetzt eben drückte der Vater sein Bedauern darüber aus, dass bei solcher Witterung der kürzere Fußweg bis zu den ersten Stadtlaternen winters fast halsbrecherisch zu gehen sei.

In diesem Augenblick trat Balduin unter sie. Blindlings, fast ohne zu wissen, was er tat, und noch weniger weshalb, fand er sich hinuntergetrieben, dem »Schicksal« in den Rachen.

»Ich habe meine kleine Handlaterne«, sagte er.

Branhardt schien sehr erfreut, indem er sie miteinander bekannt machte: Ungeduldig hatte er gewartet, ob Balduin sich nicht überwinden werde und doch kommen. Denn es ging ihm nahe, bei seiner väterlichen Erlaubnis praktischen Beweggründen gefolgt zu sein anstatt pädagogischen.

Von Markus Mandelstein traf Balduin ein Blick offener, voller Sympathie – ein Blick, der da sagte: »Gittas Bruder!« – nebenbei nicht ganz ohne etwas flüchtig ärztlich Prüfendes, hervorgerufen durch den Umstand, dass gegen seine Erwartungen ein so schlotterndes Wesen vor ihm stand.

Die ersten Schritte legten sie schweigsam nebeneinander hergehend zurück, bemüht, auf dem gleichzeitig unebenen und glattvereisten Boden sicher zu treten. Balduins Laternchen warf nur eine kleine Helle vor ihnen über den Schnee, hinter der sie dunkel hergingen.

Wie er's vorhin kaum ertragen hatte, diesen Fremden im Haus zu wissen, der ungebeten davon Besitz nahm, so bekam Balduin es plötzlich mit der Angst zu tun, ihn jetzt so ohne Weiteres loszulassen

– jetzt, wo er allerhand von ihnen schon mit von dannen trug. Ihm kam es vor, als dürfe er ihm noch nicht ganz entwischen – nicht frei herumlaufen sozusagen. Markus Mandelsteins Macht und Gemeingefährlichkeit wuchs neben ihm in diesem dunklen Schweigen von Schritt zu Schritt.

Da verfiel Balduin in ein redseliges Gebaren, das im Ton diesen unbekannten Machthaber beinahe zu umschmeicheln schien. Aus allem, was er zum Besten gab, klang etwas von der ängstlichen Selbstpreisgebung von Kindern und Schwachen: »Tu uns nichts an! Sei du gut zu uns!«

Markus Mandelsteins Stimme war von einem warmen, tiefen Klang, der eigentümlich beruhigte, nichts aufrief wie Branhardts kurze Eindringlichkeit. Zudem wusste man im Finstern kaum, neben wem man herging, hätte rufen mögen: »Wer da, Freund oder Feind?« Rings im Umkreis der Waldhänge nichts als die gespenstischen Lichtwirkungen einer kleinen Laterne in einer fast vollkommenen Nachtschwärze. Allmählich stürzte Balduin immer unbesehener seine sämtlichen Ängste vor seinem Nebenmann aus – froh, sie auf diese Weise auf einmal los zu sein –, wär's auch nur so wie jemand, der, um nicht länger die Gefahr im Rücken zu spüren, dem Feind in die Arme läuft.

Zuletzt erfuhr Markus Mandelstein sogar eine ganze Menge von dem, was Balduins Schreckhaftigkeit vor seiner eigenen Person anbetraf – ja, viel fehlte nicht, so hätte Balduin ihn selber um Rat dagegen gefragt.

In der Familie war Gittas Bewerber mit der ganzen Freundlichkeit aufgenommen worden, womit man beiderseits sehr weitgehende Beziehungen nur leicht unter den üblichen Formen noch verdeckt hält. Balduin aber als Erster hielt ihm – ob auch noch so kopflos und kindisch – seine wirkliche Zugehörigkeit zu ihnen schon als unverhüllte Tatsache hin, und das durchströmte Markus mit Wärme, ja, es erlöste ihn geradezu. Er vergaß es ihm in der Folge nie. Denn der lange Familienbesuch mit all seinen unabänderlichen Vorläufigkeiten, bei denen andrerseits doch auch jeder kleinste Fehler beängstigend bedeutungsvoll werden konnte, war ihm eine grässliche Folter gewesen und er im heimlichsten Herzen nicht minder aufgeregt als sein junger Begleiter.

Markus sagte sich aber, dass den übereiligen Offenherzigkeiten von Balduin mutmaßlich nächsten Tages ein Katzenjammer folgen werde, und da er ihm kein Brausepulver verabreichen konnte oder sonst wie Einhalt tun, so suchte er mit seiner Empfindung ein Gleichgewicht herzustellen, indem er seinerseits Intimeres zu berühren begann.

Er sprach ihm von den Seinen. Die Mutter war tot. Der Vater, ein in Rumänien begüterter, aber kaum je seinem engsten Kreis entrückter Jude, den er über alles liebte. Er schilderte ihn, waltend unter den Seinen noch als Patriarch, unbelehrt durch alle Schicksale seines Stammes, naiv und fromm festhaltend an den Heilsideen von der »Bestimmung Israels«. Und Markus sagte: Im Grunde sei es auch so, dass der einzelne Jude erst in der Loslösung von der Familie, im Hinaustreten ins Leben, die ganze Tragik der Vergangenheit nochmals an sich durchzumachen habe – die Zerstreuung der »Auserwählten« in fremder Herren Länder. Denn innerhalb der Liebe der Seinen, da wachse er immer noch auf wie im eigenen Land und im Traum seines Volkes. Als ob in solchem letzten, engsten Punkt jedes Mal noch sich alles sammele, unzerstörbar, unbeirrt durch jede Umgebung – ungefähr wie einst die Israeliten ihren Gott in der Bundeslade bargen, damit er sie geleite durch die Völker mit den sesshaften Göttern, denen die ursprüngliche Scholle gehörte.

Balduins Interesse war sofort rege für dieses durch die Jahrtausende wandernde Volk, das an einem Traum hängt, dem alles widerspricht. Nichts gab es, in der ganzen Welt nichts, was so schnell Brücken schlagen konnte zwischen ihm und Markus. Nur ein Volk von Dichtern konnte ja so was tun! Er fragte Markus, ob er nicht stolz darauf sei.

»Auf eine Selbsttäuschung? – In der alten Bundeslade schon lag vielleicht nur ein Stein!« antwortete der. Das klang nüchtern und glaubenslos genug, und wie mit einem Lächeln gesprochen, und doch hörte es sich an – in der Nacht und in diesem dunklen Stimmklang –, als behaupte jemand nur deshalb, einen Kiesel in der Hand zu halten, um nicht sehen zu lassen, dass es da schimmere und blitze von

Juwelen. Balduin fühlte so etwas, und mehr bedurfte es für ihn nicht, um seine Phantasie zu entflammen, er warf sich zum Retter des Judentums auf. Warum überhaupt eine Vergangenheit daraus machen, warum dem Traum nicht in die Gegenwart hineinhelfen, wenn er doch an solcher Unzerstörbarkeit sich ausweist?

Markus sagte schwermütig: »Er existiert noch, und doch auch existiert er nicht – so wie Ortschaften etwa, die mitten im atmenden Leben durch eine Katastrophe verschüttet wurden. Ewigstes, Vergänglichstes – je nachdem man will. Wer sie aus der Tiefe ans Licht, in die Luft hebt, gerade der sieht sie ja auch zu Staub zerfallen, grabreif. – Man kann sie Heimat nennen, leben aber kann man nicht mehr darin.«

Sein Begleiter ahnte nicht, wie viel Markus ihm von sich hergab, während er so mit der dunklen, ruhigen Stimme ihm halblaut sprach von seinen Dingen und Menschen. Es war ein Vorwegschenken zum Dank und aus Güte. Markus wusste, er dürfe so tun, denn der da neben ihm ging, das war ja Gittas Bruder! Und da er, vom Augenblick überrascht, für Balduins Vertrauen nichts Herkömmlicheres bereithatte, so griff er nach dem, was er am seltensten teilte.

Im Eifer des Gesprächs beachtete Balduin es gar nicht, dass sie längst hin schritten im hellsten Gaslicht der Stadt, wo sein unverlöschtes Laternchen sich wunderlich ausnahm; an Umkehr nach Hause dachte er langst nicht mehr. Hunderterlei brannte ihm noch auf den Lippen, auch begriff er nicht, warum er in seinen Studienplan nicht wenigstens etwas Alttestamentliches mit einbezogen hatte. Hebräisch zu können wäre herrlich! – solche Worte zu wechseln mit seinem allerneuesten Freund, die nicht für die Ohren von allen waren.

Zum Glück wohnte Markus Mandelstein recht entfernt, ganz am andern Ende der Stadt. Schließlich war man aber doch an seiner Haustür angelangt und verabschiedete sich voneinander. Und wie nun Balduin mit seinem Laternchen in Händen auf einmal so allein auf der Straße stehenblieb, da fühlte er sich ganz verdutzt. Freilich: hineingehen, gleich dableiben, einfach schlafen bei Markus, das ging doch nicht an. Hätte zu Hause Alarm gemacht. Aber dennoch war es im Grunde das Einzige, was dem stürmischen Tempo dieser Befreundung gänzlich entsprochen hätte.

Dermaßen lange her schien's Balduin zu sein, dass sie miteinander vom Berghaus fortgingen, als ob er inzwischen den Seinen entlaufen wäre und Markus zugelaufen wie ein herrenloser Schoßhund.

Von sehr, sehr weit oben blinkte das Berghaus mit ein paar erleuchteten Fenstern aus winterkahlem Wald zu ihm herüber. Soweit marschieren musste er nun auch noch! Bloß weil man nicht hier unten wohnte, hier in diesem, wie es ihm jetzt schien, doch hundertmal bequemer gelegenen Stadtteil. Hinab war's zwar rasch gegangen – viel zu rasch. Natürlich hätte er eher kehrtmachen sollen; an seinen empfindlichen Füßen brannten schon seit Tagen wieder verdächtige Punkte, die sich neu zu Frostbeulen entzünden würden – die nur auf diesen Gang dazu gewartet hatten –, und überdies war er ja erst vor ein oder zwei Stunden fußmüde heimgekehrt.

Balduin machte sich missmutig auf den Weg. Und fühlte nur die Entfernung, die gar nicht kleiner werden wollte, und nahm sich aus wie ein kranker, alter Nachtwächter, weil er gar so vorsichtig auftrat, um die verdächtigen Punkte zu schonen.

Nicht einmal an das Ereignis dieses Abends konnte er mehr recht denken in seinem bekümmerten Sinn oder an die Auserwählungsträume von Völkern und einzelnen, denen die Wirklichkeit widerspricht. Nur noch eins empfand er mit aufdringlicher Deutlichkeit bei jedem Schritt: dass es jedenfalls ganz anders sein müsse, ohne Frostbeulen durchs Leben zu gehen als *mit*.

IX.

Branhardt und Markus Mandelstein waren zuerst durch weibliche Affen miteinander bekannt geworden. Ein paar Ergebnisse, zu denen Markus Mandelstein mit seinen sechs Äffinnen gelangte, besaßen unmittelbarstes wissenschaftliches Interesse für Branhardt und führten zu mehreren Unterredungen. Ein einziges Mal brachte auch ein ärztlicher Fall sie in Beziehung zueinander. Ein sehr trauriger Fall in einer Rechtsanwaltsfamilie, wo auch Markus aus und einging. Die Frau, nicht mehr jung, stand vor ihrer ersten Niederkunft, erschwert durch so gefahrvolle Umstände, dass man sich anscheinend vor die Notwendigkeit gestellt sah, das Kind preiszugeben um der Mutter willen. Für Markus wenigstens, den Nichtspezialisten, sah es so aus. Branhardt hingegen glaubte am Aufkommen der Mutter auch dann nicht verzweifeln zu müssen, wenn er sie das Kind – durch Jahre ersehnt und nun fraglos zugleich ein Letztes – austragen ließ.

Gab es irgendetwas in der Welt, um das Markus ihn hätte beneiden können, so um diese getroste Festigkeit, womit er davon sprach. Nicht nur der bangen Frau, dem besorgten Mann gegenüber sprach, sondern auch bei sich selbst seiner Sache sicher blieb – eben dadurch soviel Glauben wirkend. Markus hatte alle Mühe, in der ganzen Zeit nicht hinter diesem Ton zurückzubleiben, wenn er ihn auch als Arzt eine Zeitlang selber geübt hatte und ihn mit seiner nicht gewöhnlichen Selbstbeherrschung oft virtuos genug traf. Ja, unwillkürlich reizte die Sachlage ihn zuletzt dazu, sich so überlegen Gewalt anzutun, dass er gleichsam noch auf Feinheiten des Zuversichtstones geriet, die sogar Branhardt entgingen.

Der Ausgang gab Branhardts Diagnose recht. Von ganz anderswoher aber traten wenige Tage später durchaus unvorhergesehene Komplikationen auf, und nach einem wahren Meisterstück von chirurgischem Eingriff Branhardts, nach einer unvergleichlichen Behandlung voll größter ärztlicher Hingebung verschied sanft und schmerzlos die gequälte Wöchnerin. An diesem Tage sah Markus Tränen in Branhardts Augen, die gewiss nicht leicht welche vergossen – er sah ihn den Schmerz der andern mit einer Zartheit miterleben, die über diese armen Menschen kam wie der menschlichste Trost –, sodass Markus sich neben ihm als ein lebloser Stock erschien, gänzlich unfähig, die Teilnahme, die ihn lähmte und hemmte, nach außen wohltuend kundzugeben. Und als er in seiner Hilflosigkeit einen fast unförmlich schönen Kranz zum Sarg gebracht hatte, da beneidete er Branhardt zum zweiten Mal und tiefer als vorher. Denn in der Zuversichtlichkeit, die Markus innerlich nicht mitgemacht, hatte er es zuletzt Branhardt sogar zuvorgetan durch die suchende Feinheit des Geistes; die Teilnahme jedoch, die ihn hinnahm, machte ihn auch noch zum Dummkopf.

Etliche Wochen später, gar nicht lange vor seiner ersten Einführung ins Berghaus, hörte Markus gelegentlich einer Ärztediskussion Branhardt gerade diesen besonderen Todesfall mit einem so neuen Verständnis erörtern, dass man fühlte, wie Wertvolles ihm daran aufgegangen war. Fernab von allem Persönlichen genoss er seine wissenschaftliche Ausbeute, die andern Fällen dienen würde, und fand große Anerkennung.

Mit welcher Logik griff doch so ein Seelenräderwerk tadellos arbeitend ineinander! Markus gestand es sich beobachtend und bewundernd. Hier hatte einer, in ärztlicher Tatkraft erst, in schöner menschlicher Wärme dann, seinen Willen, seine Seele ebenso selbstverständlich drangegeben, wie er nun normalerweise davon aufatmete – als der Erkenntnismensch, der er ja ebenfalls war, und der jetzt seinen sichern Ertrag dem voll Durchlebten entnahm.

Mit gleicher Logik wohl blieb Traurigkeit an dem haften – und verallgemeinerte sich nur noch immer –, der, anstatt dessen bei derselben Gelegenheit nur zu zweifeln, sich zu verstellen, zu zwingen gewusst hatte. Und doch: Dieses drittemal neidete Markus Mandelstein Branhardt nichts. – Sobald er aber Gitta ansah, freute er sich, dass gerade ein so Gearteter ihr Vater sei.

Wie ihm scheinen wollte, fühlte Branhardt sich nur sehr wenig als werdender Schwiegervater ihm gegenüber. Dagegen teilten sie immer mehr wissenschaftliche Interessen und verstanden sich darin ausgezeichnet. Für Branhardt war dies etwas, dem er sich meist nur widmen durfte, soweit er es praktisch verarbeiten konnte, aber er rang sich doch immer wieder einen Fetzen Zeit dafür ab, in einer Weise, die nur Branhardtschen Nerven möglich war. Oft brachte er Markus aus der Stadt mit sich nach Hause – durchaus, ohne Gittas dabei zu gedenken, einfach nur für sich selbst. Dann konnte man schon von Weitem beobachten, wie sie in Unterhaltung ganz vertieft daherkamen, wobei der kleiner gewachsene Ältere dem Jüngeren die Hand in den Arm schob oder vor Eifer mehrmals stehenblieb.

Nicht deshalb vergaß Branhardt alle Augenblick seine schwiegerväterliche Rolle über der kollegialen, weil er auch nur das Mindeste an Markus auszusetzen gefunden hätte, sondern weil er sich der Heiratsreife seiner Tochter überhaupt nicht gern erinnerte. So hielt er, auch zu Hause angekommen noch, Markus in unbefangenstem Egoismus viele Stunden in seinem Zimmer fest und freute sich sozusagen an Gittas Stelle dieser jungen, stark aufstrebenden Kraft.

Gittas Benehmen hierbei blieb immer dasselbe: Nachsichtig borgte sie ihrem Vater ihren Markus auf lange Zeit aus. Wenn es ihr dann lange genug schien, kam sie jedes Mal zu ihnen, in ihren Armen irgendetwas, womit Markus bekannt gemacht werden sollte. Denn sie hielt darauf, dass alles, was sie zum Ihrigen zählte, ihm allmählich vorgestellt würde, und davon gab es ganz erstaunlich viel. Als der Igel Justus an der Reihe war, erregte es große Heiterkeit, dass die Vorstellung tatsächlich gelang, indem er vor Markus sein kleines, helles Angesicht wirklich entblößte. Allerdings gönnte er ihm diesen Anblick nur kurz, bemächtigte sich eines Blattes der Abendzeitung, das gerade vom Tisch zu Boden sank, zog raschelnd damit ab und vergrub sich darein. Doch wurde Markus bedeutet, dass er dies nicht übelzunehmen habe, es gehörte zu den täglichen Freuden Gittas und hieß im Hause: »Justus liest die letzten Telegramme.«

In der schwierigen Übergangszeit zu Markus' Intimität im Haus spielte Justus eine ebenso große wie wohltuende Rolle.

Manchmal brachte Markus abends seine Geige mit; Anneliese und er musizierten dann zusammen.

Und am Flügel wurden sie und Markus einander ein wenig vertraut. Sie entdeckten Gemeinsames in ihrem musikalischen Geschmack und gestanden sich gegenseitig lachend, dass sie beide entgleiste Existenzen seien, da sie Klavierkünstlerin hätte werden müssen und er Kapellmeister. Menschlich blieb es jedoch zwischen ihnen beim Scherzen, Anneliese fand den Augenblick nicht, wo sie ihn hätte fassen und erkennen können – und nur wenn sie ihn bei seiner Geige sah, ahnte sie wohl zuweilen: Dieser Mensch sei nicht von so gemessenem Herzschlag, wie seine steife Art und Weise noch immer glauben machte, wohl aber vielleicht maßlos, und er müsse schon deshalb die Musik leidenschaftlich lieben, weil sie an seiner statt sprach und befreiend sein Gefühl mit Formen beschenkte.

Markus täuschte sich nicht gern: Ihm schien, sogar auf dem Gebiet der Musik ergab die Gleichheit des Geschmacks sich lediglich aus der Ungleichheit, dass Anneliese von dem ihr Verwandten am stärksten angezogen wurde, er aber mitunter von seinem Gegensatz; ein Umstand übrigens, der ihn nicht minder lebhaft daran interessierte als Anneliese die vermeintliche Einigung. Klüger als sie, rechnete er fast mit einem Unverrückbaren, das möglicherweise zwischen ihnen bestehen bleiben würde ungeachtet beiderseitigen Willens zueinander hin und vielleicht tiefer begründet als durch Vorurteil.

Trotzdem Flügel und Geige für Anneliese ein ebenso neutrales Gebiet der Annäherung an Markus schufen wie die wissenschaftliche Gemeinsamkeit für Branhardt, vermochte die Frau doch keinen Augenblick, gleich Branhardt, zu vergessen, *wofür* das einander Finden so notwendig sei; ja, jegliches, was sie Markus verband, wob und spann insgeheim Fädchen an der mütterlichen Verbindung mit dem künftigen Sohn.

Allein nur ein einziges kurzes Mal schien diesem außerpersönlichsten Sinn ihres Beisammenseins unvermutet günstig.

Wo im Wohnzimmer die Wand für einen der wunderlichen Erker zurücktrat, hing, dem Blick dadurch etwas entzogen und doch ganz dicht bei denen, die ihren täglichen Platz hier hatten, eine Kreidezeichnung, weiß auf grau, nach der Markus oft hinschaute. Als er eines Tages, wartend bei offener Tür, allein im Zimmer stand, fasste er nach dem Bildnis und hob es von der Wand.

Ein Kinderkopf, lebensgroß, mit festem Kinn und lieben, lieben Augen. Ergreifend schön fand er ihn – erriet, wer das sei. – Und ein Wunsch, tief wie ein Bann, bekam Gewalt über ihn – eine so dringende, bannende Gewalt, dass Herrisches und Flehendes, Demut und Forderung ununterscheidbar eins darin wurden, als schüfen sie Schicksal. In diesen Minuten gab es das »Unverrückbare« nicht zwischen Anneliese und ihm: sie war mit enthalten in dem, wodurch Gitta ihm gehörte – in dem, was dem Wunsch Erfüllung schuf: »*So möge es sein – Gittas und mein Kind!*«

Anneliese kam an der Tür vorüber, während er dastand, tief versunken und vom lieblichen Bilde gefesselt. Langsam trat sie ein, ein Zittern im Innern, und als er den Kopf hob und ihrem Auge begegnete, da sah er es auf sich gerichtet mit einem Glanz, so weit und stark, dass er ihm durchs Herz fuhr.

Freudig – und doch verwirrend auch – so jäh verwirrend, dass er diesem ersten vollen Blick der Liebe nicht standhielt.

Wohl hätte er sie blicken lassen wollen bis in den Seelengrund – hinein in seinen letzten Wunsch noch. Und doch schloss er ihn fest, fest davor zu. Anneliese sah das. Sie senkte die Augen, etwas Schüchternes kam in ihr Gesicht. Ungenützt ging die unwiederholbare Minute vorüber.

*

Während all dieser gegenseitigen Annäherungen zwischen der Familie und seinem künftigen Schwager machte Balduin in vollem Behagen den Zuschauer, vermittelte wohl auch mit einer gewissen Leutseligkeit, wo es ihm nicht schnell genug zu gehen schien. Seine eigenen Sorgen um die Sache fielen ihm nur noch ein wie etwas ganz wunderlich Vergangenes; schreckhaft zu denken aber war es, wie leicht Gitta doch Markus auf ihrem Lebenswege hätte verpassen können.

Weil er jedoch bei so guter Laune war, wagte er sich an ein kleines Poem, worin Markus und Gitta durch ihre Vereinigung gänzlich zugrunde gingen.

Der Stoff lag noch von damals her in ihm, das Gruseln von damals poetisierte sich sozusagen – und es war geradezu herrlich, so hintenherum diesem Gruseln wieder auf die Spur zu kommen, um seine Schauer mit Sachkenntnis auszugenießen.

Im Übrigen beteiligte er sich an Markus' und Gittas Wanderungen über den Bergwald, wobei er ihnen beigegeben wurde als Schicklichkeitselefant. Aber Balduin selber wünschte stets so vieles mit

Markus unter vier Augen zu besprechen, dass er bei diesen merkwürdigen Spaziergängen Gitta ordentlich anfuhr, wenn sie ihm dabei einmal in die Quere kam. Man hätte das wohl erstaunlich finden können, wäre nicht jedem die Entschlossenheit bekannt gewesen, womit Gitta sich die Dinge nur gerade so formen ließ, wie es ihr genehm war. Dunkel blieb, ob es Markus ebenso genehm sei. Aber der fühlte sich dermaßen unsicher in Bezug auf alles, dass er in seiner steifen Nachgiebigkeit steckenblieb wie in einem Futteral. Ausschließlich zu Balduin entwickelte sich sein Verhältnis frei und unmittelbar, weil dieser ohne alle Umständlichkeiten ihn sich zugeeignet hatte.

Markus besaß hochgradig die Fähigkeit, im Selbstgespräch mit sich zu verharren, wenn ihm im Gespräch mit andern daran lag; man merkte es ihm nicht an, es sei denn an einer leichten Verschleierung des Blickes, dem das einen pathetischen Ausdruck lieh – was der Sprecher dann womöglich noch in aller Echtheit der eigenen Wirkung zuschrieb.

Balduin jedenfalls tat dies auf das Argloseste.

Förmlich ausschweifend ergab er sich dem erlesenen Genuss, in frischer Luft und bester Stimmung sich vor seinem neuen Freund all dessen zu entledigen und zu entladen, wovon er sich bedrückt fühlte, und was sich den Eltern gegenüber nur in Schwächezuständen verriet, da er im Übrigen doch lieber vor ihnen so dastand, wie sie ihn am meisten schätzten. Er entdeckte eine beinahe perverse Freude daran, vor diesen scharfen Augen, die ihm ja nicht das Geringste anhaben konnten, sich selbst zu durchschauen, ohne die Folgen elterlicher Pädagogik.

Dazu kam noch, dass Markus immer genau verstand, was er zu antworten hatte, um ihn angenehm zu widerlegen, und diese Stichworte, die Balduin ihm zuwarf, auf das geschickteste aufzufangen wusste.

Einmal zwar versagte Markus.

Balduin hatte sich über die ihm überall hinderliche Lebensängstlichkeit geäußert und mit der Selbstverhöhnung geschlossen: »Gibt's mal *gar nichts* zu besorgen und zu fürchten, so fällt einem todsicher der bekannte Ziegelstein ein – und am Ende wirklich noch auf den Kopf.«

Es war ja nicht schwer zu erraten, dass auf dies Stichwort nur die eine Antwort passte, die gefürchteten Ziegelsteine würden verleumdet, in Wahrheit säßen sie alle ganz bombenfest.

Vielleicht spähte Markus jedoch gerade durch das kahle Strauchwerk nach einer hellen Jacke aus: Schon wieder war Gitta mit Salomo wer weiß wo ihnen voraus. – Vielleicht war es reine Zerstreutheit, die ihn freundlich bestätigen ließ:

»Ja, ja, diese Ziegelsteine! Die sitzen aber auch überall ganz verteufelt lose.«

Balduin schaute ihn unbehaglich an.

»Glaubst du das wirklich? Ich hoffte immer: Der Mutige weiß das besser, und nur meine Feigheit fürchtet sich.«

Markus machte halt auf dem Fleck, wo er gerade stand. Seine Zerstreutheit wich nun erst. Er begriff nun erst. Pathetisch sahen die Augen nicht mehr drein – aber fanatisch. Es durchflammte sie etwas, wovor Balduin – als sei dies doch gar nicht mehr Markus – fast zurückschrak.

»Feige? – Nein! Was heißt denn das: Mut – wenigstens dreiviertel davon? Oft ist er nichts als eine Art von Idiotie – Mangel an rascher Vergegenwärtigung aller Möglichkeiten –, Hirnmangel. Oder auch ein Rausch aus bloßer animalischer Kräftigkeit, ein falscher Kräftevergleich, also ebenfalls ein Fehlschließen. – Wer aber mit Bewusstsein aller Gefahren *lebt* – einschließend die Möglichkeiten, die er bis ins Letzte *fühlt* –, ist der feige? Nein! Den *Mut,* den haben die andern uns nicht voraus!«

Auch Balduin hatte stillgestanden, wie eingewurzelt stand er. Er durchbohrte den künftigen Schwager geradezu mit seinen Blicken. Und dann schrie es heraus aus ihm:

»Auch du also bist–« fast wäre ihm entfahren: »feige«, doch dann vollendete er jauchzend: »Auch du bist *so!* Oh, immer, immer wusst' ich's ja: Nicht erst den Umweg über die Gitta brauchten wir! Gehören zusammen – ganz, ganz!«

Nein, kein Fremder, dieser fanatisch Blickende – gerade *das* war also Markus, der wie eine Kraftkeule schwang, was Balduin als Waffenlosigkeit bejammerte. Die letzte Schranke fiel! Und Balduin fiel ihm begeistert um den Hals.

Als Gitta zwischen den Baumstämmen auftauchte, sah sie mit Salomo noch die Ausläufer dieser Zärtlichkeit. Sie hatte gerade pfeifen wollen, wie es verabredet war, wenn sie einander zu lange aus den Augen kämen. Aus lauter Takt unterließ sie den Pfiff.

»Jetzt werden sie sich wohl gleich küssen, diese beiden«, sagte sie zu Salomo und wartete darauf, in ihren Händen halberfrorene Holunderbeeren, die man nur noch schwer auffand, auf deren Herbeischaffung jedoch Max, der Hahn, noch immer bestand.

Der Kuss erfolgte nicht. Aber Markus' Aussehen erschien Gitta doch verdächtig beglückt.

Jedenfalls ist er mit dem Balder schon bedeutend verheirateter als mit mir! Dachte sie mit innerem Lachen.

Und in der Tat; auf die Heimkehr von diesem fragwürdigen Waldspaziergang zu dreien folgte ein Stadtspaziergang durchaus zu zweien, zu welchem Balduin Markus hinunterbegleitete. Von den Eltern und Gitta aber nahm der Heiratsanwärter, wenn möglich, noch förmlicher und verhaltener Abschied als sonst.

Denn eine wütende Lust riss an ihm, Gitta anstatt dessen auf den Arm zu heben und sie heimzutragen zu sich und allen Gängen nach oben wie unten ein Ende zu machen, indem man gleich unten zu Hause blieb – zu zweien.

Die Einzige, die Markus' allzu förmliches Wesen zu bemerken schien, war Anneliese.

Nach Art starker Naturen hatte sie, nachdem sie sich gegen Gittas Wahl mehr gewehrt als Branhardt, das einmal Entschiedene derart einbezogen in ihren Willen, erfüllt mit ihrem Gefühlsgehalt, bis ihre Bejahung der Tatsache fast überenergisch ausfiel.

Sie wäre nicht Anneliese gewesen, wenn sie nicht für diese Zeitspanne vor der offiziellen Verlobung eine Fülle von Erlebnisseligkeiten gewusst hätte, die *so* niemals mehr wiederkommen. Ja, ihr schien: wenn man sie nachts mitten aus dem Schlaf dazu hätte wecken wollen, würde sie sie ohne Stocken und, ohne dass eine ausfiel, haben hersagen können.

Zu äußern wagte sie sich nicht, damit man sie nicht der »Sentimentalität« zeihe. »Überschwang« war Branhardts Wort dafür.

Aber mochte man es nennen, wie man wollte: ihre eigenen Erinnerungen wurden schwer über ihr, senkten die Flügel, weil sie nicht zum Aufschwingen kamen am Dasein der Tochter.

Sie entsann sich so gut der Heimlichkeiten vor ihrer Verlobungszeit, der gestohlenen Küsse, der glühenden Wangen, der unwiderstehlichen Gelegenheitsmacherei des Mondscheins. War das alles überlebt, galt das nicht mehr für die jungen Menschen von jetzt?

Erst vor zwei Tagen leuchtete der Mond so märchenhaft auf den Bergwald hernieder, dass sogar Branhardt und sie das Fenster öffneten und sich wie verzaubert hinauslehnten. Markus schien nicht zu begreifen, dass einem Gang durch den Garten nichts im Wege stehe. Und Gitta dachte anscheinend gar nicht daran.

Nur Balduin geisterte einsam im Garten herum und trug seine eigenen Gedichte eindringlich dem Monde vor.

X.

Der Weihnachtsbaum stand noch im Erker und streckte ins Wohnzimmer hinein einige seiner reichbehangenen Zweige. Weil den Baumüllerschen Kindern sowie anderen kleinen Wesen aus der Umgegend zu Weihnachten beschert wurde, erhielt er noch alljährlich seinen ganzen kindlichen Schmuck, worunter sich sogar Schokoladenmänner und versteinerte Marzipanwürstchen befanden, die vor einem Jahrzehnt Gittas und Balduins Herz so entzückt, dass sie die Gier ihres Magens überdauert hatten.

Gitta und Markus hielten sich ausnahmsweise allein im behaglichen, hell von Wintersonne durchstrahlten Gemach auf, wo es nach Süßigkeiten und vertrocknenden Tannennadeln duftete. Draußen war es wohl weiß und kalt, aber wie die Sonne so hereinkam, machte sie sich fühlbar im Zimmer, als ob der Dezemberfrost, an ihr aus seiner Starrheit aufwachend, Sprache erhalten hätte, um zu verkünden: »Frühling!«

Vor Gitta auf dem Tisch lagen etliche Photographien, die sie, ihre Arme aufgestützt wie ein lernendes Schulmädchen, endlos betrachtete – Frauengesichter, Männerköpfe, ein alter Mann mit langwallendem weißen Bart, der sicherlich ähnlich sah irgendeinem der Propheten – sie konnte sich nur nicht gleich vorstellen, welchem, denn seit sie aus der Schule heraus war, hatte sie nie wieder an einen einzigen von ihnen gedacht, und nun wurden sie doch sozusagen ihre Verwandten.

Markus harrte schweigend, dass sie was dazu sagen werde, jedoch sie sagte gar nichts. Nur ihre Ohrzipfel, von denen er eins zu sehen bekam, röteten sich. Und dann zuckte sie ganz eigentümlich bebend mit den Schultern auf, machte eine Bewegung wie ein scheugewordenes Pferd und brach los in Weinen.

Er stand vor ihr, tief bestürzt, jedoch ohne sich zu regen.

»Sie mögen sie nicht!« vermerkte er nur.

Das traf sie ins Herz, sie raffte sich auf aus ihrem kindischen Tränenerguß:

»Nein – das ist es nicht – warum denn nicht mögen – ich kann sie wohl mögen – nur: dass sie überhaupt da sind – ich meine: sie so plötzlich vor mir zu sehen, alle, von denen Sie nur irgendjemand sind – gar nichts Unvergleichbares, nur so etwas mit den vielen Personen hinter sich.«

Über der Bemühung, sich verständlich zu machen, hatte sie sich sofort beruhigt, es beschäftigte sie so, dass sie vergaß, sich die Augen abzuwischen – fast lachte sie:

»Es ist dumm von mir – aber ich wünsche so sehr, Sie möchten bleiben, wie von irgendwoher heruntergefallen – nicht in zu vielen Exemplaren vertreten, vorhanden – nein, was ganz für sich – das heißt für mich. – Es ist ja dumm –«

Er war ihren wunderlichen Worten – gewiss nicht solchen, womit man die zukünftige Familie zu begrüßen pflegt – mit tiefster, eindringender Aufmerksamkeit gefolgt; er hielt in sich jedes aufsteigende Gefühl von Kränkung in Fesseln, das ihn hindern würde, ganz zu verstehen. Nichts schien es zu geben, was dieses junge Mädchen ihm nicht rückhaltlos von sich hätte bloßlegen dürfen – und auch ihr Blick bestätigte vertrauensvoll, dass sie das wisse.

Sie waren sich deshalb nach diesem gefährlichen Gespräch nur noch näher als zuvor in ihrem Vertrauen.

Markus sagte:

»Nicht dumm – das nicht – aber schade. Denn da ist so vieles in mir, wozu nur meine Familie den Schlüssel hergibt. – Und einen Juden, so wie er ist, ungeteilt, ungehemmt, sieht man nur durch die Seinen.«

Er sah ruhig und nachdenklich aus. Auch die Seinen hatten ja die bevorstehende Verschwägerung keineswegs mit Begeisterung aufgenommen – für den Vater war sie ein Schlag. – Sie mussten erst Gitta und in Gitta seine Freiheit lieben lernen. Und Gittas Liebe zu ihnen, die konnte erst eine späte Frucht werden ihrer Liebe zu ihm – die späteste vielleicht. – Würde sie ihm überhaupt jemals reifen? Sie musste es! – Jeden Dienst würde er dran tun, damit sie reife, lange – lange zufrieden sein mit der unzulänglichen Liebe, bis diese wundervolle ihm zufiel – um Lea freien sieben Jahre, ehe Rahel sich ihm gab – aber einst, da musste sie es! – Musste ihm damit »Heimat« zurückschenken.

Beide wurden einsilbig. Anneliese würde gemeint haben: Schon wieder wechseln sie keine zwei Worte, wie sooft. Das aber wäre vielleicht selbst ihr unerwartet gewesen, dass sie im Alleinsein sogar sich noch nicht duzten. Man gewöhnt sich ans »Sie« der Anrede wie ans »Du« der Gedanken, Markus gewöhnte sich daran, und ihm schien auch, das Duzen zu zweien, das hätte ihm alle gezogenen hochnotpeinlichen Schranken – alle! – im Nu zu Kreidestrichen gemacht.

Während er die Photographien wortlos an sich nahm, errötete Gitta nachträglich für ihr Betragen. In einem Gemisch von Scham und Trotz bemerkte sie:

»Diese Bilder bringen Sie mir her – und waren soeben sehr gut zu mir – aber eins, das haben Sie mir ja doch eigentlich nie gesagt.«

Markus blickte sie fragend an.

»Dass Sie mir überhaupt gut sind!« murmelte Gitta trotzig.

Er stutzte. »Nein! – Es ist wahr. – In der Tat – ich habe es aber nur vergessen.«

»Warum sagen Sie mir dann nicht: Ich liebe Sie!« fragte sie erwartungsvoll.

»Ich liebe Sie.«

»Ich Sie auch«, erklärte Gitta.

»Ich danke Ihnen sehr!« antwortete Markus.

Sie sprachen das steif und ernst aus, ohne die mindeste Möglichkeit zum Humor dran zu finden.

Markus selbst bestürzte das. Er griff nach Gittas Händen, die ineinander geschlungen auf dem Tisch ruhten, und drückte sie ungeschickt in den seinen zusammen, er bückte seine Stirn dagegen, und Gitta fühlte die Kälte seiner Hände und deren Hilfloses.

»Schöner – war's damals – früher! – Schöner – ehe wir so verkehrten und so zueinander sprachen!« murmelte er dabei.

Sie verharrte ziemlich verblüfft. Ganz außerordentlich seltsam erschien ihr das, was er da sagte – ja, besonders *dass* er es sagte! Dass er das Damalige, Ungewisse, nur Ersehnte zwischen ihnen vorzog dem Sicheren, Wirklicheren. Aber schön war es gewesen, darin hatte er wohl recht – schön diese Wunderwelt, die alles noch enthielt, ungesagt, ungemessen, unfasslich – diese unsichtbar-sichtbare Wunderwelt, darinnen es noch um sie brauste wie von Sturm oder Gesang.

So musste es wieder werden! Gitta ergriff umgehend der lebhafteste Tätigkeitsdrang:

»Alles ist ganz verkehrt – man muss es ändern – wir müssen rascher vorwärts – diese Prüfungszeit muss enden – wir haben uns ja nun immerzu geprüft.« Sie dachte: und wozu auch! Ich würde ihn ja auch lieben, wenn er ein siebenfacher Raubmörder wär'!

Belebt sah er auf: »Ja!«

»Wir müssen uns rasch offiziell verloben!«

Offiziell! Wie wohl das erst war! Ihm schauderte die Haut. Allein geschehen musste es ja, man musste standhaft sein; es war jedenfalls die Krisis, erst nach der kam die Genesung.

»Sie denken doch ebenso, Markus?«

»Ach ja!« jagte er etwas schwach und erhob sich unwillkürlich vom Stuhl – schwül wurde ihm in dieser zuschauenden Morgensonne, die den Ofen zu übertrumpfen schien.

Auch Gitta sprang auf, trat unvermittelt auf ihn zu, die Freude ihres Herzens wollte sich Luft machen.

Dicht vor ihm, Blick in Blick, hielt sie inne – sah, wie er steinern stand, in seinem reglosen Gesicht weiteten die Nasenflügel sich, er schloss die Zähne.

Sie sah ihn an – und plötzlich, da erbrauste es ja um sie! – Sturm und Gesang – umbrauste sie wie damals.

»Deine Frau sein!« –Das Wort kam ihr atemlos, an seinem Hals.

Mit eisernem Ring schlossen sich um sie seine Arme.

*

Am Silvestermorgen gingen Anneliese und Gitta zur Stadt hinunter, um Besorgungen zu machen für die Neujahrstage. Im Magazin am Markt waren zudem endlich die grauen Tuchstoffe angelangt, aus denen sich die Mumme ein neues Winterkleid wählen sollte, und dergleichen durfte beileibe nicht geschehen, ohne dass Gitta das letzte Wort dazu sprach.

Sie machten einen Umweg über die weißbereiften Anlagen, die sich seitlich der Landstraße hinabzogen bis in die Stadt. Bei der Milde der windstillen Luft spürte man den Winter kaum, obschon er fast protzend sich vor Augen stellte. »Wie vom Zuckerbäcker ins Schaufenster hingesetzt: mit roter Glimmersonne und blinkenden Frostflitterchen und alles essbar«, meinte Gitta, deren Mund nicht stillhielt; »oder wie Winter auf Glückwunschkarten – mit Schneeweiß und Sonnenrosenrot, mein erster offizieller Gratulant.«

Anneliese antwortete kaum. Sie dachte an die plötzlich so eilig betriebene Verlobung, um deren Frist Gitta sich seit der Weinkrampfszene überhaupt nicht mehr gekümmert hatte. War sie denn auch nur im Mindesten reif für den Ernst einer Ehe?

Und unwillkürlich begann Anneliese ihr davon zu reden. Gitta hörte erst nur freundlich zu, dann aber hochinteressiert. Denn die Mumme, wenn sie »Ehe« sagte, konnte sich absolut nur ihre eigene darunter vorstellen, und Gitta wusste schon: dann klang es wie lauter Märchen, dann erging es ihr wie jener Prinzessin, der alle Worte, die ihr über die Lippen kommen, zu Blumen und Juwelen werden.

In der Tat: was Anneliese mahnend und streng nach ihrem besten Wissen und Gewissen hatte sagen wollen – von der Mühe und dem Ernst, die das Leben ausmachen –, das wandelte sich unmerklich an ihrer Erinnerung zu etwas sehr Freudigem, ja Herrlichem um. Als wenn Alltag und Feier sich nicht mehr unterscheiden ließen in dem, was Ehe hieß – so wie in der Natur die rastloseste Arbeit im Innersten einer Pflanze sich dem Blick doch nur festlich erschließt als Blüte und Farbe und Duft.

Wie sie dann unten im Tuchladen nebeneinanderstanden, da sah Anneliese viel froher und jünger aus als eine Stunde vorher, und wirklich fühlte sie sich in befreiter Stimmung, fähig neuen Glaubens an die »hohe Zeit«, der ihr Kind entgegengehen wollte. Zerstreut glitt ihre Hand über die vor ihr ausgebreiteten grauen und braunen Damentuche und prüfte zögernd einen beiseite liegenden Stoff von sehr tiefem, weichem veilchenblau. In ihr Gesicht stieg eine leise Röte, als der Ladenjüngling ihn beflissen zu ihr heranschob.

»Ich glaube – diesmal nehme ich den«, sagte sie.

»Ach, Mumme!« schrie Gitta auf. Und der befremdete Jüngling sah, wie sie sich niederbückte und vor aller Augen die Hand küsste, die zum ersten Mal seit Jahren nach einem farbigen Stoff griff.

Um ihret-, um ihrer Brautzeit willen trat ja Anneliese heraus aus ihrer langen Trauer um Lotti.

Da war es Gitta, als ob sie von der Menge der guten Vorsätze und stummen Gelübde, die schon unter den Worten der Mumme sich in ihr angehäuft hatten, gradeswegs zersprengt würde. Die Mumme sollte sich nicht sorgen! Wenn es denn so notwendig war, brav, tüchtig, glücklich, weise dafür zu sein, das wollte sie schon besorgen! Mit der Ehe verhielt es sich offenbar ähnlich wie mit den dicken Wunderknäueln, die man abstricken muss. Tut man das nur treulich und fleißig, so bringt man damit nicht nur eine Socke zustande oder ein Wickelband, sondern je mehr man strickt, desto rascher fallen Stück für Stück die darin verborgenen kleinen Wunder einem in den Schoß. Aber freilich hatte Gitta bei ihren Wunderknäueln meistens geschwindelt.

Zu Hause schloss Gitta sich für ziemlich lange in ihre Stube ein. Sie benutzte den Altjahrstag dazu, eine Sündenliste anzulegen von allen Fehlern, die sie abzulegen haben würde. Da sie sich verbot, aus ihrer Mädchenstube hinauszuheiraten, ehe sie fehlerrein sei, so musste es möglichst schnell damit gehen. Der Übersicht halber schrieb sie auf die Blätter ihres Abreißbuches je einen Fehler, diese spießte sie dann an einer langen Stecknadel mit grünem Glasknopf in der Tischplatte fest wie Schmetterlinge. Es wurden ganz unbegreiflich viele Fehlerblätter daraus. Das vorletzte enthielt bereits Nr. 47: »Dass ich elf Stunden Schlaf brauche«, und als sie das letzte resolut durchstach, stand reuevoll darauf: »dass ich Tieren treuer bin als Menschen«.

Nebenan im elterlichen Schlafzimmer ruhte Anneliese ein wenig – eine Stunde mit sich allein zu sein, ehe der Abend anbrach. Erregt und bewegt trieb zunächst all ihr Denken um die unmittelbarste Gegenwart, allmählich jedoch in der ruhigen Dämmerung, die immer tiefer wurde, trat, was sie umgab, mehr und mehr zurück. Vor ihrer Seele stand Lotti.

Sie dachte an das kleine Mädchen, das nicht mehr mit Freuden und Ängsten sich an sie drängte gleich ihren andern Kindern, das stumm abseits von ihnen stand, fertig geworden mit allem Leben, seltsam vollendet vom Tode: ein Kunstwerk Gottes geworden, an dem die Mutter, die es in der Seele trug, oft und oft ihre Sammlung fand und still ward – ihren Anteil an Ewigkeit wiederfand für sich selbst. So würde Lotti stehenbleiben, unverändert durch die Zeit, während ihre Schwester zur Braut reifen würde, zur Frau, selber zur Mutter; – stehenbleiben in ihrem Kinderkleidchen – immer ganz nahe aller Unschuld und Erinnerung – neu geboren immer wieder mit jedem Kind, das Anneliese um sich spielen sehen würde, dem zärtlichsten Fühlen verknüpft – Genossin noch den Enkeln.

Und in der Stille der Dämmerung streckte Anneliese zum ersten Mal mit einem Lächeln ihre Arme aus nach Lotti, sie herzend mit den leisen, zarten Gedanken, die der Tag nicht vernimmt. –

Dann kam Branhardt zu ihr; der Lebenden voll. Auch an Balduin jetzt voller Freude, seit er ihn so sichtlich interessiert für die erwählten Studien sah. Wobei allerdings, wie Branhardt lachend zugab, das Alte Testament eine ganz unvorhergesehene Rolle spiele, glücklicherweise jedoch, ohne sämtliche Pläne umzuwechseln, bis zum Wechsel von Beruf und Bekenntnis.

Zum Abend wurde Markus erwartet. Vom Silvesterpunsch brach man gemeinschaftlich auf, um, wie jedes Jahr geschah, auf den Bergwald hinauszugehen und die Neujahrsglocken der Stadt läuten zu hören.

Vollmond stand im Kalender; am Himmel jedoch ließen die Wolken, windgetrieben, nur hier und da ein wenig von ihm durch ihre Ritzen scheinen. Es war kälter als am Morgen, und sobald man – Salomo schnaufend voran – die Bergwaldhöhe erklettert hatte, blies es gewaltig von Osten, den Wäldern, her.

Branhardt schritt mit Markus ein ganzes Stück hinter den andern, den Arm ihm untergeschoben und vertieft in eine Unterredung, die diesmal nicht beruflicher Natur war.

Balduin stand als Erster wartend am Abhang, gespannt niederblickend auf die lichterflammende Stadt, wo die Glocken gleich losläuten würden, wovon er nicht gern überrascht wurde. Selbst der Mond war neugierig geworden und trat plötzlich heraus: mit einer Pünktlichkeit auf die Minute wie beim Theater. Alle fünf Taschenuhren behaupteten in seinem absichtsvollen Licht, dass jetzt der Moment eingetreten sei, sich »Prost Neujahr!« zu sagen, allein die Stadt unten blieb stumm. Der Wind, der nach wie vor von Osten daherfegte und nichts vernehmen ließ als sein sanftes Gedröhn, erklärte dem Mond, dass er sich im Auftreten geirrt habe.

Da, während man noch lachend sich herumstritt, ob Wind oder Mond richtiger beraten gewesen, kam ins Gelächter hinein aus den tiefen Wäldern im Rücken der Klang einer einzelnen, lauten, läutenden Glocke. – So stark war er, so eindringlich, dass man das Gefühl gewann, dicht dahinter stehe unsichtbar ein Kirchlein, hergeweht vom nämlichen Winde, der den großen Neujahrstrubel dort unten unhörbar machte, vor sich hertrieb, mit sich fortnahm – weithin. Seltsam wirkte es: die Stadt vor Augen zu haben, die stumme, die so vergeblich sich anzustrengen schien mit ihrem Lichtermeer, Festgetöse – und, aus dem Dunkel heraus, als sei alle Macht ihr gegeben bis in alle Fernen, wenn sie nur wolle, die eine, schwingende, feierliche Glocke.

Nach der Lustigkeit, worin auch er sich befunden, durchfuhr sie Balduin mit einem nervösen Schauder, namenlos überraschend, - überlaut anschwellend, ja, urplötzlich das Weltall füllend für ihn. Und da er, im hellen Theaterlicht des Mondes, sich nicht die Ohren zuhalten konnte vor aller Augen, so stand er in schrecklichem Kampf mit sich, starrend in heuchlerischer Gleichgültigkeit auf einen Punkt in den Wolken und hoffend, dass die Geisterglockenstimme wieder zur einfachen Dorfglocke von Brixhausen werden würde, wenn sie nur erst begriffen, es wirke gar nicht auf ihn.

Die niederhängenden Hände zu Fäusten geschlossen, dachte er wild: Nur *das* können – gerade derjenigen Dinge Herr werden, die am gewalttätigsten, am lautesten zu ihm sprachen. Denn er fühlte: Gerade die wollten ihn, gerade die wollte er! Wenn es gelänge! Wie mit Neujahrsglocken würde jedes Ding ihm ein unfasslich hohes Leben einläuten.

Markus hielt sich neben Gitta, ziemlich unberührt von dem, was um ihn vorging, und ohne Mitgefühl für Glocken, die ihn an nichts erinnerten. Aufs Stärkste dagegen klang das Zwiegespräch mit Branhardt in ihm nach. – Tief erregt dachte er, ob er Gitta zu einer so glücklichen Frau machen werde, wie Anneliese es geworden. Und während er es sich fiebernd fragte, suchten Furcht und Zweifel sich listig um seine Gefühle zu drängen wie um einen tiefen, allzu tiefen Brunnen, der sein Gewässer verbirgt.

Wodurch hatte Branhardt eine so glückvolle Ehe erreicht? Geglaubt vor allem – wie bei jeglichem, felsenfest ans Gelingen geglaubt –, wo aber etwas nicht ganz gelang: von Maßlosem der Forderungen ablassen gelernt, denn alles Leben ist an sich selbst schon Zugeständnis, und wer das versteht, ohne daran feige zu werden, ist sein Meister.

Aber da erhob sich aus Markus' Kleinmut ein Hochmut riesengroß: nicht glücklich wie Anneliese – glücklicher als sie musste Gitta werden! Nicht wie Branhardt konnte er, Markus, das Glück finden. Nicht glauben konnte er, ohne zu sehen, aber auch nichts ablassen, nicht loslassen – niemals! Nicht darauf verzichten, dass das Leben bis auf den Grund seines Brunnens die schöpfenden Eimer niederließ, seine Wasser zu heben – nein, nicht sich mit Erreichbarerem, Möglicherem begnügen – und kämen die goldenen Eimer auch nie mehr herauf. – –

Markus beachtete kaum, dass man nach Hause aufbrach. Selbst auf Gitta, um die dabei doch seine Gedanken kreisten, blickte er in diesen Minuten halb zerstreut hin. Dann jedoch musste er auf einmal lächeln: Als sie sich niederbückte zu Salomo – der sich offenbar tief unglücklich gefühlt hatte wegen der Kälte des Bodens, worauf er um Silvesters willen dasaß – und ihn auf die Arme nahm. Markus' Phantasie tat einen wunderlichen Ruck und geriet ganz woanders hin, und irgendetwas wurde hell, ganz zukunftshell in ihm. Die Finsternis draußen, der kein Mond mehr schien, ließ es vergessen, dass das

Kleine, was Gitta da vom Boden auflas und mit mütterlicher Fürsorge im Arm hielt, nur Salomo war.

Sowie man sich dem Berghaus näherte, entstand drinnen Bewegung. Frau Lüdecke, die mit Herrn Lüdecke unten beim Silvesterpunsch saß, Nussschalen auf Waschschüsseln schwimmen ließ und Blei goss, hörte rechtzeitig die Stimmen und Schritte; sie ließ alles im Stich, wiewohl es mit dem Bleiguss der verhängnisvollste Augenblick war, und flog hinauf ins Wohnzimmer, um im Erker sämtliche Kerzen am Weihnachtsbaum anzuzünden. Denn eigens zu diesem Zweck hatte sie sich ausgebeten, dass man den Baum noch nicht »plündern« möchte. Und es machte sich auch wirklich sehr hübsch, als die ganze Pracht plötzlich bewillkommnend in die Winternacht hinausstrahlte und glitzerte – goldene Nüsse, rote Äpfel, Sterne, Würstchen, Engel und Marzipanmänner.

Frau Lüdecke rief als Erste das »Prost Neujahr!« im Hause, voll hoher, ahnender Erwartung in der Zimmertür stehenbleibend, um herzhaft mitzutrinken. Branhardt hob sein Glas und sagte:

»Der kleinen Braut ins neue Jahr! Und auf die Hochzeit unserer lieben Kinder im Frühjahr!«

Worauf Gitta geübt Markus um den Hals fiel und Frau Lüdecke laut anfing zu weinen. Nun war sie auch die Erste, die's wusste! Und auch das wusste sie nun, dass der Bleiklumpen, der noch nicht entschieden gewesen, ob er ein Hund werden sollte oder ein Schiff, nichts anderes sein konnte als ein eigenartig geratener Myrtenkranz.

Das Tuch vor die Augen gedrückt, flog Frau Lüdecke die Treppe hinunter, um Herrn Lüdecke darüber aufzuklären.

Zweiter Teil

XI.

Das Obst blühte spät in diesem Jahr.

Für Gitta fast zu spät, zu ihrer Hochzeit stand das meiste noch in Knospen. Sie musste sich endlich entschließen, mit den Kirschbäumen vorliebzunehmen, und die beeilten sich denn auch programmgemäß.

Dann aber hob ein Blühen an, verschwenderischer, als es je gewesen – eine wahre Hinterlassenschaft von einem Hochzeitsfest: So nahm der Garten sich aus –, eine nicht enden wollende Nachfeier, die sich immer noch nicht genug tun konnte in ihrem Überfluss, die von ihren Blüten den Menschen über den Weg streute, wo sie gingen und standen, und schimmernde Kronen hochhielt über ihren Häuptern.

Frau Lüdecke sagte jeden Tag etwas Gefühlvolles darüber und Herr Lüdecke was Philosophisches. Und sogar Branhardt, ungeachtet vermehrter Arbeit infolge der zeitraubenden Hochzeitstage, ging morgens selten zur Klinik hinunter, ohne ein paar Gänge durch seinen unnatürlich schönen Garten zu tun – von dem er übrigens einigermaßen poesielos geäußert hatte: all die Herrlichkeit schmecke jetzt verflucht nach Reste essen hinter der Hauptmahlzeit. Denn etwas fehlte ihm an der Obstblüte: Das war Gitta mit ihrem leidenschaftlichen Entzücken daran, und Gitta überhaupt.

Mehrmals schon war Balduin Branhardts Begleiter durch den Garten gewesen, ohne doch anders als einsilbig neben ihm herzugehen. Ein besserer Seelenkünder aber hätte bemerken müssen, dass Balduin den Vater dabei fortwährend innerlich umkreiste wie ein Haus, um das man herumgeht, unschlüssig, ob man durch das Haupttor sich Eingang schaffen soll oder doch lieber hinten herum. Branhardt bezog es naiv auf die Fruchtbäume. Eines Morgens aber, als die Obstblüte sich schon zu bräunen anfing und in der sonnenwarmen Luft zu sinken, entfuhr Balduin wie aus einer Pistole geschossen folgende Mitteilung:

»Man sollte nach dem Süden wandern. Immer tiefer. Am besten vielleicht bis nach Ägypten.«

»*Nur?!*« fragte Branhardt und lachte. Er schien gar nicht übermäßig erstaunt. »Auch ich ginge Gitta gern nach Venedig nach. Und Ägypten? Sagte sie nicht: Am liebsten würde sie ihre Hochzeitsreise in die Wüste machen und Araber in weißen Gewändern tanzen sehen? Weißt du: Etwas von der Exaltation der ganzen Festgeschichte steckt uns noch in den Gliedern – mir ja auch! Es fliegt auch wieder ab von uns wie die Blüten vom Baum, wenn die Zeit um ist.«

Balduin wusste gut: Es flog nicht wieder ab, und es kam nicht von Gitta und war keine »Exaltation«. Die hatte höchstens mitgeholfen, ihm endlich die Lippen zu lösen.

Aber er sagte jetzt etwas anderes, nicht sehr laut und mit nicht gerade deutlicher Stimme: »Vater, es ist dies: dass ich, anstatt zu studieren – es ist für eine große Arbeit, dass ich gern fortginge.«

Die Hände auf dem Rücken verschränkt, den Kopf etwas hoch, blickte Branhardt stehenbleibend stumm vor sich hin in die Bäume. Als höre er scharf auf die knapp verständliche Mitteilung; allein er überlegte nur scharf. Auch noch als Balduin schwieg. Dann bemerkte er, gleichsam mit einem Tadel wider sich selbst:

»Ja – zweifellos ist das ein Fehler gewesen, ein schwerer Fehler. Festbleiben hätt' ich sollen, dich noch einmal zurückschicken, als du vor Weihnachten heimkamst – als du gleich dableiben wolltest und Hals über Kopf loslegen mit dem Studieren.«

»Nein, nein! Das war kein Fehler!« fiel Balduin eifrig ein, beinahe gerührt, und gerade als ob er ihm den väterlichen Selbstvorwurf erlasse. »Gut war es – alles ist gut, alles ordnet und entschleiert sich ja jetzt so wunderbar in seinem Sinn! Gut war es, denn ohne dies eine Kolleg zum Beispiel –«

Branhardt folgte seinem eigenen Gedanken.

»Handelte es sich auch bloß ums Studieren allein dabei!« sagte er. »Aber: dass du absolut nicht durchzuführen weißt, was du selber um jeden Preis gewollt, errungen hast – und nicht einmal ein einziges Halbjahr lang! Sieh – dies macht alle Wünsche, die sich neuerdings aufdrängen, zu denkbar schädlichsten Versuchungen eines ungefestigten Willens.«

»Vater!« entfuhr es Balduin ganz verzweifelt. Gerade von seinem gefestigten Willen hatte er jetzt sprechen wollen, und dass er nur scheinbar willenlos etwas liegenließ – und dass er im Gegenteil zum ersten Mal lebe wie unter einem Gesetz – *seinem* Gesetz –, dass es ihn sonst ja auch niemals forttreiben würde ins Fremde, allein, ihn, den Unschlüssigen.

Überhastet nahm er einen Anlauf, sich gleich genau und ausführlich darüber zu erklären.

Es gelang auch staunenswert genau, bis in jede Einzelheit begründet: so eilig und erregt er auch sprach, so logisch fest ineinander versponnen war alles, was er sprach. Mit dem dringenden Wunsch begann er, erschloss die Notwendigkeit für seine Arbeit und endete ungefähr damit, dass alles verloren sei, wenn es ihm nicht gelang, bis nach Ägypten zu entkommen.

Unter den breitästigen Apfelbäumen hin, die allein noch ihren weißrosigen Schmuck unverkürzt trugen, schritt Branhardt neben dem Sohn dem Haus entgegen – langsam, in Gedanken, sodass er von den tief über den Weg hängenden Zweigen im harten Vorüberstreifen achtlos die Blüte brach. Es war Zeit, zur Klinik hinunterzugehen, doch auch darauf achtete er nicht, und die ihm fast unwillkürlich gewordene rasche Bewegung nach der Uhr unterblieb.

Beim Gartenausgang sagte er:

»Du selber solltest misstrauisch gegen dich werden in solchen Fällen – gerade um deiner lückenlosen Beweisführungen willen – ja, gerade deshalb!« Und an des Sohnes lange Rede denkend, lächelte er leicht mitten in seinem Ernst. »Was normal vor sich hin wächst, das weiß natürlich gar nicht so verblüffend Bescheid mit seinem verborgenen Wurzelwerk. Wo aber in uns etwas ohne rechten organischen Zusammenhang aufbegehrt, da zimmern wir uns gern so kunstvoll was zurecht, um doch Boden zu bekommen.«

Branhardt blieb stehen; allein jetzt war seine Zeit in der Tat um. Er schaute auf seinen großen Jungen, zu dem er hinaufsehen musste! So still und blass stand der bei ihm, die mattbraunen Augen, deren großer Schnitt den Ausdruck darin fast überdeutlich machte, vor

Traurigkeit beinahe leer im Blick. Da vergaß Branhardt noch einmal seiner Eile.

Mit der Hand über die Wangen wäre er ihm gern gefahren: wie einem Kinde in körperlicher Not. Denn wie eine Not solcher Art empfand er des Sohnes Angelegenheit; sachlich war sie gar nicht erst zu umstreiten.

Allein umso sachlicher sammelte sein ganzer Wille sich, der Beistand sein wollte und Hilfe, und nicht beeinflusst oder beirrt durch klagenden Wunsch.

Er legte Balduin die Hände auf beide Schultern.

»Nicht die Flinte ins Korn werfen, Junge! Nicht gleich von der ersten Unlust sich zurückwerfen lassen und alles umwerfen! Sondern dieses gerade: einmal absehen davon, ob etwas Lust oder Unlust macht. Zunächst alles beiseite tun, was dich abzieht vom einmal Begonnenen – einfach studieren. Sagen wir: ein halbes Jahr, ohne dich nach dir selber umzusehen. Dann reden wir weiter.« Balduin kam eine höhnische Antwort: »Danke für Diagnose und Rezept!« Aber die trockenen, spröden Lippen öffneten sich nicht.

Stumpf und vergrämt sah er dem Vater nach, wie er von ihm fortging. Wie er aus dem Garten hinausging und einbog in die lange Allee hinab zur Stadt; mit rascheren Schritten jetzt, die Zeit einholen wollten. Balduins Augen hafteten daran fest: Gar nicht hastig nahm sich das aus, sowenig wie etwa ein ruhiger Vogelflug Eile verrät. Er war überzeugt, dass der Vater sich dabei alle Zeit ließ, das Nächstfolgende, was zu tun sei, zu erwägen, und schon ganz gegenwartsvoll darin lebte, wenn es an ihn herantrat.

Und er dagegen war schon jetzt, am Morgen, müde. Nach all den Wochen hoffnungbeflügelter Arbeit, einer vielleicht zu starken Anspannung.

Wie dürftig war sie nun im Sande verlaufen, die große, langvorbereitete Unterredung, und wie erhebend hatte Balduin sie sich doch gedacht. Eines bezwingenden Pathos voll, das – den Bäumen gleich da im Garten – mit Blüten redet und von Früchten überzeugt! Wie oft hatte er sich jede einzelne Äußerung im Geist vorgeführt – sie laut sich vorgesprochen, wohl auch, jedoch öfter, weit öfter noch, sie geflüstert –, ja, sie gebetet fast, zu ihm, seinem Vater auf Erden, dem guten und dem klugen. –

Balduin lehnte an der Steinmauer, hinter deren knospendem Buschwerk man den Bergwald hinauf ein paar Städter bedächtig ihren Morgenspaziergang machen sah; weiterhin näherte sich singend ein Trupp Studenten.

Unbeweglich verharrte er da, trotzig und verzagt. Erbittert durch die lustigen Stimmen, die sich entfernten, wie auch durch das trübe Schweigen hinterher. Ebenso unfähig zur vorgeschriebenen Arbeit, dem Morgenkolleg, wie zur eigenen – zwischen beiden ein Ausgestoßener.

Das Haus unter den Blütenbäumen lag still und stumm. Nicht einmal Anneliese schaute nach ihm; sie machte sich in der Stadt zu schaffen, in Gittas einzurichtender Wohnung.

*

Balduin hatte sich Gittas Heimkehr von der Hochzeitsreise ungeheuer aufregend gedacht und sich schon davor geängstigt. So gedrückt war seine jetzige Stimmung aber, dass sogar dies große Ereignis sich ihm vom Alltäglichen kaum unterschied. Einer der Wagen, die man bei schönem Wetter den Bergwald heraufkommen sah, enthielt einmal statt anderer Leute Markus und Gitta, das war alles. Weil sie um einen Tag verfrüht und nicht angemeldet kamen, blieben allerlei Empfangsvorbereitungen unvollendet, und Gitta konnte sich den Spaß machen, im Berghaus den halbfertigen Willkommkranz aus dunkelroten Kletterrosen über ihre Wohnungstür zu Ende winden zu helfen – zum abergläubischen Schrecken von Herrn und Frau Lüdecke.

Balduin, wenn auch mit gesunkenen Seelenkräften, betrachtete sich Gitta ganz genau; das Einzige aber, was ihm als neu an ihr auffiel, war eine schon wieder veränderte Haartracht, und zwar trug sie plötzlich tiefe Madonnenscheitel, deren Demut ihr so wenig zu Gesicht stand, dass er draus schloss, weder die Demut noch die Tracht werde von Bestand sein.

Aus Italien machte sich Gitta gar nichts. Der heimische Frühling sei tausendmal schöner! Die Farben und die Menschen dort schrien,

Venedig sei ein Theater, und die Lagunen röchen schauderhaft. Sie hatte nicht geruht, bis sie ans Meer gingen. Markus hingegen rühmte die düstere Pracht alter Paläste, diesen Traum von Vergangenem in der südlich-ewigen Gegenwart. – »Woraus man gleich sieht, wie wenig wir zueinanderpassen!« bemerkte er dazu. Und dann gab er zum Besten, wie Gitta, jedes leisesten Ortssinnes bar, sich zwei Schritt vom Gasthof hoffnungslos verlaufen hatte und schon verzweifelt durch die Lagunen schwimmen wollte. Es schien ihm angenehm zu sein, dass sie sich ohne ihn gar so kläglich verlief.

Zweimal hatten sie Bekanntschaften geschlossen: einmal mit einer jungen Nonne, deren Schönheit Gitta so ergriff, dass sie eine Zeitlang nur noch mit Bitterkeit davon sprach, warum man denn nicht auch sie dem Kloster geweiht habe. Das zweitemal mit einem schwermütigen Jüngling, den vielerlei Unheil betroffen, was er Gitta beichtete. In dieses vielgestaltige Unglück dachte sie sich dermaßen mitfühlend hinein, dass sie noch verschiedene arge Bestandteile darin entdeckte, die er selbst bislang zum Glück übersehen, und dass sie kaum davon abzuhalten gewesen war, ihm mitzuteilen, wie viel unglücklicher er noch sei, als er wisse.

Markus erzählte es in humorvollem Ton, und demzufolge herrschte am Teetisch die denkbar lustigste Stimmung. Nur Anneliese wollte es einen Augenblick lang vorkommen, als sei es eine *zu* lustige.

Beim Empfang der Tochter war ihr Gefühl ein so glückliches und tiefbewegtes gewesen, dass sie es nicht gleich zu bergen wusste, wie eine, die alle Hände voll hat und nicht weiß, wen beschenken. Als Markus mit Gitta am Abend fortging, blieb sie bei der Gartenpforte stehen. Außerhalb sogar. Wollte sie etwa hinterdrein gehen? Sich überzeugen, wie sie *jetzt* waren, wenn sie allein beisammen waren? Ein verrückter Gedanke! Aber enttäuschte sie nicht etwas? Oder lag das nur wieder an ihrem »Überschwang«?

Auch Branhardt stand noch an der Gartentür, er hielt sie für seine Frau offen. Über jedes Erwarten hinaus befriedigt fühlte er sich. Gitta hatte jedenfalls nicht ausgeschaut, wie junge Frauen manchmal von Hochzeitsreisen kommen: mit gleichsam gefühlsverheerten Gesichtern, mit Schatten unter den Augen, als seien sie durch alle Aufregungen hindurchgejagt. An Gitta war etwas unbeirrt Mädchenhaftes haftengeblieben. Sollte ihn das nicht freuen dürfen, als Vater wie als Arzt? Er fühlte, wie er sie liebte.

Als Anneliese jetzt zu ihm in den Garten zurücktrat, scherzte er:

»Gar nicht so einfach, zur Schwiegermutter aufzurücken – etwas übermenschlich hoher Rang, was?«

Und als sie keinen Gegenscherz fand, setzte er auf seine eindringliche Art hinzu, die ihrer Wirkung stets so sicher war:

»Lieselieb, nicht *mehr* wollen als die beiden jungen Menschen selbst.«

Sie hörte nur die sachliche Überlegenheit heraus und richtete sich daran auf, ihn bewundernd, wie immer, obschon sie auch jetzt stumm blieb.

So standen sie schweigend noch minutenlang nebeneinander an der Pforte, und keiner wusste vom andern, worüber er schwieg.

*

Markus hatte am Ende der bergabwärts führenden Anlagen im neuen Villenviertel ein einstöckiges, kleines Haus gemietet, ziemlich gartenumgeben, mit Untergeschoß für Küche und Kammern und all den zeitgemäßen Bequemlichkeiten, die dem Berghaus alle fehlten. Als Anneliese am folgenden Morgen vorsprach, fand sie ihn noch mit der Einrichtung beschäftigt, wobei nagelneue Möbel und altgediente, von denen er sich nicht trennen konnte, sich fremd gegenüberstanden, als seien sie einander noch nicht recht vorgestellt. Gitta ging umher, die Hände am Rücken, und sah mit einer gewissen Neugier zu, wie »so eine Ehewohnung« eigentlich entstehe. Das letzte Zimmer, hübsch ins Grüne nach hinten gelegen, blieb noch leer; es hatte ihr Privatzimmer sein sollen, allein davon wollte sie nichts wissen: Das war ja eben gerade »die Ehe«, dass man nichts privat besaß – wie die Mumme ja auch nichts für sich allein gehabt, als in der gemeinsamen Schlafstube ihren alten geheimnisreichen Sekretär und in der gemeinsamen Wohnstube ihren noch weit geheimnisreicheren Flügel: zwei Dinge, die um so mehr enthielten.

»Ich werde das Zimmer symbolisch abschließen als meine hingeopferte Mädchenstube. Man muss sich den weiblichen Existenzbedingungen eben anpassen!« erklärte Gitta gewählt.

Markus riet ihr dringend, diese erhöhte Sprache beizubehalten. Er stand auf einer kurzen Trittleiter und ordnete seine Bücher ein. Was das leere Zimmer anbeträfe, so werde er ein goldenes Schlüsselchen dazu machen lassen, wie Blaubart; seine Frau dürfe dann erst hinein, nachdem sie eine zukunftsvolle Rätselfrage, wer es mal bewohnen werde, *praktisch* gelöst habe: »Sie wohnt nicht drin, er wohnt nicht drin, und dennoch wohnen sie und er darin«.

Anneliese behagte an diesem Morgen sein humorvoll ruhiges Wesen; aus dem ehemaligen Zwiespalt der Verlobungshalbheit befreit, gab er sich natürlicher und auch überlegener. Und – war nicht selbst der Humor an ihm vielleicht auch nur noch eine letzte Art, sein Gefühl in Zaum und Zügel zu behalten, gerade wie es einst seine steife Zurückhaltung gewesen? Fragte Anneliese sich.

In der Schlafstube, einem hübschen Halbrund, das zwischen weißem Bade- und ebensolchem Ankleideraum gelegen war, wo Gitta ihre Koffer entleerte, hatte Salomo es sich auf etlichen ihrer Röcke bequem gemacht, diese sichtlich als sein hiesiges Hauskissen betrachtend. Aber Salomo sollte nicht in die Villenstraße mit einziehen, entschied Gitta. Es fiel ihr zwar entsetzlich schwer, fast wie eine Preisgabe von zwölf Kindern aus erster Ehe, allein ein kleines, feines Gefühl ließ sie herausfinden, dass ein Hundetier Salomo nicht zu den Mandelsteins hineingehöre. Und schließlich ließ sie ja weit mehr als nur zwölf ihr ans Herz gewachsene Kinder im Berghaus, Hausgarten und Bergwald zurück.

Ihr erstes intimes Zwiegespräch mit der Mutter drehte sich deshalb ausschließlich um Salomo.

Dann aber, mit der Offenherzigkeit, die sie der Mumme gegenüber gewohnt gewesen, ging Gitta zu vertraulicheren Eröffnungen über: – dass sie sich so wenig aus Italien mache, das war, weil sie sich auf was ganz Besonderes gespitzt habe. Sie habe freilich schon manchmal bei sich gedacht, dass mit den Flitterwochen nicht gar so viel los sei –. Allein *so* wenig, das hätte sie doch nicht gedacht.

Ob Markus denn was davon wisse, fragte Anneliese.

Darüber befielen Gitta Lachkrämpfe. Aber nein! Unmöglich konnte sie ihm doch mitteilen, dass »nichts damit los sei«?!

Übrigens – einmal, da wäre es fast schön gewesen. Als sie vom Lido wieder nach Venedig kamen, vor der Abreise. Da habe sie in den Nächten wohl etwas gefühlt wie noch nie – eine Innigkeit und ein stürmisches Glücksgefühl wie noch nie. Und jedenfalls galt das doch jetzt Markus'? Daher hätte sie es ihm wohl gern mitgeteilt – des Nachts, im Dunkeln. Aber sie lagen, Bett an Bett, jeder umzogen vom großen Moskitonetz, und als sich ihre Hand nun zu ihm hinsuchte, geriet sie beständig anderswohin als an die Eingangsspalte zu seinem Netz. Denn die war ja natürlich auf das Verschmitzteste geschlossen, und Markus erwartete wohl auch nur noch Moskitos. So sah sie ihn denn im Halbdunkel im Musselinnetz schlafen, betrachtete ihn hingegeben, und weiter wurde nichts. – »Dafür wurden wir freilich auch nicht gebissen!« schloss Gitta. »Aber die schönsten Nächte blieben es doch.«

Anneliese versuchte mit ihr zu lachen; sie waren munter zusammen, zärtlich und einander froh. »Nicht *mehr* wollen, als die Kinder selbst wollen!« wiederholte Anneliese sich entschlossen ihres Mannes Wort. Und sie gestand sich von ihrem eigenen Liebesglück, dem glückesschweren, dass Enttäuschungen vernichtend darauf hätten wirken können. Gitta dagegen schien dergleichen von sich abzuschütteln wie ein Pudel das Wasser. War das nicht besser so?

Anneliese verschloss ihr Ohr verzweifelt tapfer der Stimme, die ihr ins Herz raunen wollte: Vom Vollglück zum Unglück, da gibt's eben nur eine Station – gleich ist man da! Von einem Halbglück bis dahin gibt es dagegen viele Haltestellen und Aufenthalte – immer noch einen –. Aber anlangen beim Unglück tut man doch, nur viel müder.

Später erschien Balduin, obzwar mit einer Miene, in der Gleichgültigkeit und Langeweile sich lieblich um den Vorrang stritten. Bereits am Ankunftstage war es Markus aufgefallen, dass sein Schwager noch schlechter aussähe als sonst, schlaffer noch als sonst in Haltung und Wesen sich gehen lasse. Manchmal bezweifelte er im Stillen, ob Branhardt seinen Sohn wohl richtig anfasse, denn seiner Meinung nach wirkte Branhardt erziehlich zwar sehr stark, jedoch weit mehr durch das, was er an sich selber besaß an Kraft, Gleichgewicht und Fülle, als durch forschendes Eingehen in seelische Notstände anderer, die mit dergleichen Gütern minder gesegnet waren.

Da die beiden Frauen sich noch miteinander zu tun machten, fragte Markus Balduin ohne Weiteres nach seinem Ergehen aus. Dieser fand das nicht angenehm – aufregend, an »Ärztliches« mahnend, an den Vater. Nein, Markus überhaupt, behäbig jetzt zwischen seinen vier Wänden, ein Ehemensch, der konnte ihm ja längst nicht mehr derselbe sein, mit dem er sich so frei auf dem Bergwald ergangen, und dem er fast noch mehr Gefühle anvertraut hatte, als er eigentlich besaß.

Und so ging Balduin ganz als Fremder zwischen den vier Wänden herum und betrachtete hier und da einen Gegenstand in dieser wohleingerichteten Arbeitsstube, darin es noch ein wenig nach Terpentin und Tapezier roch.

»Mein Gott! Wer nicht selbst in Kampf mit den Seinen gewesen ist – ach, übrigens, ja, du bist es ja mal gewesen, bist ihnen sogar davongelaufen – aber das ist zu lange her. Da bist du schon mit deinen Mitgefühlen heraus.«

»Heraus? Wie denn? Ich habe noch zwei Brüder. Habe es also noch zweimal vor mir«, sagte Markus. Er saß und rauchte, was Balduin verabscheute zu tun.

»Ach: für andere! Ist das zu vergleichen? Sogar wenn man der selbstloseste aller Menschen wäre, so viel Wut und Sehnsucht bringt man nicht auf«, erklärte Balduin ablehnend.

»Nein. Da hast du recht«, gab Markus zu und dachte: Mögest du nie erfahren, um wie viel schrecklicher das noch ist – das Kränkenmüssen bei vollem Verstand.

Sie wussten sich nichts zu sagen.

Dann kam Branhardt herein und mit ihm Leben.

Bei Tisch wartete Markus' junger Diener auf, ein schmaler, brünetter Rumäne, den er sich aus ganz ähnlichen Gründen von Hause mitgenommen hatte wie die nirgend hereinpassenden Möbel, und der im Übrigen ebenso geschickt war wie unzuverlässig. Branhardt fand die Sachlage, besonders für die vielleicht zu erwartenden nervenschwachen Patienten, überaus erheiternd, da Thesi nur stotternd und der Rumäne nur höchst exotisch sich auszudrücken verstand. Ihm aber wollte Gitta das Rumänisch und Markus Thesi das Stottern abgewöhnen. Dass Markus gerade dies an Thesi als besonders interessant erachtete, hatte vermutlich Frau Baumüller bereits mit den weitgehendsten Hoffnungen auch auf sonstige Urteilseigenarten bei den jungen Mandelsteins erfüllt.

Nach dem Essen musste Branhardt bald fort. Kaum nahm man es wahr, als Balduin sich bei der Gelegenheit unmerklich mit empfahl, nachdem er schon bei Tisch dagesessen wie unter einem Trappistengelübde.

Am Abend ließ Anneliese sich und Salomo von den Kindern heimgeleiten.

Es war heiß, ein schwüler Abend, der Gewitter versprach. Als Markus und Gitta zurückkamen, stand der Duft des Blumenflors, der zum Empfang ihre Wohnung geschmückt hatte, fast drückend in den Stuben.

»Man möchte das alles hinauswerfen!« erklärte Gitta recht undankbar. Sie streckte sich weit aus einem der Fenster. »Es gibt eine Zeit, wo man Frühling gern ins Zimmer stellt, um ihn zu bergen, zu schonen – wo im Zimmer mehr Frühling ist als draußen im wüsten Wetterwechsel. Und dann kommt eine Zeit, wo man das nicht mehr mag, wo der Frühling zu groß ist für das Zimmer. – Den Sommer in Vasen sperren, das ist eigentlich mehr was für Frau Lüdecke.«

Markus schwieg und rauchte. Der wenig liebevolle Erguss konnte recht gut einer plötzlichen, etwas nervösen Gefühlsfülle entspringen – dem ersten Fortgehen der Mumme von hier? – Vielleicht gar Salomos?! – Auf der Hochzeitsreise hatte er vorwiegend Heimweh nach Salomo bemerkt. Gitta konnte manchmal durch das Unmerklichste jählings kopfscheu werden wie ein Pferd, das ganz unversehens scheut und steigt und sich versprengt, der Himmel weiß, wohin. Mit ihrer höchsten Genehmigung hatte er es ihre »Pferdekrankheit« betitelt: *Equus morbus*. Gitta erschien ihm stets überraschend empfindlich und kraftderb zugleich.

Das Gewitter blieb aus. Beim Schlafengehen wurde die Tür zum kleinen Altan weit aufgelassen, der in den Hintergarten hinaus lag. Sie plauderten von der ärgeren Hitze, an die Italien sie gewöhnt, und planten in Gedanken neue Reisen. Dies war eine der Lieblingsbeschäftigungen Markus': merkwürdigerweise hatte er, seit er Gitta liebte, viel weniger von ihrem zukünftigen Heim geträumt als von Reisen, die sie unternehmen wollten – von seltsamen und wundersamen Landschaften, die sie sehen würden, und die ihnen zu sagen haben würden, was sie noch niemandem gesagt.

Dann wurde es still. Nur einmal, schon am Einschlafen, trug Gitta noch eine Reiseerinnerung nach:

»Weißt du noch, die zwei alten Engländerinnen in Venedig, sie hielten dich für einen Italiener, glaube ich, den es freut, der Frau seine Heimat zu zeigen! Aber – deine Heimat hast du mir gar nicht gezeigt.«

»Nein«, sagte Markus. Er lag unbeweglich und machte auch nicht einmal seine Augen mehr auf.

»Also wann denn?« fragte Gitta, herzhaft gähnend, doch als er darauf nicht einging, stieß sie ihn der Deutlichkeit halber ein bisschen an. »Wann denn?«

»Auf der Hochzeitsreise, denke ich.«

»Wann?! –« Gitta lachte und dachte: dass man so schlaftrunken reden kann.

Sie selbst konnte noch nicht so bald Schlaf finden. Die Nachtluft kam schwül durch die Tür, die großen Ahornbäume lispelten. Ob deren Wipfel wohl so dicht geworden waren, dass man die hässlichen Hausmauern gegenüber gar nicht sah –? Darauf hatte sie am Tage ganz zu achten vergessen. Zuletzt nahm es ihr Interesse so in Anspruch, dass sie sich leicht aus dem Bett gleiten ließ und hinausschlich auf den kleinen Altan.

Über dem Himmel lag etwas Helle, die Sache mit den Hausmauern war gründlich aber doch nicht festzustellen. An den Hintergarten stieß der des Hinternachbars, man konnte sich einbilden, in eine ganze Welt von Bäumen hineinzusehen.

Eine große Stille herrschte draußen; Nachtigallen schlugen nicht mehr; die Vögel saßen jetzt auf der Brut. Am Berghaus, da kannte sie die verschiedenen Laute der Nacht, den Schrei der Eule, die in der alten Steinmauer nistete und von den brütenden Vögeln gefürchtet war wie das Wiesel auf seinen nächtlichen Schleichwegen. So viel Furcht und Frieden zugleich hatte in solchen Wochen den Garten zwischen den Bergwäldern erfüllt – Akazien dufteten dann schwer, die Lindenblüte knospete.

Gitta begriff mit einem Male, warum sie auf die armen Vasenblumen gescholten: nur weil sie selber hinausgeworfen werden wollte aus der dumpfen Stubenluft!

Um sie stand die Juninacht, die heimische Nacht, in die sie sich gesehnt aus dem Süden. Und doch schien es nicht dieselbe mehr zu sein, an die sie dabei gedacht. Sie wusste nicht, woran es lag – allein es stand etwas um ihre Nacht wie ein Hemmnis – ein gleiches, wie die unsichtbaren Hintermauern da.

Und als sei sie noch in Italien und nicht in der Heimat, begann sie wieder zu gedenken »der« Nacht, »ihrer« Nacht, aus der Träume quollen und Erinnerungen, nicht wie an *ein* Leben, sondern gleich an tausend, in denen sie tausendfach lebte.

Gitta versank in eine so rege, innige Beteiligung an diesen einstmaligen Träumen und Nächten, dass sie bei der Umkehr ins Zimmer einen Augenblick fast erstaunt schien: da stand im dämmerdunklen Halbrund des Raums ein breites Doppelbett, aber drin schlief schon jemand.

Und doch nahm sich Markus im Nachtkostüm noch am ehesten so aus wie damals auf dem Kostümfest als Araber.

XII.

In der nächsten Zeit war Anneliese viel im kleinen Villenhaus – unter dem fadenscheinigen Vorwand, die Tochter »einzuwirtschaften«, obgleich Gitta sehr unerwartet häuslich-organisatorische Talente entfaltete, die weder Markus noch die Mumme jemals in ihr vermutet haben würden. Darüber blieb es weniger beachtet, dass Balduin in einem Grade »privatisierte« wie noch nie und seine Privatbehausung fast nur noch auf seinem Holztreppchen verließ oder wiederbestieg. Und in der Tat: Wie noch nie genoss er die Stille des Hauses, dessen Leere, rings um sich. Von den einzigen Geräuschen, die kurzen Weg bis zu ihm hatten, schied ihn die gepolsterte Doppeltür vor des Vaters Studierzimmer. Dennoch war in Stunden, wo er Branhardt zu Hause wusste, gerade dorthin seine ganz eigentümliche Aufmerksamkeit gerichtet: während Balduin saß und schrieb, lauschte sein Ohr förmlich gespannt, angestrengt, dem ihm bekannten Schritt, der drüben laut wurde – dem gewohnten Stuhlrücken – dem trocknen Aufhusten nach ausgiebigem Rauchen, das einer Bemerkung zur Pfeife gleichkam: »Nun ist's mit dir genug!« Es war, wie wenn dies wenige, was sein Gehör auffing, eine Atmosphäre um ihn breite, in die ganz hineingebückt, wie in einen zweiten Raum im Raum, er rascher und belebter schrieb – mit einem Gesichtsausdruck dann, als lauschten die Ohren nicht nur, sondern als sähen die Augen: als ob, kulissengleich, die Doppeltür sich verschöbe, bis vor ihm – auf einer Bühne vor ihm gleichsam – der ganze Innenbereich eines menschlichen Alleinseins freiläge, nur diesem selber nicht merklich.

Im täglichen Zusammentreffen jedoch mied Balduin den Vater eher, und so war es schon hoher Sommer geworden, als Branhardt einmal, dem Sohn im Obstgarten, dem Schauplatz ihrer großen Unterredung, begegnend, mit der kurzen Frage bei ihm stehenblieb:

»Hinunter gehst du wohl gar nicht mehr?«

So lange schon war diese Frage erwartet gewesen, sozusagen der Stimmton für die Antwort zurechtgelegt; vielleicht zu lange, sodass ihm etwas von dem natürlichen Jubel schon abhandengekommen sein mochte, womit man unwillkürlich aus sich herausruft: »Wüsstest du, von wo ich komme – und *wie* ich komme, wie reich, wie erfolgreich, du würdest gar nicht fragen, ob ich da hinuntergehe'.«

Balduin sagte auch ohne Zögern:

»Nein. Weil ich jetzt weiß, was ich *darf*. Mir zumuten darf. Zuwege bringe. Meiner Kraft nach darf ich.«

Aber etwas Hochfahrendes, gar nicht beabsichtigt, geriet ihm dabei unversehens in die Kehle; die Unmöglichkeit, Beweisendes mit laut werden zu lassen im behauptenden Wort, suchte sich darin zu übersteigen, zu übernehmen. Und klang schließlich wie ein letztes, verzweifeltes Beweisstück für höchst Unbewiesenes.

»Darf? Der Starke darf alles, der Schwache oder Gefährdete glaubt alles zu dürfen, weil keine Gesundheit ihn warnt oder er keine zu verlieren hat«, meinte Branhardt ruhig. »Junge, kurpfusche nicht an dir herum.«

Und nach einer Weile, ganz nahe beim Sohn: »Du hast vielleicht nur nicht verstanden, wofür ich dir zunächst dies halbe Jahr Selbstzwang im Studium vorschrieb – verschrieb. Das geschah für das, was von uns allen, ohne jede Ausnahme, gleichermaßen gilt – Steinklopfern wie Dichtern: dass wir uns Tüchtigkeit erwerben müssen, um uns *glauben zu dürfen*.«

Balduin wartete kaum den Schluss ab, so benahm ihn der Drang, rasch zu antworten; mit fliegendem Atem tat er es:

»Mach die Probe! Setz mich hin – aber vor mein Allereigenstes! Und nicht nur ich – auch andere – alle – werde ich glauben machen.«

»Was ich darunter verstand, lässt sich nicht erlernen an etwas, was Schaffens Gnade ist«, unterbrach ihn Branhardt. »Nur am menschlich Notwendigen. Auf Kommando? Wie bald würde schon die bloße Absicht das weiße Papier vor dir verhexen, dass es nun erst recht weiß bleibt.«

Balduin erblasste. So durfte man an seine Träume nicht fassen! Nicht ihm vorwegsagen, die würden nichts – nicht ihn hypnotisieren mit dem weißbleibenden Papier: Dann wurden sie auch nichts. Mit Grauen fühlte er: Der Vater konnte ihn jederzeit widerlegen. Ja, er widerlegte ihn schon; stöberte aus dunkelsten Winkeln eine Angst der Unsicherheit auf –; wie von Fledermäusen fühlte er es sich huschend regen, wo es soeben noch hell gewesen, durchsonnt, wo Vögel flatterten und sangen.

Nur noch wie von fern kam das weitere an sein Ohr:

»Möglich, dass irgendwo irgendwas fruchtbarer dir werden könnte, als was du hier vorhattest. Der Möglichkeiten sind immer zahllose. Aber ihnen immer nur nachirren, könnte heißen: sie nie verwirklichen lernen.«

Das hörte er noch. Doch nicht mehr die Güte darin, die Sorge – nicht das Werben darin, das sich schirmend um ihn schlagen wollte, während es ihn zu schlagen, zu knechten schien. Auch nicht aus den letzten Worten hörte er es mehr heraus, die er noch vernahm:

»Ich missachte deine Arbeitspläne doch nicht. Vor dir selber beschützen möchte ich sie dir.«

Aber von so fernher die Stimme nur noch bis zu ihm drang, so - überwältigend nahe fühlte er den Redenden bei sich stehen – eine körperliche Empfindung von Bedrängnis, Bindung, fast Gewalttat, nein, noch mehr: wie wenn der Raum, den er selber einnahm, aufgehoben würde – der Fußbreit Erde, dessen er bedurfte, ihm entnommen – bis es ihn plötzlich hinwegschleuderte aus des Vaters Nahgewalt – fortstieß, fortwarf: in einem ohnmachtähnlichen Vergehen, das lauter besinnungslose Aktion wurde. –

Auf welche Weise er in seinen Privatwinkel zurückgelangt war, verstand er später selber nicht mehr. Einfach davongejagt musste er sein.

Als wenige Stunden später Anneliese von Gitta heimkehrte, sah sie schon beim Betreten des Gartens, dass durch die geöffneten Schiebefenster in Balduins Anbau Rauch quoll.

Das eiserne Öfchen dort hatte seine Tücken und Nücken zu jeglicher Jahreszeit: ob Winterwind in den Schornstein blies, oder ob Sonne hineinschien. Und beim Arbeiten verbrannte Balduin eine Unmenge Papier. Sie kannte das schon. Wenn er sich im Geringsten verschrieb oder ausbessern musste, dann musste er auch gleich neu beginnen, »nagelneu«, ohne »Vergangenheit«, die ihm vom Papier aus zusah. Deshalb des eisernen Öfchens jetzt so häufige Opferfeuer.

Anneliese erstieg das schmale Holztreppchen vom Garten aus und kam über die Veranda herein. »Lass mich nur eben mal an die Klappen, Balder«, sagte sie, in den rußigen Ofendeckel fassend, und hielt inne vor des Sohnes Anblick.

Seine Augen waren gerötet und rot sein Gesicht. Der Tisch, die Schubfächer geleert, ihr Inhalt an beschriebenen Blättern auf dem Boden verstreut, sogar aus dem Bücherbord etliche Bände herausgefallen oder -geschleudert worden – wie bei einem wüsten Umzug sah es bei Balduin aus. Er selbst stand mitten im Zimmer.

Beim Ausdruck, womit die Mutter ihn schweigend anblickte, rötete sich ihm noch dunkler das Gesicht, er verzog es haltlos, sagte aber dabei mit verbissener Entschuldigung:

»Die verdammten Fetzen stopfen sich in der Ofentür. Die Canaille raucht.«

Anneliese las auf, was ihr gerade vor den Füßen lag.

»Warum, um Himmelswillen, alles verbrennen?«

Warum? – Die Frage in ihrer Selbstverständlichkeit traf ihn ganz sonderbar. Warum? – Führte er denn nicht einen Befehl aus? – Das heißt das Gegenteil eines Befehles – das Gegenteil von des Vaters Wünschen und Worten, die vor ihm hergelaufen – vom Garten bis hier herein. Jetzt wusste er es: Eilig hatte er's gehabt, eilig, zu vernichten, zu verbrennen; Flammen schlug er aus den Worten – Hohn und Hass: »Beschützen möchte ich deine Arbeiten dir.«

Oder verbrannte er es doch nur aus Angst? Nur, damit das weiße Papier hinter den geschriebenen Sätzen nicht weiß herauslauern könnte – jeden Satz Lügen strafen, jeden von sich abwischen, als beschmutze jeder nur das Weiß? –

Anneliese fragte nichts mehr. Sie griff nach den umherfliegenden Papieren, auf die der Abendwind durchs Fenster blies, sie rettete, was dem Ofen zunächst lag, und brachte alles auf dem Tisch zusammen. Es war nicht sehr schwer, Ordnung darin herzustellen, zum Teil wechselte schon die Größe der Blätter all der verschiedenen Schriftstücke mit dem jeweiligen Inhalt, zuweilen sogar das Papier. Da gab es Glattes und Geripptes, Grobes und Feinstes. Auf dem

Weihnachtstisch prangte es jedes Mal in ausgewählten Stößen, und dann war es lustig gewesen, zu sehen, wie der beglückte Balder heranging und es mit empfindlichen Fingerspitzen befühlte, fast wie einen Kleiderstoff.

Anneliese saß auf dem Stuhl am Tisch und sichtete und glättete und las. Balduin blickte schüchtern hin. Er hatte sich so weit, als bei diesem Schlupfwinkel überhaupt möglich, zurückgezogen, nämlich aufs Fensterbrett des offenen Schiebefensters. Sie war so stumm, schalt nicht auf ihn – aber las. – Ja, eine stumm auferlegte Strafe war auch das – wusste sie das?! Niemand noch hatte ihm jemals in die Werkstatt so hineinsehen dürfen – das Unfertige sehen. Furchtbar schwer zu ertragen war das: Augen über all diesem Geheimsten – hundertmal ärger als dessen Feuertod.

Balduin hockte auf seinem Fensterbrett, die Knie heraufgezogen, die Hände um sie verschränkt, in geradezu verrenkter Haltung, und starrte nach den Papieren, an deren einzelnen er oft mit einem Aufwand von Kunstsinn herumschrieb, als müssten sie schon reden, noch ehe man sie las. Nicht aus selbstgefälliger Spielerei! Aber weil, während der überstarken Erregung der inneren Arbeit, es etwas Sänftigendes für ihn besaß, sie auch äußerlich so ganz sein Werk werden zu sehen – das Werk seines ganzen Menschen, auch seiner Hände. Nicht ein vorläufiger papierner Zufallsfetzen wie für den Druck – den Balduin noch nicht mitdachte, wenn er dichtete.

Sein Blick ging hilfesuchend auf Anneliese. Kein Fremder – sie nur, seine Mutter, war's ja, deren Augen nun über alledem waren – sie, die Mutter auch all dessen, was er zu schaffen rang, denn so, wie er war, hatte sie ihn geschaffen. »Meine liebe Mutter!« sagte er sich selber vor, fast rein worthaft, bis das Wort ihn fasste, sich ihm vertiefte zu einer unendlichen Süße und Bedeutung – bis es wie brausende Dichtung, die er noch nie ausgeschöpft, ihm wieder und wieder kam: »Meine liebe Mutter!«

Und dann hielt er es plötzlich doch nicht aus. Und ahnte gar nicht, dass es, was ihn förmlich gefoltert auffahren ließ aus seiner unnatürlichen Haltung auf dem Fensterbrett, am allermeisten seine halbverrenkten Glieder waren. Im besten Glauben, dass seine Seele ihn hinweg triebe und nicht sein Leib, ging Balduin steifbeinig das Holztreppchen hinab in den Garten.

*

Anneliese hatte sein Fortgehen nicht einmal bemerkt. Spät war es, als sie vom Lesen aufschaute. Eine solche Freude hielt sie gefangen, dass nur ganz langsam der Auftritt von vorhin, der Anlass zum Lesen, ihr wieder ins Bewusstsein zurückkam.

Gerade vor ihr, in der Breite des Schiebefensters, stand schon das Abendrot; darunter, scharf abgegrenzt wie mit dem Lineal, ein Dunst, der, die fernen Berge unterbrechend, vom Stadtbild die Spitzen der Kirchen und ein paar Türme noch mit hinweg nahm. Tiefer reichte der Blick nicht; was dort talwärts eingebettet lag, das konnte Menschensiedlung sein oder Wiesengrund oder das Nichts.

Verträumt schaute Anneliese drauf hin, gerade als läse sie daran weiter.

Eins nur hatte sie vollständig durchgelesen vom Inhalt dieser Blätter, und dies eine war selber noch unvollständig, aber wirkend als Ganzes. Und die letzte Arbeit dieser Wochen oder Tage war es, man konnte das der Schrift ansehen, die noch nicht Zeit gefunden hatte nachzudunkeln.

Augenscheinlich war eine vorhergehende Arbeit dafür abgebrochen worden. Und ungefähr so stellte sich das dar: als sei Balduin von der Arbeit aufgesprungen, willens, sich selber das Verlangen zu erfüllen, das der Vater ihm nicht erfüllen gewollt, und hinauszuwandern in die Welt. Doch mehr als nur dies Verlangen schuf sich hier seine Erfüllung; hier nahm der Vater ihn selber an die Hand, ging mit ihm als sein Wandergenoß, hieß alle Schönheit um ihn sich erschließen – schenkte ihm die Welt. Jeder dieser Verse war Dankesjubel des Beschenkten, der sozusagen als Kind empfing, dass er ein Mann, ein Reifer, Sehender ward. Jeder dieser Verse brachte es irgendwo zustande, beides zu vereinen, sodass die Welt wie ein Garten sich ausnahm, durch den ein Gott, den Menschen an der Hand, schreitet. Oft stand das Welthafte, der Dinge Fülle, fast streng geformt, wie Wirklichkeit da, und dennoch enthielt es als Vexierbild, unsichtbarsichtbar, des Vaters Züge nur. Erkennbar *dieser* Leserin: für Fremde von keiner anderen Wirkung als über einer Landschaft das Firmament gewinnt, das, ohne sie zu beeinträchtigen, ihr die Leuchtkraft spendet.

Balduin kehrte nicht ins Zimmer zurück.

Aber war es denn Balduin, den es zu sprechen galt? Rasch erhob Anneliese sich aus ihrem Hinträumen. Griff nach den Blättern – wie nach dem Allerselbstverständlichsten, das sie an sich nahm –, hielt dann inne damit, so plötzlich, als schlügen die Flammen daraus, worin sie hatten verbrennen sollen. Nein, eben dies: so sehr des Vaters – würde der Junge dem Vater zu lesen verwehren.

So wandte sie sich mit leeren Händen gegen Branhardts Studierstube, schob von der Polstertür den Riegel zurück, wollte an der Innentür klopfen.

Schon sprang drinnen jemand auf – öffnete.

»Du, Lieselieb? Auf *dem* Weg suchst du mich?«

Sie wusste nicht gleich, womit beginnen; ohne die Blätter kam sie sich so ganz entblößt vor, so besitzlos – das Wort »waffenlos« kam ihr wider Willen in den Sinn. So gründlich fragend sahen ihres Mannes Augen sie an – sahen, dass ihr Haar sich etwas zerzaust hatte, an die Hände Kohlenschwärze geraten war, ein Rußfleckchen saß sogar ganz keck oben auf dem Kinn. »Siehst ja fast aus wie Aschenbrödel am Herd – aber nein, doch auch ganz anders: Wie Aschenbrödel, nachdem sie mit dem Königssohn getanzt hat und ihr eigentlich nichts mehr fehlt als der eine Pantoffel«, meinte Branhardt erheitert.

»Hör', Frank – ich komme wegen Balder –, hat es heute was zwischen euch gegeben?«

»Was gegeben? Nun ja, einen kurzen Wortwechsel. Der Junge benahm sich etwas nervös.«

Anneliese setzte sich auf einen Stuhl neben der Tür. »Wir behandeln ihn vielleicht verkehrt«, sagte sie. Branhardt schien etwas erstaunt.

»Der Wortwechsel enthielt nichts, als was du und ich jetzt mehrmals durchgesprochen haben und worüber wir ganz gleich denken.«

»Ja, Frank, ich weiß! Auch gerade darüber gleich, dass der Balder nur erst tüchtig werden soll um seiner eigensten Lebenswünsche willen. Aber – wenn nun unser Weg dazu für ihn der falsche wäre? – An seinem Tisch saß ich soeben, über seinen Arbeiten – und von ihm selbst wissen die ja doch am allermeisten – mehr noch als wir.«

»Nun?« fragte Branhardt.

Sie hatte das Gefühl: In zwei Worte müsste sich's fassen lassen, wovon das Herz ihr voll war – vielleicht in das eine Wort: dass es wirklich ein Königssohn sei, von dem sie da kam. Und sie begriff mit einem Male all die Not, die auch der Junge hatte, deutlich zu machen, um was es ihm ging.

»Dass er oft untüchtig erscheint, der Balder – sieh mal: Das kommt daher, weil die Dinge ihm so viel Schönheit verraten – zuviel, um es im Alltag fortwährend zu verwirklichen. Auch wir vermöchten das nicht, aber wir begnügen uns mit Stückwerk – sind Halbblinde, die nicht gewahr werden, was er drin schaut, und was ihn ungenügsam macht und hilflos.«

Branhardt war vor ihr stehengeblieben.

»Eine lange Rede, Lieselieb. Aber – dich fast mehr noch als mich hat ja Balduins krankhaftes Wesen geängstigt.«

»Das tut es auch!« rief sie. »Nur dass es mir jetzt so unwiderleglich gewiss ist: Dichterisch verwirklichen müssen sich ihm die Dinge, damit er selbst harmonischer wirken kann – damit er ihnen auch im Leben ein wenig gewachsen ist. Nicht umgekehrt! Der Weg ist ihm verlegt – und mit dem Weg jagen wir ihn in Sackgassen.«

»Also dann: her damit – mit den Beweisen, die du soeben dafür empfangen hast! Warum gibt er sie mir nicht zu lesen? Ich weiß, wie ungern er damit herausrückt. Aber den Weg nach außen hin wird er wenigstens doch beschreiten müssen.«

Anneliese litt. Sie empfand, wie unmöglich es dem Jungen gerade jetzt sein würde, Branhardt Einblick zu geben in das, was sie gelesen hatte. Aber es gab ja noch mehr – man musste es ihm abverlangen.

»Du bist jetzt besonders weich gestimmt, weil Gitta aus dem Hause ist und er dein Einziger hier«, meinte Branhardt und ging auf und ab im Zimmer. »Ich bin ja zu jeder Auseinandersetzung mit Balduin bereit, nur scheint mir: Vielleicht muss deine Mutterzärtlichkeit vor sich selber ein wenig auf der Hut sein. Lieber doch, dass er mal ein bisschen schwermütig oder querköpfig dreinblickt, als dass wir ihn durch falsche Zuvorkommenheiten gefährden.«

Traurig lehnte Anneliese ihren Kopf gegen das Stuhlpolster zurück. »Ach, Frank!« sagte sie. »An seiner Schwermütigkeit gehen wir kühl vorüber, als müsste das so sein, und Gefahren, denen er sich vielleicht aussetzen soll, entziehen wir ihn aus Besserwissen. – Ich wollte, ich dürfte meine Zärtlichkeit um seinen Frohsinn stellen, und nur um den! Und dazu ihn einen Mann werden sehen, dass er *seine Gefahren* wagt und wählt – auch noch trotz uns, Frank.«

So innig klang das aus ihrem Mund, dass Branhardt aufhorchte. Etwas unwillkürlich Gewähltes, Schönes in den Ausdrücken berührte ihn seltsam.

»Wer dich so hört, Lieselieb – nun, der Junge ist einfach zu beneiden um eine Mutter mit dem Verstehen – aber es hört sich wirklich so an, als ob du selber dich schon einmal herumgeschlagen hättest, mit auf ein Haar den gleichen Kämpfen.– Wie dem nun auch sei: Glaube mir, so poetisch-fatalistisch lassen Kinder sich nicht erziehen. Dass ich als Mann und als Arzt nüchterner darüber denke, sollte dir eigentlich nicht erstaunlich sein.«

Sie gab nicht nach: »Frank, ich könnte recht haben selbst dann, wenn du mir gegenüber als dem Laien im Recht wärst. Dinge gibt es doch, die man nur erfasst, wenn man sie von mehreren Seiten betrachtet. Ist nicht von irgendwoher besehen das Krankmachende am Jungen sein Gesundmachendes auch – sein Selbstheilmittel, seine Erneuerung? Ob er *uns* dadurch noch etwas mehr Sorgenkind würde als bisher: Was läge *daran*? Wenn er dadurch zu sich selber kommt – und das heißt ja *immer*: zur Genesung.«

Und während sie noch sprach, zuckte ihr doch das Herz auf im Gedanken: und wenn es *nicht* so ist? Ja, wenn, was er schaffen würde einmal, ihn endgültig zugrunde richtete – würde sie ihn denn nicht doch in zitterndem Gewähren überlassen dem Stärkern: als seinem Schicksal?

Minutenlang blieb Branhardt stumm, vor sich niederblickend. Ihm stand der Unmut, in dieser Sache gegen seine Frau angehen zu müssen, auf der Stirn. Er kam auf sie zu.

»Du unterliegst seinem Bann«, sagte er bestimmt. »Die gleichen Träumer – du und er. Ich gab bereits zu: beneidenswert – ein kostbarer Besitz für den Jungen, eine Geborgenheit sondergleichen. Aber: Eben deshalb bist du nur Partei. Stehst für ihn, nicht zugleich über ihm. – Ein kleiner Überschwang – Lieselieb, der war schön! – war wirklich immer auch dein Fehler.«

Gar nicht wie ein Tadel klang dies Letzte: zärtlich eher – ihm mochten Erinnerungen an reiche Stunden dabei kommen.

In Anneliese aber riss es Gegnerschaft hoch – Abwehr. – Nicht das sollte zum Vorwand einer Strenge gegen den Sohn werden, dass die Mutter sich mal überschwänglich benahm; mochte es mit ihr sein, wie es wollte – in ihm *rechtfertigen* sollte es sich, nicht ihn *bedrücken* helfen! Und dabei ängstigte es sie heimlich dennoch: ob nicht auch in ihre jetzige Stellungnahme eigener Überschwang sie hineintrieb, denn in allem glaubte sie sonst doch an die Überlegenheit ihres Mannes.

Sie hatte den Kopf gebückt; leidenschaftlich flochten ihre Hände sich ineinander. Mit der ihr eigentümlichen Gebärde, wenn tiefe Erregung sich schwer in Worte fassen ließ, hob sie die verschränkten Hände an die Lippen. Aus dem Widerstreit, der Hilflosigkeit ihrer Seele entlud sich auf einmal ein die Worte fast eigenmächtig formendes, seltsames, Branhardt feindliches Trotzgefühl.

»Nein, nicht so,« murmelte sie, »du hast dazu kein Recht, so ohne Weiteres zu entscheiden.«

Wenn Branhardt etwas lächerlich fand, so war es Herrscherpose; geflissentlich wich er oft Anlässen aus, die eine Willenskreuzung im Hause unvermeidbar machen konnten; lag eine solche aber bereits vor, dann vollzog sich stets kampflos, weil selbstverständlich, sein Wille.

Fragend bemerkte er jetzt:

»Ich verstehe nicht. – Der Fall ist wohl der, dass du dem Jungen am besten hilfst, wenn du ihm hilfst, etwas besser zu gehorchen. Schließlich muss ja wohl einer entscheiden.«

Aber Anneliese war schon aufgesprungen, antwortete schon auf die feindliche Trotzfrage in ihrem Innern mehr als auf die seine, obwohl sie es ihm förmlich entgegenrief:

»Nein, nein! Nicht einer! Niemals einer! Selbst das weiseste Urteil kann Unrecht werden, Willkür, Anmaßung, gemessen am Leben. Und das Ärgste – siehst du –, das Ärgste, was es unter dem Himmel gibt – das ist Vergewaltigung des einen durch den andern.«

Rasch – rascher, schien ihm, als er sie jemals sprechen gehört, kamen die Worte, überstürzten, überschlugen sich fast wie in gewaltsamer, urplötzlicher Befreiung von irgendwo, wo sie ganz vergessen, von ihr selber vergessen, doch heimlich geredet hatten oder doch gestammelt, gelallt. – –

Wie kam ihr nur dieser Gedanke! Betroffen war Branhardt einen Schritt von Anneliese zurückgetreten – betroffen von ihr, von sich.

In heißen Wellen kam und ging das Blut in ihrem Gesicht.

Sah er sie so nicht zum allererstenmal? Sah er nicht *sie* damit zum ersten Mal? Er sah auch, dass sie schön war, wie sie so dastand: zwischen Empörung und Begeisterung und irgendwie mit einer Rüstung über ihren Frauenkleidern angetan – fremdartig schön.

Und dann hob sich eine Erinnerung: als sei etwas von solcher Art Schönheit an ihr gewesen, als sie einander zuerst begegneten: ein gerüstet sein – ein hinaus wollen. – Als sei sie um Jahrzehnte verjüngt.

Wirkte sie nicht damals auf ihn wie ein wundervoller Jüngling, ehe er noch an sie als Weib gedacht?

Mit Gewalt musste Branhardt sich zur Gegenwart zurückrufen.

Handelte es sich überhaupt noch um den Sohn?

Was Balduin betraf, so hängten sie doch ziellos ihren Streit in die Luft: anstatt sich über das Tatsächliche, über vorliegende Arbeiten, schlüssig zu werden. Aber das da ging ja gar nicht mehr um solchen Einzelfall.

Anneliese blickte ihn voll an: Das heißt, sie blickte dazu ein wenig nieder. Das war etwas, was ihm ehemals fast physisch Missbehagen erzeugen konnte: Längst hatte er das als kindisch überwunden. In diesem Augenblick machte eine Spur davon sich noch einmal bemerklich, und der Zorn wider sich selbst deswegen beeinflusste seine Haltung, als er mit zu großer Ruhe wiederholte:

»Entscheiden muss jemand. Du sagst: nein. Weil wir, scheint es, keine Einheit als Vater und Mutter mehr in dieser Frage sind. Und dein ‹Nein› trifft auch nicht nur uns als Vater und Mutter, sondern als Mann und Weib, Anneliese – und als zwei.«

Ihr blieb von seinen Worten zunächst einzig und allein ein ungewohnter Klang im Ohr: Nicht Lieselieb hatte er gesagt – Anneliese. Der ihr von jeher geschenkte Liebesname von ihr abgestreift gleich einem Kleinod, das sie über jedem Alltagsgewand getragen wie ihren Schmuck – einen kaum noch wahrgenommenen, weil sie ihn ständig trug – und doch nur zu verlieren als einen Teil ihrer selbst.

Branhardt war an sein Stehpult getreten. Er stützte den Arm darauf und verglich gedankenlos Tabellen, über denen er arbeitend gesessen haben mochte bei Anneliesens Eintritt.

Wie wenn sie aufwache und sich plötzlich irgendwo ganz allein fände, von so ganz weit her sah sie zu ihm hinüber. Von Neuem kam und ging in ihren Wangen das Blut, aber vor Scham und Unwillen über sich selber diesmal. Oh, wie schlecht, wie töricht doch hatte sie ihres Balders gute Sache geführt! Und hätte doch nur weiterzuführen gehabt, fortzusetzen, was der Junge so überzeugend ihr vorgedichtet – da im Raum nebenan: Vaters und Sohnes Weggenossenschaft.

Und doch hätte niemand so wie sie dem Jungen seinen Vater als Weggenossen zeigen können – nicht als Dichtung, nein, im Leben selber, dem in des Vaters Jugend beglaubigten.

Wenn sie dem Balder auch nur erzählte, wodurch Branhardt zum Arzt geworden war! Als ganz kleiner Bub hatte er, nach seines Vaters Genesung von schwerer Krankheit, dessen Landwägelchen bei der ersten Ausfahrt umringt gesehen von Menschen, die ihn vermisst, entbehrt, wie ihren Heiland auf Erden – hatte aus Blicken und Mienen und entgegengestreckten Händen das Glück dieser Menschen ersehen. Später, in der eigenen Studienzeit, packte ihn ebenso mächtig jedoch der Drang, sich der Wissenschaft zu widmen, alles hinzuwerfen für sie. Bis der geborene Chirurg in ihm den Kampf erneuerte – und bis endlich das stürmische Aufbegehren seiner Jugend an letzter Schranke Halt fand: am Machtwort täglichen Tages, der Brot wollte für Weib und Kind.

Aber in all dem Auf und Nieder, selbst stärksten Eindrücken gegenüber, blieb eins das Stärkste in ihm: das einfache Landarztbild, das sich dem kleinen Buben ins Herz gedichtet hatte; der ruhmlose »Arzt für alles« in irgendeinem verlorenen Weltwinkel blieb ihm das - Edelste, woran er, längst in Rang und Ehren, nach erfolgreichsten Leistungen, sich selber voller Bescheidenheit maß: Jenes Bild blieb sein Vorbild.

Anneliese stand noch unbeweglich auf ihrem Platz, weitab vom Mann, nur den Blick bei ihm. Allein sie dachte der Entfernung nicht und nicht einmal mehr des vermissten Liebesnamens, der zwischen ihnen zu Boden gesunken war wie ein Hemmnis für den kurzen Schritt zueinander.

Sie stand und sah und erlebte den Sohn im Manne und den Mann im Sohne, innerlich wieder jubelnd; – zwischen ihnen gleichsam selber anonym geworden ohne Einbuße; erlebend aufgegangen in den beiden Menschen, die sie liebte.

Branhardt sah nicht auf. Blätterte in den Listen, vermerkte was hinzu.

Die am Messinghalter hochgeschraubte Öllampe beleuchtete in etwas grellem Fleck seine Züge, die vielleicht dem hellen Lichtschein ebenso gern entzogen geblieben wären. Denn in den vertieften Falten um den bartlosen Mund, im Ausdruck der zu schmal geschlossenen Lippen verriet die nachwirkende Erregung sich noch.

Anneliese rührte es, dass er sein Inneres ihr so hinhalten musste – nackt, wider seinen Willen. Dass sie in aller Schroffheit der Worte doch seine eigene Jugend nur darin wiedererstehen sehen musste, gegen die er im Sohn so schroff aufzutreten schien. Sein eigenes

Schwersterrungenes, sein kostbarster Willensbesitz, Erfahrungserwerb war es, was er seinem Jungen sicherlegen wollte – ja, wenn schon nicht anders: Einstweilen aufdrängen, ehe es an ihm verloren ging. Denn noch jetzt ginge er selbst ja unter damit, dass sein Sohn ihn nicht weitertrüge ins erhaltende Leben.

Branhardt hatte sich neben dem Stehpult an den Tisch gesetzt, dort etwas niederzuschreiben; er schrieb rasch und ohne sich zu unterbrechen: jetzt doch nicht mehr nur zum Schein.

Da war sie bei ihm, ganz nahe, ganz dicht, mit beiden Armen umfing sie ihn.

Stark wie der Tod war die Wärme, womit ihre Arme ihn umfingen.

»Ach, Frank – nicht zwei –«

XIII.

Auf ihrer Rückreise kam Renate wieder durch die Gegend und hielt sich mehrere Wochen auf, doch nicht im Berghaus diesmal, sondern in einer nahegelegenen Sommerfrische, wohin Freunde sie einluden.

Nun erst machte sie Markus' Bekanntschaft, und liebenswürdig betonte sie ihre Freude, ihn noch gerade vor seiner Abfahrt zum holländischen Naturforscherkongress erwischt zu haben, zu welchem er einen Vortrag angemeldet hatte. Sehr bald verwickelte sie ihn in immer längere Gespräche über seine Äffinnen, denen er diesen Vortrag verdankte, und von denen, wie sie gleich sah, sein Herz ganz voll war. Auch dies bemerkte sie gleich: dass Anneliese hinsichtlich der Affen so gut Bescheid wusste wie Gitta schlecht; ja, Gitta steckte sich sogar die Zeigefinger in die Ohren, sobald die Rede auf Tierversuche kam, und musterte argwöhnisch die Mienen der Anwesenden daraufhin, ob das Thema endlich erledigt sei, ehe sie die beiden Finger wieder zurückzog.

Deshalb reiste sie auch nicht mit zum Kongress, wo jedermann nach ihren Ohren sehen würde; weit lieber wollte sie diese kurze Strohwitwenschaft in ihrer Mädchenkemenate auf dem Bergwald absitzen. Renate scherzte darüber als über eine zweite Ehescheidung, die sich im Hause zu vollziehen beginne: Die Erste betraf Herrn und Frau Lüdecke. Herr Lüdecke weigerte sich nämlich, trotz wunderbaren Mondscheins, mit Frau Lüdecke spazieren zu gehen. Er setzte sich neuerdings einfach mit ein paar biederen Freunden in einer Schankwirtschaft der Stadt fest. Das hatte er wohl auch sonst mal getan, doch niemals so grundsätzlich und keinesfalls bei Vollmond.

»Herr Lüdecke liebt mich nicht mehr!« erklärte Frau Lüdecke gefasst. Und höchst merkwürdig war es für Renate, zu sehen, wie mit diesen Worten all das unverwüstlich Bräutliche der zehn Ehejahre von ihrer nett hergerichteten Person abfiel und in eine nicht mehr aufzuhaltende Altjüngferlichkeit zusammenschrumpfte.

Man hatte schon manchmal auf Frau Lüdeckes und ihrer Romantik Kosten ein wenig gelacht; aber Markus schien es, als ob erst durch Renates eigentlich viel zu Großes und dennoch die Komik der Sachlage hervor treibendes Interesse daran, die Lüdeckes plötzlich sichtbarer dasjenige wurden, was es im Berghause wunderschönerweise eigentlich gar nicht gab, nämlich »Herrschaftsanhängsel«, »Dienerschaft«.

Allerdings war der Eindruck, den Markus von Renate empfing, ihm selbst höchst unsicher. Er sagte sich von ihr: Dr. phil., zudem ein »gelehrter, alter Bibliothekar«, wie sie sich gern betitelte, und letztlich doch nichts und nirgends was anderes als die große Dame. Andererseits: diese eher kleine als hohe Statur von zarten Maßen, dieser graziöse Kopf mit den köstlichen Naturlöckchen in Hellblond, gab irgendwodurch, physisch sozusagen, die Vorstellung ein, als könne man mit ihr auch ganz anders als gelehrt über alle Dinge sprechen, und ganz anders als – damenhaft.

Es beirrte ihn, wo hier Wesen, wo Schein sei, weil er eine Behandlung der Form an ihr herausfühlte, die diese selber schon wesentlich macht.

Als er am letzten Tage vor seiner Abreise, aus anregenden Stunden, vom Berghaus mit Gitta heimging, fragte er sich, wie Renate es wohl außerhalb des Scherzens auffasse, dass seine Frau sich weder für »seine Affen interessiere« noch auch ihn nach Holland begleite. Was sagte sie – mütterlicherseits Gräfin Soundso – wohl jetzt eben zu Anneliese von ihm, gegen den sie so liebenswürdig war? Nun, vielleicht etwas Diplomatisches, denn einen Taktfehler beging die nicht. Bei sich denken aber tat sie etwa so:

Dieser ewige Judenjunge, warum der auch nicht ausstirbt! Muss er denn alle Länder unsicher machen – sich nun auch bei uns mit einem Exemplar mausigmachen?

Markus bekam ein Gefühl von Luftlosigkeit.

Beim Eintritt in sein Haus machte er im Vorzimmer halt, als ginge es da nicht weiter.

Gitta kannte das schon: Dass er unterwegs nicht etwa nur stumm ging, sondern mal vor, mal hinter ihr, und nur die Finger der herabhängenden Hand wie im Traum durcheinander fuhren. Dann sah man von seinem inwendigen Menschen nicht viel mehr als von Justus, dem Igel. Aber gerade dann lag sie im Stillen auf der Lauer nach seinem wahren Igelgesicht, von dem sie heimlich erwartungsvoll glaubte, sie habe es noch nie gesehen.

Markus machte eine Wendung, erwachte aus seiner Grübelei, sah Gitta – und sah liebe, liebe Augen, unbegreiflich verstehende, auf sich gerichtet.

Da entriss sich ihm ein Jauchzer. Alles zerstob plötzlich wie dicker Nebelschwaden vor einer Bergkuppe, die gar nicht unerreichbar, sondern dicht, dicht vor dem steigenden Fuße steht.

Er fasste zu und hob seine Frau in die Luft.

»Nanu!« sagte Gitta. »Was dir nur heute im Kopf steckt?«

»Dass wir in den Herbstferien ins Gebirg gehen sollten!« antwortete er.

»Behauptest aber immer: Am schönsten erlebe man's dort oben *ganz allein.*«

»Ist auch so. Aber probehalber will ich dich doch mit aufladen.«

Dabei jauchzte und jodelte es in ihm wirklich, als ob er die Bergkuppe schon genommen hätte. Und als verbesserte er von ganz hoch oben her Renates vermeintliche Gedanken:

»Nein! Das mit dem ewigen Juden, das verhält sich ja ganz, ganz anders. Was den nicht sterben lässt, das ist kein endloses Almosenwandern und Bettlertum von Land zu Land: In dem Fall wäre er wahrhaftig schon längst verdorben und gestorben, so lieb, wie man ihm begegnet ist. Aber suchend geht er, immer weiter suchend, wohin er seinen Besitz fortschenken könnte, seine teuerste Habe – wo er sein Bestes hingeben könnte: auf dass es lebe, wenn er nun stirbt.«

In Wirklichkeit lag Renate nichts ferner, als sich in ethnographischen Vergleichen zu ergehen, und sogar war ihre Anteilnahme an der Lüdeckeschen Miniaturtragödie auswendig weit ironischer als inwendig, denn Renates eigene Angelegenheiten, für die sie in der nahegelegenen Sommerfrische weilte, nahmen sie ganz her, und es waren Herzensangelegenheiten.

Kaum dass Markus mit Gitta davongegangen war und Branhardt in sein Zimmer, fanden die Freundinnen sich eng und heimlich zusammen in der Wohnstube nebenan: Renate versunken in einen der tiefen Sessel und Anneliese hockend auf dessen Rand, um Renates Mund gleich unterm Ohr zu haben. Dies tat nicht gerade not im Berghause, aber die Jugendgewohnheit tat es ihnen an – und etwas aus den Zeiten, wo man sich noch in die Ohren zu tuscheln gehabt, erwachte an ihr in beiden Frauen.

»Ich bin ihm gut, schon jetzt – schon ohne ihn noch zu kennen!« sagt Anneliese. »Er wird der Glückbringer sein, nachdem du so lange gelitten hast. Und mir gefällt es gut, dass es so aufrichtig zwischen euch zugeht – er all das Vergangene versteht – du es ihn wissen lassen konntest.«

»Versteht? Wissen lassen? Jawohl. Etwa so: dass ich einen gern gehabt, der sich dieser großen Ehre nicht immer würdig erwies. – Was eben einer jeden Grete so passieren kann. – Herrgott, Liese, ist denn das auch nur wahr?!«

Ungestüm schnellte sie aus dem Sessel. Fasste sich ebenso schnell wieder zusammen, feinen Hochmut in ihrem Gesicht mit den von Jugendreiz fast unabhängig schönen Zügen.

»Gelitten hab' ich, sagtest du vorhin. Nein, Liese: *genossen* – das ist doch weit wahrer. Denn sogar mit Füßen getreten werden: Wenn wir den *lieben*, der's tut, dann *wollten* wir es doch von ihm. Nur ganz scheinbar ist er der knechtende Herr, in Wahrheit unser Werkzeug – einer verborgensten Lust Werkzeug – Diener einer Sehnsucht – was weiß ich!«

Auch Anneliese war aufgesprungen.

»Ich halt' mir die Ohren zu, Reni! Nie und nimmer liebt man so – liebt man mit so gekreuzigtem Menschenstolz! Ganz muss man sich haben dazu – sich selber ganz mit Haut und Haar, um den andern zu lieben, zu verstehen, besser oft als er sich selbst. Mag es früher irgendwann noch Frauen gegeben haben, die den Mann *erduldeten* – Mann und Herrgott verwechselten –.«

Dicht einander gegenüberstanden sie, Gesicht zu Gesicht, näher fast als vorhin, aber nicht mehr als die Zwei, die ehemals sich ihre Mädchengeheimnisse zutuschelten. Aus den einander zugekehrten Frauenblicken redeten letzte Erkenntnisse.

»O Liese, Liese, um wie viel zu einfach nimmt deine schreckliche Gesundheit die Dinge doch!« sagte Renate kopfschüttelnd. Sie setzte sich ergeben zurück in den Sessel, wo er am tiefsten war. »Man kann es aber sitzend durchmachen, straff dich nicht so aufrecht wie ein Fels inmitten der Lebensbrandung. Und noch einmal hock dich da zu mir und hör gut zu diesmal. Eins will ich dir nämlich verraten: dass es gerade der Stolz sein könnte, dem es gefiele, sich kreuzigen zu lassen. Der darauf verfiele als auf das für *ihn* allein noch ausnahmsweise, Unerlebte. – Was nanntest du da für arme Frauchen von früher oder jetzt? In denen wäre natürlich der entgegengesetzte Traum lebendig – der Traum vom Kettensprengen – von ein bisschen Herrschen, wenigstens während der Mannesverliebtheit in sie. Das ist ja auch ganz logisch. Aber, glaube mir: Der Glücksrausch fängt erst bei der fanatischen Unlogik an – und ich glaube, er sucht den Himmel mit Erfolg nur in der Hölle.«

*

Gittas Übersiedlung auf den Bergwald wirkte nicht so anregend im Hause, wie man es unwillkürlich erwartet hatte. Gitta litt anscheinend an Schlafsucht. Sie konnte zu jeder Stunde gähnen, schlief einmal am helllichten Tage unter den andern ein, und wenn sie wachte, dann leistete sie Wunderbares an Zerstreutheit.

Renate lächelte vielwissend zu diesen Anzeichen; alle hänselten Gitta, außer Anneliese, die auch nach nichts fragte, denn sie hatte eine zarte Scheu davor, zu Unwahrheiten zu veranlassen, und fand, dass es nicht so leicht sei, immer allen alles zu sagen.

An dem Morgen des Tages jedoch, wo Gitta wieder in die Villenstraße zurück sollte, um bei Thesis »Großreinemachen« die Selbständigkeiten von deren zugreifenden Mutter Baumüller ein wenig zu - überwachen, sagte Anneliese ganz unvermittelt zur jungen Strohwitwe:

»Du gehst nun wieder nach Hause – nimm nichts Überflüssiges von hier mit. Weißt du, Mädchen, es gibt alles mögliche Schöne und Versucherische, woran nicht das leiseste Unrecht haftet und was doch viel aufs Spiel setzen kann im Leben von zweien. Denn es kann schwelgerisch vorwegnehmen, was durch ein Leben betätigt und bestätigt werden sollte.«

Gitta sah ganz unbegreiflich erschrocken aus vor ihrer Mumme auf sie gerichteten klargrauen Augen – fast wie ein richtiger ertappter Verbrecher. Aber statt Antwort zu geben, tat sie hastig eine Frage; ohne es selbst recht zu wissen oder zu wollen, tat sie die – gradeswegs hinein in der Mumme Augen:

»Sag' – wenn du nicht geheiratet hättest –«

Anneliese erwiderte ebenso rasch, fast zu rasch:

»Die Musik hätte ich sowieso aufgegeben. Ich wäre dann eben um Vaters willen Krankenschwester geworden am Spital, wo er damals Hilfsarzt war.«

Und mit Staunen sah Gitta, wie noch jetzt – beim bloßen Geständnis – Glück, Jugend, Erröten über ihre Mumme kam. Es verschlug Gitta die Worte, die sie sagen wollte. Nur ganz stumm zu sich selber sagte sie:

»Aber dann – ja dann *weiß* sie gar nicht, *wie schön* – – das ‹andere› ist!«

Gitta hatte eigentlich nichts verbrochen, oben in ihrer Mädchenkemenate. Allenfalls wiedergefunden hatte sie dies und jenes, was in die Villenstraße nicht mehr mitgekommen war. Aber ungewollt und unversehens trat sie im alten Raum so seltsam tief zurück in die alte Zeit. Wenigstens in die Nachtzeit. Rührte das von Frau Lüdeckes »Genoveva« her, die, wie vormals, von der Wand überm Bett ihren Nächten zusah – dem Einhorn, das in Träumen stierte? Oder vielleicht von den in der Tischlade vergessenen bunten Stiften? Sie benutzte sie gar nicht. Jedoch, selbständig gewissermaßen, zeichneten sie vor ihr herum, sobald sie nachts aufwachte; ihre Farbigkeit war irgendwie um sie, belebte wunderlich unsichtbare Wirklichkeiten. Wäre es denn nicht jammerschade gewesen, das zu verschlafen?

Dessen ungeachtet hatte Gitta einen neuen Menschen angezogen, mit heroischen Vorsätzen gepanzert, als sie an diesem Abend zur Villenstraße hinabstieg – begleitet von der ganzen Familie und von Salomo, den sie »schutzeshalber« mitbekam, denn auch der rumänische Diener war beurlaubt worden.

Nur behielt sie während des ganzen Wegs das merkwürdige Gefühl, wie wenn ein wildes Wasser, das sie mit sich fortgerissen hatte zu unbekannten Ufern, auf das Geheiß der Mumme unversehens zugefroren sei unter ihren Füßen, sodass sie wirklich nirgends anders mehr hingelangen konnte, als nur eben gerade in die Villenstraße zu Mandelsteins. Daneben genoss sie jedoch die prickelnde Vorstellung von ganz, ganz dünner Eisdecke über tiefem, tiefem Wasser. – Schlittschuhlaufen hätte man jedenfalls noch nicht dürfen darauf.

Zu Hause saß sie noch in der lauen Abendluft auf ihrem Lieblingsplatz, dem schmalen Altan vor der Schlafstube. An den Hintermauern des Gartens, wenn auch der üppigste Sommer sie keineswegs verdecken konnte, stieß ihre Phantasie sich nicht mehr, die sich nicht stören ließ im Genuss wie die ihres Bruders. Vom Haus bis an dies Gegenhaus war es ganz nach ihrem Belieben nahe oder weltenweit.

Dann ging Gitta ins Zimmer hinein, bettete Salomo und entkleidete sich. Noch während sie im Bad nebenan die blanken Hähne laufen ließ und sich wohlig in der Porzellanwanne dehnte, stellte sie höchst prosaische Betrachtungen an über die Vorteile der im Berghaus nicht vorhandenen Warmwasserversorgung und freute sich im Übrigen rechtschaffen, auszuschlafen ohne die Ruhestörer ihrer vorigen Nächte.

Aber da geschah das Eigentümliche, dass ihr war, als gäbe es solche Reize und Störer gar nicht: als könne sie sich auf keine mehr besinnen.

Gitta sprang aus der Wanne; saß nass und erwartungsvoll: War es vielleicht nur im Wasser so gewesen –? Nein: auch am Lande. Dabei kam es ihr selber doch halb spaßhaft vor. Denn was so Gewisses – fast gewisser ihr zu eigen als das Blut in ihren Adern – das sollte hinweg sein, als sei es nie gewesen?

Aber der Spaß hörte auf. Nur *die* Gewissheit blieb: ihr zu eigen war es *gewesen* wie nichts, nichts anderes auf der Welt. Auf dem Bettrande kauernd, saß sie davor, wie vor einer ins Schloss gefallenen Tür, die sie von selber aussperrte. Nie gekanntes, nie geahntes Gefühl von Unsicherheit, Ratlosigkeit, ja Obdachlosigkeit bemächtigte sich ihrer. Was sollte sie tun, wo mit sich bleiben? Markus' eignes Haus war es ja, worin sie tückisch abgefangen worden war wie in einer

Falle, sobald sie heute ihre Mädchenstube verließ. Und vor jener Stube alter Verheißung saß ja fortan die eigene Mutter wie der Höllenhund in Person.

So dachte Gitta, und in dieser Stunde wusste sie nichts davon, dass Markus ihr Gatte sei, noch auch die Mutter ihre Mumme.

*

Als jedoch am nächsten recht späten Vormittag Thesi endlich zaghaft anklopfte, blickte Gitta ihr so entzückt entgegen, wie wenn die Morgenröte selber ins Zimmer träte, sodass Thesi in ihrer Bescheidenheit es kaum glaubte, auf sich beziehen zu dürfen. – Was Thesi nur wolle?! Ja Thesi kam wegen Mutter Baumüller, die doch auf heute bestellt sei zum Großreinemachen.

Für diesen selbstgeschaffenen Fall schien Gitta keinerlei Rat zu wissen.

Ob sie denn nun vielleicht erst mal auf den Markt sollten? Fragte Thesi, ganz stolz, einmal Vorschläge zu machen. Gitta nickte glückstrahlend: ja, ach ja, das sollten sie nur gleich tun!

Frau Baumüller lachte zum Bericht ihrer verblüfften, von Gittas Hausfrauentugenden so plötzlich im Stich gelassenen Tochter; sie untersuchte den Geldbeutel aufs »Marktgeld« hin, schien zufrieden und keineswegs in Verlegenheit um eine passende Verwendung des Tags. Nachdem in der Esstube Frühstück bereitgestellt worden war, am Ofen Salomos Futternapf und Salomo selbst den Hof in Augenschein genommen hatte, trollten Mutter und Tochter sich von dannen.

Gitta überlegte rasch: Im Berghaus wurde sie glücklicherweise ja heute nicht erwartet. Und so unerhört herrlich still war es in der leeren Wohnung! Beinah wie in der Nacht selbst – einer Nacht mit Sonne am Himmel. – *Hier* würde nun eben der Tag die Nacht sein.

Erst schrilles Anklingeln zerstörte die Ruhe. Telefon –? Nein, Wohnungsklingel. Lieferanten läuteten im Untergeschoß an der Küche, das hörte man oben nicht. Gitta fuhr in die Höhe, Salomo, der an besonnter Altantür lag, fing an zu bellen. Nach der Taschenuhr irrte Gittas Blick – wo war die nur – da schlug's drunten in der Stadt:

Viele, viele Schläge, so viele, wie es gar nicht gab, schien es Gitta – und doch war's eben erst noch ganz früh gewesen. Thesi ja noch nicht einmal zurück.

Da gellte das Läutewerk wieder. Salomo begann zu winseln, er drängte sich durch die nur angelegte Stubentür, lief in den Flur hinaus und kratzte schnuppernd, wedelnd an der Tür zur kurzen, breiten Haustreppe. Das konnte nur die Mumme sein!

Gitta streifte sich die Morgenschuhe von den Füßen, halb bekleidet, wie sie war, schlich sie vor das kreisrunde Guckloch und spähte hinaus. Und sah die Mumme.

Stocksteif stand Gitta. Sie fühlte plötzlich ihre Arme, ihre Schultern nackt, sie fühlte Scheu, Verlegenheit – die selbst nicht genau wusste, worauf eigentlich sie sich bezog – es hing ja auch alles so eng zusammen: denn jetzt säße Gitta stramm im Kleidchen, wenn sie nicht –, und auch Thesi wäre zur Stelle – wo steckte die überhaupt –

Noch immer kratzte und winselte der Hund erbärmlich. Und nun sagte eine liebe, heitere Stimme draußen: »Salomo, mein Tier, mach auf!«

Da sprang er an seiner Herrin hoch wie tollgeworden – wedelnd, heulend, wie er sonst nur in Frühlingsnächten den Mond anheulte. Salomo – fürbittend für die Mumme!

Wie denn – wieso denn – wollte sie der Mumme etwa nicht öffnen?!

Nein: Öffnen! Öffnen! Dachte Gitta, und zwar so eindringlich und überzeugt, als vollziehe sie es schon damit, während sie doch immer noch stocksteif stand, den Blick geistesabwesend auf allerhand Drucksachen und Briefschaften geheftet, die von der Mittagspost durch den Einwurfsspalt in den Kasten an der Tür geschoben worden waren. Sie wurde sich gar nicht dessen bewusst, wie sehr weit voneinander Gedanke und Handlung blieben – auch nicht, wie sicher die Mumme ihre Anwesenheit erraten haben musste und zu *ihr* sprach: nicht zu Salomo.

Aber während sie noch dastand mit sonderbar am Boden festgeklebten Füßen, ward es auf einmal still, eigentümlich still – als stände niemand mehr dort hinter der Tür – oder aber jemand, so angespannt lauschend, dass er kaum zu atmen wagte, gleich ihr.

Doch – nun eine Wendung –, leichtes Kleidergeräusch, Schritte - treppabwärts.

Und plötzlich begriff Gitta, dass sie ihrer Mumme was zuleide getan hatte – und auch das andere begriff sie: dass sie ihr gar nicht gewesen war wie ihre Mumme in diesem Augenblick – weil die Heftigkeit von gestern Nacht noch in ihr gewesen war: dumpf und unverstanden fortwirkend wie kohlschwarzer, nächtlicher Traum – und die Mumme ausschloss von ihr, von all dem Ihren – –

Unten ging die Haustür. Gitta stürzte ins nächstgelegene Vorderzimmer, Markus' unbenutzt stehendes Wartezimmer, ans Fenster.

Ja, da unten auf der Straße ging die Mumme – langsam; sie schaute nicht einmal mehr herauf.

Unwillkürlich hatte Gitta den Kopf abgekehrt; aus in die Wand eingelassenem Spiegel ihr gegenüber, worin wohl Kranke sorgenvoll prüfend sich sollten beschauen können, starrte ihr Gesicht ihr wie Fremdes entgegen – eigentlich ein ganz liederliches, zerknirschtes Gesicht – –

Und die eine Gitta maß die andere Gitta mit missbilligenden Blicken.

Aber nicht allzu lange: Ihr Glück war doch zu groß. Das Glück, das gestern ihr Geraubte, wunderbar wiedererlangt zu haben. Sie wusste jetzt, wie man es machen musste, um unabhängig zu sein von der kleinen Mädchenstube, wo das Glück sich einstellte. Man musste, ehe es sich davonstahl, jedes Stück, dessen man habhaft geworden war, hineintun in Wörter wie in winzige, diebessichere Gewahrsame, die es dann unbeschädigt herausgaben. Man musste nicht daliegen und darüber träumen: Arbeiten musste man.

*

Gitta hatte sich die Postsachen von der Tür geholt. Ein Brief darunter von Markus. Auch Verschiedenes für ihn selbst, das er nicht mehr nachschicken ließ. So bald also kam er schon?

Sie fühlte schwach eine Regung von Reue: wo in aller Welt war Markus ihr inzwischen hingeraten, während er heimzureisen glaubte? Ach, sehr weit – sehr weit! Wenn sie nach ihm hinsah, erschien er nur noch ganz klein, ganz dünn, fast nur noch als Pünktchen. Wie uralte Witwe, die sich bereits längst getröstet hat: So ungefähr kam sie sich vor.

Im Brief stand übrigens gar nichts von Rückkehr: Flüchtig, noch flüchtiger als sonst war der. Markus verstand sich auf dergleichen nicht. Sogar bei seinen wissenschaftlichen Niederschriften hemmte ihn seine Schwerfälligkeit, den richtigen Ausdruck zu finden. Dann beriet er sich nicht selten mit seiner findigen Frau.

Gitta wanderte mit ihrem Brief vom Flur ins Esszimmer und zurück; beim Schlusswort lachte sie hell heraus. Markus hatte unterschrieben: »bestens küssend Dein Markus.«

»Markus« nannte sie ihn ja überhaupt nicht. Und nun hatte dieser fremde Markus, gewohnt, die Leute »bestens zu grüßen«, wahrhaftig auch für seine Küsse an sie kein passenderes Unterkommen gefunden.

Als dies Schlussungetüm ihr in die Augen fiel, stand Gitta gerade am Esstisch. Angesichts des unverzehrten Frühstücks darauf, wurde sie sich erst ganz kannibalischen Hungers jählings bewusst und schluckte stehend und achtlos in sich hinunter, was sie an kaltem Tee, Zwieback, Butterbrot vorfand. Noch in vollem Kauen begriffen, musterte sie dabei das Briefblatt mit seiner ein wenig massigen, die Buchstaben ineinander verwurzelnden Handschrift so streng und lange wie ein Untersuchungsrichter – und die Buchstaben lösten, vervielfältigten sich ihr, ein anderer Brief wuchs ihr unversehens da heraus – einer, der ihr das Herz stärker schlagen machte –, und was drin stand, das steckte in Markus. – Aber den würde er wohl nie zu verfertigen verstehen – ach, wenn sie's tun könnte statt seiner, jetzt, wo sie »arbeiten« gelernt – –. Sie ließ die Frühstücksreste auf sich beruhen und ging zurück ins kleine Wartezimmer, wo ein Tischchen mit Schreibgerät und Papier für Krankenvermerkungen sich befand, und fing an zu schreiben. Gleich wollte ihr's nicht von der Hand gehen, es musste ausgestrichen werden. Dann aber lächelte sie befriedigt. Sogar die Handschrift bekam was ab von Markus. Und in den Worten war es, als habe sie ihm geradeswegs die Seele herausgeholt aus dem Leib.

Aber der fertige Brief nahm sie dann nicht länger in Anspruch: Er war nur kurze Erholung gewesen – noch gab es zuviel, atemraubend viel, zu tun.

Sonne, die erst von Westen hier hereinkam, begann endlich den kleinen Raum zu füllen, legte breite, blendende Strahlen über den Tisch. Frau Baumüller und Thesi waren gekommen, waren gegangen und wiedergekommen. Jetzt klapperten sie vernehmlich in der Küche. Gitta sah auf. Um sie stand lauter Sonne. Das war schon am Morgen drüben so – als gäb's nur Sonne. Außer der hatte sie eigentlich nichts recht wahrgenommen.

Gitta ging dorthin, von wo es klapperte.

Frau Baumüller, die gerade dabei war, auf dem Küchentisch eine erstaunliche Menge Wurstwaren auszubreiten, verbarg unter redseliger Gewandtheit unwillkürlichen Schreck. Thesi missbilligte die Wurstwaren, allein auch Gittas neuestes Verhalten, das ihre Mutter sich zunutze machte, und missbilligte am allermeisten sich selber mit ihrem charakterlosen Schwanken zwischen Mutter und »Herrschaft«. In dieser dreifachen Unzufriedenheit sah sie höchst finster aus. Gitta entgingen alle diese Feinheiten der Lage; mit strahlendster Miene sprach sie die beiden an wie zwei gute, liebe Menschen, die wiederzusehen ihr aufrichtigen Spaß mache; gegen Würste hatte sie nichts – im Gegenteil schien deren Anblick ihre gute Stimmung noch zu steigern. Derselbe Hunger wie mittags, als ihr auf einmal das Teefrühstück in die Augen stach, richtete sich jetzt mit voller Kraft auf Wurstwaren, und am Rand des Küchenschemels sitzend, seelenvergnügt plaudernd, holte Gitta sich aufgabelnd Scheibe um Scheibe vom fettigen Papier, mit wonnevollem Gefühl reichlicher Fülle vor ihr, die allerdings zuletzt bedenklich nachließ. Wenigstens sah – als die Frau des Hauses endlich gesättigt und dankbar davonging – Frau Baumüller weit ernster aus als zuvor, Thesi aber lächelte.

Das elektrische Licht glühte nachts durch, und nicht nur in der kleinen beschirmten Birne der Bettlampen, sondern groß von der Zimmerdecke herab: Thesi sah das, weil ihr Kammerfenster im Untergeschoß nach hinten hinaus lag. Gitta war willens, wach zu bleiben, fertig zu werden, ehe Schlaf sie aus ihrer neuen Sicherung vertrieb – aus der an Wörtern – und sie sich vielleicht wieder verirrte. Freilich schien ihr, solcher Wörter gäbe es in der Sprache gar nicht genug, und saure Arbeit war's jedenfalls noch: ungefähr als ob man eine Stadt von Palästen aus Haufen Straßensteinen aufzubauen habe. Aber sie wollte sich plagen und mühen – redlich: damit nur erst dies oder das aufgerichtet sei, woran sie sich immer wieder auskennen könnte.

Anstatt dessen musste sie doch eingeschlummert sein. Es war nicht mehr weit vom Tag. Man konnte es nicht recht beurteilen in dem künstlichen, hinausstrahlenden Licht, aber ein kleiner Vogel im - Ahornwipfel sagte vernehmlich: »Piep!«

Er sagte wirklich nur »Piep!« – es klang nach weit mehr.

Gitta erwachte mit dem Gefühl, als vertraue er ihr was an.

Was denn? Dachte sie und öffnete groß die Augen.

Tagwerden – Sommerfrühe – war das schon einmal alles dagewesen? Ihr kam es unausdenkbar neu vor – unberührt, unerlebt: eben erst von Gott gedichtet.

Das Gestern war in ihr noch nicht dahin – noch ganz sichtbar lag es am Horizont; Stadt, aus der sie hinausgegangen, als Schlaf sie überfiel.

Viel fertiger nahm die sich aus, halbverschleiert, aus der Ferne, als wo sie erst noch daran zimmern und bauen gewollt; vollendet beinah, mit Türmen und Mauern, Stadt, errichtet in Tag und Nacht.

Gitta schaute darauf hin wie von irgendeinem Waldrand aus sommerwarmem Moose. Ihr war bewusst: Es *erschien* nur so fertig, wartete noch ihrer Arbeit. Allein zu selig-träg, um auch nur Hand oder Fuß zu regen, überließ sie sich dem, was ihr alle Glieder wundervoll löste. Vielleicht war sie auch nur zu erwartungsvoll zu irgendwelchem eigenen Tun. Das »Piep« des kleinen Vogels, das hatte ihr geklungen wie verheißende Einleitung.

Jemand schnarchte laut im Zimmer. Das war jedoch nur Salomo.

Übrigens brach das Schnarchen auf einmal ab. Argwöhnisch hob Salomo seinen Kopf mit den tiefen Denkerfalten auf der Stirn und richtete sich in seiner ausgepolsterten Ecke hoch.

Worauf er warten mochte?

Da – ein Geräusch an Treppe – Tür.

»Ein Dieb!« sagte Gitta zu Salomo. Doch das Wort machte auf sie selber keinen genügend tiefen Eindruck, als ob es eins von den übriggebliebenen gleichgültigen Wörtern sei, die sie nicht hatte mit verbrauchen können vom benutzten Haufen.

Was würde er stehlen? Mochte er! Wenn er ihr nur das Leben ließ, dachte sie gottergeben und sanft.

Und da fiel ihr ein: War sie nicht ganz kürzlich erst ausgeraubt worden und hatte dann alles weit schöner und vollständiger wiedererhalten? Wann nur – wobei doch?

Nun knackte was – tappender Schritt im Vorflur: Er kam wahrhaftig näher heran – bis zur Schlafzimmertür schon –, und nun wäre Gitta doch fast vom Bett hinuntergesprungen: Die Tür ging auf.

Allein Salomo bellte nicht, er gab nur süß grunzende Laute von sich. Markus' schwarzbärtiges Gesicht schob sich durch den Türspalt – etwas besorgt, doch aber noch viel mehr erfreut.

Überraschungsaufschrei – sofort erstickt unter Küssen des Einbrechers, die gewalttätig fielen, wohin sie eben trafen, gar nicht mehr absetzen zu können schienen, sich sättigten bis zur Atemlosigkeit.

»Warum halb in Kleidern, Gittl?«

Sie kam kaum zu sich. »Wie kommst du – eben noch schriebst du doch –«

»Um dich zu überraschen, und nun überraschst du mich: schon unterwegs, überm Torweg sah ich vom Wagen aus im Hintergarten Licht – etwas beunruhigend war's wohl, aber lieb auch! So lebensvoll, gerade als ob du wartetest – als ob du mich anriefest: hier!«

Tief benommen lag Gitta still. – Hatte sie denn nicht schon wach gelegen? Hatte sie sich nicht mit Salomo unterhalten und mit sich selbst? Markus' Küsse fuhren über sie hin wie ein Sturmstoß durch den Schlaf. Hatte er sie denn noch nie geküsst?

»Als ob du mich anriefst: hier!« hörte sie noch seine Worte. Sie wollte berichtigen: War sie doch selber gar nicht »hier«, nein, weit von hier gewesen. Aber die Küsse blieben ihr störend auf dem Mund sitzen, als hielten sie ihn zu, hielten davor Wache, dass er nichts Törichtes ausplaudere.

Markus war auch bereits in den Vorflur zurückgegangen, sich seines Staubmantels zu entledigen: Er nahm den Handkoffer von der Treppe, wobei er auf die hinaufeilende Thesi stieß, an der das hastig - übergeworfene Kleid noch schief saß. Ihr Zopf hing ihr lang über den Rücken. Aber dafür stand unten bereits Wasser aufgesetzt für viele Tassen starken Kaffees, denn Markus' Schwächen, die kannte sie. »–Kkaka–aa–haha– fff–« fauchte Thesi ihre Verheißung heraus, alles mühsam erlernte Sprechen wieder fahren lassend über der Freude an ihres »Dohoktors« Heimkehr.

Und in aller Eile überstotterte sie sich auch noch in Anschwärzungen des kleinen Rumänen, der nicht rechtzeitig zurück sein werde von seiner Beurlaubung, und den Thesi nicht leiden konnte. Weniger wegen seiner zweifellosen Unzuverlässigkeit, als weil Markus sich mit ihm in Thesi und überhaupt aller Welt unzugänglicher Sprache verständigte, während es doch kaum gelang, Thesi auch nur im Deutschen zu verstehen. Dass es sich dabei um wenig mehr als ein paar rumänische Heimatbrocken handelte, und um immer die nämlichen – eine Art »Sentimentalitäts-Ventil« sagte Markus –, das entging der bekümmerten, neidgelben Thesi vollkommen.

Durch die halb offenstehende Tür drang ihre Berichterstattung bis zu Gitta herein, ebenso wie Markus' ungeheuchelte Begeisterung über Kaffeeaussichten und sein Scherzen. Schon vernahm man vom Esszimmer nebenan Stühlerücken, Tassengeklirr. Und aus dieser halben Entfernung, dem kleinen häuslichen Hin und Her, wurde Gitta Markus' Gegenwart erst vollends wirklich. Ja: weit wirklicher, als mit rechten Dingen zuging.

Denn ganz andere Wirklichkeit stürzte darüber her, als sie noch je daran erlebt hatte. In schönsten Nächten in ihrer Mädchenstube, da hatte sie sich eine solche wohl ausgemalt – vorgeträumt. Unter Köpfen, die ihr da vorschwebten, zum Greifen, zum Zeichnen lebendig, war ja Markus gewesen, seine Gestalt, seine Gegenwart.

Deshalb war es wohl, dass sie ihre Mädchenstube verließ, die enge, die nur für ungeborene Gesichte Raum besaß. Jetzt wusste sie es erst wieder. Ja, eigentlich erst jetzt, erst in diesem Augenblick, wo Wirklichkeit auf einmal fertig wurde. Das, was man nicht erst zu dichten brauchte, noch weniger in Worten herzusagen – die so mühsam zu beschaffen sind –, das, was ganz von selbst fertig wird: durch sich selbst lebendig gewährleistet.

Festlich strahlte das Licht herab im Zimmerhalbrund, worin fast nichts sich befand außer dem großen Doppelbett mit Gitta drin. Hatte das Licht es besser verstanden als sie, warum es scheinen musste durch die ganze Nacht und weit hinaus, und sie schlafen lassen wie unter Hochzeitsleuchte?

War ihre Hochzeit wirklich schon gewesen? Oh – warum war sie schon gewesen!

Ihr kam es vor, als sei sie noch nicht mit dabei gewesen. Betrachtend, so wie man liest, so war sie wohl schon in ihrer Ehe herumgegangen – noch nicht aber, wie man schreibt: mit besinnungslosem Wunsch der Hingabe: zu schaffen, was man empfing.

Um Gitta stand noch Duft von Markus' nie fehlenden Zigaretten, auf ihrem Bett lag seine Reisemütze, ihm beim Küssen vorhin vom Kopf gefallen.

Und nun kam er selbst zurück ins Zimmer. An der Tür drehte er das Licht ab.

»Es ist ja Tag!« sagte er.

Deutlich vernahm man Zwitschern und Jubilieren der Vögel.

Der Raum füllte sich mit zögernder Helligkeit, die Gitta gleichwohl heller schien als das blendende Deckenlicht vorhin. So wissend blickte Tag durch offene Altantür, so enthüllend – ja beinahe, als stünden alle die Worte, die sie soeben inwendig gedacht, auf einmal ganz laut in der Luft.

Unwillkürlich hob ihr Arm sich, sie bergend vor der Helle, die von draußen eindrang, oder als würde dadurch Tag noch einmal zur Nacht.

Doch im Beleuchtungswechsel erschien auch Markus' irgendetwas verändert – er schaute schärfer auf Gittas Gesicht.

Und trat rasch vor und beugte sich über sie. Und da war es, als redeten wahrhaftig aus der Luft heraus stumme Wörter hörbar ihn an: Der stumme Mund redete, dessen Lippen so kindlich leicht erzitterten, und die Augen gestanden, was sie ihm nie bekannt.

Ein Blitz ging durch Markus' Blick und durchfuhr seine Züge, dass sie sich für Gitta jählings verwandelten. Zurückverwandelt zu damals – zum großen Fest –, da er unter all den fremden, verkleideten Menschen zu allererst ihrer Liebe gewiss wurde.

Denn in diesem Augenblick empfing er Gitta so geschenkt, wie er sie sich damals erträumt – jenes einzige Mal, wo auch Markus Dichter gewesen war.

XIV.

Bei Mandelsteins ging alles drunter und drüber, fand Thesi; Klingelzeichen morgens erwartete sie längst nicht mehr so früh. Ferien hatten begonnen, aber nirgends doch dermaßen wie bei Mandelsteins.

Der Schwiegervater klagte über den Schwiegersohn. Branhardt stellte nämlich bekümmert fest, wie wenig für ihre beruflichen Interessen und Gespräche Markus jetzt tauge. »Woraus wieder einmal hervorgeht, weshalb Ärzte nicht heiraten sollen!« schloss Branhardt mit einem Leibsprüchlein, das er nur anbrachte, wenn er vom Gegenteil am überzeugtesten war. Auch Anneliese konnte wohl zufrieden sein, denn immer hatte sie ja für Gitta noch eigentliches Flitterwochenglück erwartet. Zwar fand sie sie einmal in so bittern Tränen vor, wie Gitta sie noch kaum jemals geweint, und man musste sich noch freuen, dass sie kindischem Gram galten: Um ein Haar wäre die ganze Gitta, mit dem Kopf über eine Gasherdflamme gebückt, in Feuer aufgegangen. Nun war bloß der Madonnenscheitel auf der rechten Seite bis auf nackte Haut niedergebrannt. Das junge Mädchen von einst hätte den Schaden mit besserem Humor ertragen als jetzt die junge Frau, dachte Anneliese beim Anblick von Gittas fassungslosem Jammer. Sie setzte das arme Opfer, in den Frisiermantel gehüllt, vor den Spiegeltisch und ersann verschmitzte Möglichkeiten, um Ärgstes wenigstens zu vertuschen. So genau hinsehen würde Markus nicht – über so was ließen Männer sich in eigenem Interesse ganz gern hinwegtäuschen, tröstete sie, und schon ward Gitta wieder heiterer. Unglücklicherweise kam es dann jedoch anders. Während Anneliese abgerufen wurde, um für ihre tränen- und feuerentstellte Tochter unten im Hause etwas zu erledigen, war Markus heimgekommen. Bei Anneliesens Rückkehr ins Zimmer sah sie die beiden einander – *beide weinend* – gegenüberstehen. Markus stampfte dabei fast rhythmisch den Fußboden. Gitta hatte die Augen fest zugekniffen, gerade als ob sie sich sonst selber auf den Kopf sehen könnte: Sie sah sich in seinem Gesicht!

Anneliese stand starr. War denn das ein Mann, war das nicht ein Junge, dem irgendein Spielzeug zerbrach? Fiel ihm denn gar nicht ein, vor wie Schrecklicherem seine Frau bewahrt geblieben war? Fiel ihm nicht ein, dass es zunächst galt, *ihr* darüber hinwegzuhelfen?

Nein, ihm fiel nichts ein als sein eigener Jammer grenzenloser Enttäuschung. Gitta und ihr Haar gehörten für ihn so wunderlich zusammen. Gerade weil an sich nichts damit los war: nur durch die Art, wie es sich ihren persönlichen Absichten fügte. Bei ihren wechselnden Haartrachten kam ihm dies immer wie ein Geheimnis vor: dass sie, je nach Belieben, wenig Haar hatte oder viel. Und nun sollte sie, so gänzlich gegen ihre Absicht, auf einer Kopfseite überhaupt keins haben, diese Kopfseite wie ein Plakat gänzlicher Ohnmacht jedem zur Schau tragen. –

Anneliese entfuhr ein Schrei. Mit beiden Händen hatte Markus ihre Tochter gepackt, schleppte sie zurück auf den Stuhl am Spiegel, ergriff eine der dort liegenden Scheren und sauste damit über Gittas unschuldiges Haupt hin. Metzger mit seinem Messer – nein, ärger noch erschien es Anneliese –, fast wie ein Henker nahm er sich dabei aus. Deutlich – roh deutlich schien ihr – drückte sein Gesicht aus, dass das Feuer sich da an etwas vergriffen habe, woran ihm Recht zustand – an seinem Besitz.

Ratzekahl schor er sie.

»Herunter muss es!« sagte er einsilbig, hart, benommen. Und immer mehr weiches, dunkelblondes Haar fiel unter Gittas großer Zuschneideschere.

Branhardt gewöhnte seine Umgebung genugsam an rasche, die andern nicht immer berücksichtigende Handlungsweisen, doch dies empfand Anneliese unausweichlich bestimmt: dass er auf ihre eigenste körperliche Person bei dergleichen nie so ohne Weiteres Hand gelegt haben würde wie auf Eigentum. Anneliese schalt sich selbst, aber das Wort »haremshaft« kam ihr. Altes Vorurteil stand in ihr auf wider Markus. Warum ließ Gitta sich das überhaupt gefallen – diesen glattgeschorenen Sklavenkopf?! Dachte sie, nun auch unverhältnismäßig erregt.

Doch die hatte ganz andere Sorgen. Am Ende der Behandlung tat sie die zugekniffenen Sehwerkzeuge weit auf, sah aber auch jetzt nicht in den Spiegel, sondern, sich wild herumwerfend, Markus voll in die Augen.

»Sag', ohne zu lügen: Vogelscheuche?«

Er nickte wahrhaftig! Kräftiges, unzweifelhaftes Nicken.

»Aber nein! Keine Spur! Durchaus nicht! Für mich gar nicht!« rief Anneliese empört. »Haar ist gar nichts! Nachbleibsel vom Tierfell! Gehört gar nicht zum Menschen! Was liegt denn an Haar!«

»Und besonders: Es wächst nach!« sagte Markus. »Die gute Mumme! Am Ende siedelst du nun lieber ein wenig ins Berghaus über, bis du wieder etwas mehr bei Haaren bist?«

Endlich ein Ton von Humor. Gitta legte ihren ratzekahlen Kopf ganz hintenüber in Markus' dagegengehaltene offene Handflächen, ganz tief hinein drückte sie ihn und murmelte:

»Du! – wie warm – da hab' ich dich noch nie so gefühlt.«

»Das glaub' ich wohl. Es ist ja auch nagelneu erworbene Provinz. Bisher lag sie stets vergraben unter irgendeiner ehrfurchtsvoll zu behandelnden Frisur, der ich nichts Übles nachreden will, denn von den Toten soll man nur Gutes reden, aber sie war Nagel zu meinem Sarge.«

Aber Gitta schien noch mehr auf den warmen Trost der Hände als auf den scherzenden der Worte zu lauschen.

»Schön ist es – wie schön dies Gefühl! Lieber ist mir, glaub' ich, deine Hand als mein Haar. »Du – hab' keine Augen jetzt, nur Hände –, o hab' tausend, tausend Hände, da bin ich gar nicht mehr hässlich!«

Markus stand und blickte schweigend auf sie nieder, auf ihren kindlich erzitternden Mund, und seine Lider waren gesenkt, sodass Anneliese den Ausdruck dahinter jetzt nicht sehen konnte.

Sie wollte auch nichts sehen.

*

Niemand war entsetzter über Gittas »Glatze« als Balduin. Er stellte sich seitdem die hübschesten Mädchenköpfe, denen er begegnete, nur noch als Billardkugeln vor und fühlte bei dieser Vornahme den Entschluss zum Zölibat in sich bedeutend reifer werden. Gitta freilich machte sich bald nichts mehr aus ihrem tragischen Geschick und Markus, das konnte ihm ja wohl der Blindeste ansehen, blieb nach wie vor in seinen Kahlkopf verliebt trotz Balduins unermüdlichen

Hinweisen auf die ästhetische Unstatthaftigkeit dieses Zustandes unter diesen Verhältnissen.

Denn Balduin stand sich mit Markus wieder gut, seit er selber neuerdings heiterer und umgänglicher seiner Holzveranda entstieg: was man allerseits feststellte, ohne Gründe dafür zu wissen. Sah man sich aber insbesondere Balduins Beziehung zu Markus an, so schien einer der Hauptfäden, die sie verknüpften, äußerst dünn zu sein: er bezog sich nämlich fast bloß auf den Umstand, dass Markus seine junge Schwiegermutter gewohnt war, schlechtweg »Anneliese« zu nennen, und dass Balduin hiervon Vorteil zog: es einfach nachmachte, es auch nach Hause trug und endlich es zu seinem Leibwort erhob.

Er behielt sich vor, Schwester und Schwager sogar während der Ferienreise im Tiroler Gebirge zu besuchen, denn zur Verwunderung der Seinen hatte er für sich selbst die Einladung eines ehemaligen Schulgenossen in die Dolomiten angenommen – noch dazu eines ihm nie sonderlich befreundet gewesenen.

Branhardts wollten an die See gehen, an die dänische Nordspitze, wo sie vor Jahren äußerst glückliche Zeit verlebt hatten. Renate ließ Anneliese aber nicht fort, ohne dass diese sie in der Sommerfrische auch ihrerseits einmal besuchte. Als nach ein paar Tagen Anneliese zurückkam, war es nur, um Balduin seine Sachen einzupacken.

Denn das war jedes Mal große Angelegenheit, auch wenn es nur kleinstem Handkoffer galt, und diesmal bestand Balduin überflüssigerweise auf zweien. So unberechenbar blieb es, was er von Mal zu Mal benötigte. Außerdem: Obgleich in seinen Schubfächern und Schränken eine fast ängstliche Pedanterie wie bei jungen Mädchen herrschte, so wurden doch alle Dinge zu schnell von ihm beschädigt, verbraucht. Gitta, weit weniger ordentlich, nutzte dagegen ihre Sachen so bis zum Überdruss ab, dass man sie endlich meist fortgab, um sie nur los zu sein.

Balduin »half« der Mutter, indem er in seine Schlafkammer immer noch mehr Sachen für sie heranschleppte.

»Knapse mir nur nichts davon ab! Denke an alle Möglichkeiten – man kann nie wissen, wie weit man noch kommt, Anneliese!« mahnte er vergnügt.

Sie freute sich schon lange seiner muntern Laune; so schmale, schelmische Augen hatte der Balder nur, wenn es fröhliche Gedanken dahinter gab. Viel in ihm herumzufragen, traute sie sich jedoch nicht; ihre einzige Frage – damals nach ihrer Unterredung mit Branhardt –, ob er dem Vater nicht was zum Lesen vorlegen wolle, hatte Balduin nur in heftiger, abwehrender Stummheit beantwortet, mit Gebärdenspiel aber, das sich am mildesten noch hohnlachendem Todeskrampf vergleichen ließ.

So beschränkte Anneliese sich seufzend auf rein Praktisches.

»Nun gut, gut, an den Siebensachen soll es schon nicht fehlen! Damit du schöne Ferien hast da bei dem Jungen«, bemerkte sie, gebückt über die geöffneten Koffer.

»Na – der Junge? Da wüsst' ich mir wahrlich Schöneres«, meinte er, die Miene viel zu pfiffig.

»Was denn nun noch?!« Anneliese blickte schon besorgt auf. »Du möchtest doch nun mal am liebsten mit dem zusammen sein.«

»Hör', was ich am liebsten möchte: ein Käferchen sein, dem Sonne auf die Flügeldecken scheint, während es bald klettert und bald purzelt. Die Sonne aber, die müsstest du sein. – Mehr kannst du nicht verlangen, als dass ich dich an den Himmel versetze, Anneliese.«

Sie überzählte ein Dutzend neuer Taschentücher für ihn. »Sonne bescheint es vor allem, damit es immer besser klettert und immer weniger purzelt«, meinte sie beiläufig.

Allein da kam sie schlecht an. »Das hat gewiss der Vater von der Sonne behauptet!« entschlüpfte es Balduin, und als sie erzürnt auffuhr, fasste er sie an beiden Armen und küsste sie mitten ins Gesicht. »Nein, nein, ich sag's nicht wieder – sei nicht böse, aber – die Sonne, Anneliese, ist gar nicht so – sie scheint wirklich gar nicht deshalb!«

Die Mutter schüttelte ihn ab: »Halt jetzt deinen losen Mund! Ich komm sonst nie hier zu Ende.«

Dabei dachte sie innerlich betroffen: Der unartige Junge lässt mich Frank nachreden – Frank behauptet, ich rede dem Jungen nach dem Willen –, worin stecke denn eigentlich ich selbst noch?!«

Eine ganze Zeitlang ließ er sie in Ruhe kramen. Er saß auf seinem Bett, neben dem beide Handkoffer auf Stühlen auseinandergelegt waren. Dann sagte er langsam und jenseits aller Pfiffigkeit:

»Hör'! Ich muss dir schreiben können. *Dir*. Wenn ich nun schreibe, wird der Vater jeden Brief mitlesen wie sonst, als er an euch beide gerichtet war?«

»Gewiss. Das ist ja nicht nur Pflicht und Recht, sondern seine ganze Liebe zu dir, Balder; die muss das ja wollen.«

»Ich weiß!« Der Sohn sah sie aus seinen ernstgewordenen, großgewordenen Augen an. »Weshalb versicherst du mir das erst noch?! Ich weiß ja. – Trotzdem aber muss ich *dir* schreiben können, Anneliese, ebenso, wie ich jetzt spreche. Nicht wahr, das könnte ich doch nur zu zweien.«

Anneliese richtete sich hoch, setzte sich neben dem Bett hin. Sie schüttelte bekümmert den Kopf. »Das geht nicht, Balder. Wie sollte das angehen? Wo man sich so viel sieht, da geschieht es eben mal zu zweien, mal zu dreien. Wo man so wenig beieinander sein kann, brieflich, da besucht man seine Eltern nicht absichtsvoll getrennt.«

Aber sie verstand ihn. Und konnte nicht umhin, sich zu gestehen: Irgendwann einmal wäre auch solch ein Wunsch trotzdem nicht unerfüllbar gewesen. Zusammen hätten die Eltern über den wunderlichen Kauz gelacht, der die Hälfte dem Ganzen vorzog – irgendwann einmal: aber jetzt nicht mehr.

Stille war darüber entstanden, die sie, in ihre Gedanken vertieft, nicht beachtete. Sie hörte nur auf einmal Balduins Stimme sagen – hörte sie auch recht?

»Unter Chiffre, Mutter. Du musst nachfragen am Postschalter unter B. B.«

Noch stiller wurde es in der Kammer darauf. Unheimlich still.

Balduin, den Kopf gebückt, blickte mit flimmernden Augen von unten auf und traf voll in den Blick der Mutter, der ihn durchdrang wie schmerzender Stahl.

Anneliese hatte ihre Hände im Schoß ineinander gedrückt, gewaltsam, als ob sie es fühlen müsse, um sich daran zu wecken:

»Was tat ich – Kind, mein Junge –, tat ich Unrecht – dass du glauben konntest – dass du sagen durftest – – –«

Sie sprach in leblosem Ton, ganz eigentümlich starr.

Das ertrug Balduin nicht. Er stieß sich die Hände vor die Augen.

»Verzeih – verzeih, nun denkst du schlecht von mir, denkst: Betrug. Und ich, der ich von dir geliebt sein wollte – geliebt bis zur Schlechtigkeit – *ganz*! Wahnsinn, ich weiß wohl: fordern, immer nur fordern – und eigene Leistung null! Wahnsinn – hab' mich nicht mehr lieb.«

Anneliese blieb stumm. Er schlug sich selbst, sie konnte ihn nicht noch schlagen. Und mitten in ihr war ein so wunderlich scharfes Gefühl wach für das, was ihr Kind in die Unaufrichtigkeit riss. Nicht frei sein – nicht *frei*! Selbst bis ins letzte Lieben und Vertrauen immer noch irgendein *Müssen*!

Schon als winziger Wicht von kaum ein paar Jahren hatte der Balder mit niemandem anders spielen wollen als mit ihr. Alles, was er fand oder besaß, hatte er ihr dafür zugetragen: Grasbüschel, Soldaten, Steinchen, den Hampelmann. Und alles musste sie sein, was er benötigte: Gemüsefrau, Schornsteinfeger oder Kaiserin. Sie brauchte nicht viel zu tun: Nur stillhalten.

War's mit dem Bübchen anders als mit dem großen Jungen jetzt? War's nicht gerade ebenso auch jetzt Unreife, Hilflosigkeit, aus der er ganz von selbst herauswuchs – um reifer und fertiger seinen beiden Eltern entgegenwachsen zu *können*?

Und handelte sie nicht im Sinne von Branhardts eigenster Jugend, wenn sie dem Sohn diese Möglichkeit erhielt? In seinem eigenen Freiheitssinn, den ihm doch nur Sorge um den Jungen für den Augenblick verengte?

Lange saß Anneliese ganz still. Dann hob sie den Kopf:

»In Stunde der Not – dann, wenn du es einmal nicht missen kannst – sollst du es haben. Und ob es so ist, darüber wirst du dir selbst Richter sein. Wenn ein Brief dann kommt an mich allein, wird niemand ihn lesen als ich allein.«

Balduin fielen die Hände vom Gesicht, das sich immer tiefer in ihnen vergraben, es strahlte daraus empor – ungläubig, entzückt. Im unendlich Kindlichen, Hellen, das urplötzlich darüber ausgegossen lag wie anderes Leben, erinnerte es an Gittas Ausdruck.

Er sprang vom Bett, wie Sturmwind wollte er seine Mutter umfassen, als ihn ihr Anblick hemmte, und dass sie so still dasaß.

Unmöglich war es, laut oder unter Küssen zu danken. Mit sich nehmen würde er den Dank müssen. Ihn bei sich behalten. Ihn *halten*, bis er sich festwuchs in ihm wie ein Keimchen – sein eingesenktes Lebenskeimchen, aus dem alles Neue ward.

Als Anneliese bald nach ihm die Treppe in die Wohnzimmer hinabstieg, begegnete ihr, hinaufspringend, Renate, die zum letzten Male herüberkam vor ihrer Abreise.

Noch außer Atem griff sie nach ihr:

»Was ist denn geschehen, Liese?«

»Geschehen? Geschah denn etwas?« Anneliese erschrak übereilt und viel zu sehr.

»Nein, ich wollte nur sagen: Warum siehst du so aus? Am Ende schliefst du da oben? Dann hat ein mächtiger Traum dich besucht, der eben erst aus deinem Gesicht hinausgeht und vor dir hergeht.«

Allein eine ganz andere Frage bedrängte Renate zu ungeduldig, seit Anneliese bei ihr in der Sommerfrische war: »Ich hab' dich ja keine Minute unter vier Augen ungestört sprechen können! Und hätte doch so gern – gleich – deinen Eindruck gewusst.«

Sie nahm sie um die Hüfte und ging langsam neben ihr hinunter.

Anneliese antwortete lächelnd:

»Eindruck: ganz vorzüglich! Und was Merkwürdiges ist für mich dabei: Denke dir, dieser blonde, junkerliche Kopf – er erinnert mich an jemanden – vielleicht nur dem Typus nach.«

Renate lachte auf, mit etwas trockenem Ton.

»Das wollte ich nur hören! – Wie sollte er dich nicht erinnern? Nämlich an ein paar meiner früheren ‹Selbstrettungsversuche›, die wir gemeinsam kennenlernten.«

»Aber, Reni! Wie redest du denn nur von ihm!« Anneliese machte, aufrichtig ärgerlich, sich von ihrem Arm frei.

»Sei still, Liese! Nur nicht sich bemogeln! Sieht er nicht so aus, wie meine eigene Familie ihn mir nicht besser hätte wählen können – oder sogar für sich selbst gewählt haben würde? Siehst du: In solchen Fällen triumphiert eben augenscheinlich etwas recht Typisches über die individuelle Renate.«

»Jetzt hörst du auf«, sagte Anneliese energisch und schob sie in die Esszimmertür; »zum Glück kommen gleich der Frank und der Balder.«

»Hör' nur zu Ende – also: über die individuelle Renate und deren schlechten Geschmack. Da triumphiert eine ältere, abgetragene Ich-Auflage – so eine von Muttern abgelegte. Sei nicht böse! Es ist ja das viel, viel bessere ich!«

Wusste man im Hause auch »offiziell« nichts von der Wandlung in Renates Leben, so nahm sie doch gewissermaßen stillschweigende Glückwünsche entgegen, ausgedrückt in einem Schluck Sekt – wobei Anneliese ihr Glas an Renates klingen ließ mit den geflüsterten Worten: »Heim und Frieden, Reni.« Branhardt gefiel die Wendung, die die Dinge genommen hatten, mehr als gut, und das halb Offenbare, halb Verheimlichte lieh der Stimmung ein aufmunterndes Etwas, sodass sie ein wenig schäumte, gleich dem Sekt. Vielleicht trug am meisten Balduin dazu bei, und aus ähnlichen Gründen: Denn auch in ihm prickelten Glückserwartungen hoch, dass er es kaum mehr aushielt. War es schon ehedem Renate mitunter aufgefallen, so an diesem Abend noch mehr: wie so gar nicht krankhaft Balduin wirkte, wie sein Gesicht auf einmal bedeutend werden konnte und der ganze Mensch mit den unbestimmten Zügen und dem schmächtigen Wuchs unbegreiflich schön. Stand ihm die Alpenfahrt als etwas so Köstliches bevor? Fragte sie sich. Eher glich er doch jemandem, der schon ganz fest angesessen ist im Wunderland seiner liebsten Sehnsucht – eingekehrt für immer. Schließlich vertiefte sie sich mit ihm in so ernsthaftes Zwiegespräch über literarische Zeitwerte und Selbstwerte, dass sie es weder beachtete, als Branhardt telephonisch zur Stadt berufen ward, noch auch, dass Anneliese hinterher nicht mehr hereinkam. Erst als der Wagen vorfuhr, sie im Regenwetter an ihren Lokalbahnzug in die Sommerfrische zurückzubringen, sprang sie auf, Anneliese zu suchen.

Anneliese saß im dämmerigen Wohnzimmer am Flügel. Fast unwiderstehliches Verlangen hatte sie dorthin getrieben, in Tönen zu lösen, was auch sie all die Stunden hindurch zurückgedrängt in sich trug. Aber wenn sie Tasten berührte, so ging ja alles – ihr Geheimstes noch – laut, wie Jubel oder Weinen, durch das Haus.

Diesen herrlichen Flügel, den hatte Branhardt ihr geschenkt, als sie das Haus bezogen – ihm »eine Seele zu verleihen«. Noch war es im Hause öde gewesen, die Möbel unterwegs, die beiden noch so kleinen Kinder bei Freunden untergebracht. Als Anneliese beim ersten Eintritt den Flügel erblickte, da hatte sie mit hellem Jauchzen ihren Mann umfasst und im Wirbeltanz mit sich herumgedreht. Und weil doch kein Mensch zusah, tanzten sie, von Ausgelassenheit gepackt, gleich weiter nach alter Walzermelodie, die Anneliese dazu sang. Bis sie mitten drin stehenblieben, atemlos, und sich einen Kuss gaben und sich sagten, dass alte Liebe ihnen treu bleiben solle auch in neuem Heim.

Das war schön und lustig gewesen.

Hände im Schoß, Kopf gesenkt, saß Anneliese vor den Tasten. An der alten Walzermelodie glitten ihr die Gedanken immer weiter rückwärts, ins Elternhaus, wo sie sie zuerst gehört. Wo sie, als Kind, mit den Schwestern dazu getanzt hatte, wenn die Mutter ihnen aufspielte – die nichts weiter gekonnt als nur den einen Walzer, und auch den nur zur Hälfte. Aber tanzen wollten sie doch alle, spielen musste sie. Die ganze Mädchenfreiheit und Kinderfreude kam mit dieser Erinnerung herauf. Die alte Mutter noch einmal wiederzuhaben, sie, die nie im Geringsten begreifen konnte, was ihren fünf Mädeln alles zu Kopfe stieg, und deren Güte allein ihnen dann doch jeden Wunsch ermöglichte – die selbst mit dem Unzulänglichsten noch Wunder von Lebenslust ihnen schuf wie mit dem Walzer. Eine Mutter haben –

Renate kam endlich an die Wohnzimmertür und öffnete sie. Aber ebenso schnell ließ sie sie wieder zusinken – verdutzt. War das möglich?! Eine geschlagene Stunde saß Anneliese da an ihrem Flügel, und er blieb stumm?

Nur um meine eigenen Schicksalsverzwicktheiten drehe ich mich herum: Und beachte darüber nicht, was ihr geschehen mag! Dachte Renate, auf sich erbost und furchtsam zugleich. Argwohn krampfte sich ihr ins Herz: War etwa nicht alles, wie es sein sollte? War auch Liese, sie, mit ihrem Lebenstalent, manchmal nur wie Kreatur unter ihrer Bürde?

Hell und heiter erklang als Antwort darauf altmodische Walzermelodie.

*

Balduin reiste als Erster ab, am frühen Morgen darauf Branhardts, zum Zug geleitet von Tochter und Schwiegersohn. Als Gitta mit Markus aus der Bahnhofshalle trat, ging kräftiger Gewitterguss nieder, der sie im Wagen heimtrieb; Markus jedoch fuhr nicht nach Hause, denn er war in größter Besorgnis um zwei seiner Äffinnen, die tags zuvor gefährlich erkrankten; ständig pflegte und beobachtete er die kostbaren Tiere. Hieran nahm Gitta nun den allertiefsten Anteil; dass sie seine Affen mit so »ganz anderer Liebe liebte« als er, verschlug in diesem Falle nichts; die so verschieden begründeten Gefühle der beiden glichen sich dabei wie ein Ei dem andern, und sie redeten miteinander davon wie besorgtes Elternpaar, nur dass hier der Mann den Pfleger und Wärter darstellte.

Gitta blieb den ganzen Tag allein; paar Leute fragten nach Markus, Telefon klingelte; dann verstummte alles Geräusch. Nur Regen trommelte und tropfte. Warten entleert die Zeit. Allmählich begann auch Gitta Sachen zur Ferienreise zurechtzulegen, die ja nur noch die erkrankten Lieblinge verzögerten. Dabei kamen ihr Papiere zu Händen, aus denen es sie anblickte wie aus anderer Welt: engbeschriebene Papiere mit Arztstempel. Dass das noch existierte, ganz unbekümmert um sie selbst – dass es nicht plötzlich aufgehört hatte zu *sein* vor Wochen! Nein: – es bestand. Aber wie sie es nun wieder las, begriff sie: im Grunde bestand es doch nicht, so wenig davon zu verwirklichen, zu formen hatte sie verstanden. War es nicht wunderlich, um wie viel besser dies ihr schon beim bloßen Hinlesen jetzt aufging? Unmöglich konnte es sich doch inzwischen in ihr weitergeformt haben, dafür war ja nicht der kleinste Raum, nicht der kürzeste Bruchteil von Zeit in ihrem Innern gewesen. Allein es blieb Tatsache.

Manche damalige Schwierigkeiten lösten sich geradezu spielend. Andere nicht sofort – aber gerade dies Schwierige an ihnen gliederte sich in lauter Glückszuversichten einsetzender Arbeit.

Gitta ging im Esszimmer, dem längsten Zimmer, auf und ab. Von Zeit zu Zeit stellte sie sich an den Esstisch und kritzelte mit Bleistift auf großen Bogen mit Arztstempel weiter.

Während sie die Stube durchmaß, blieb ihr Gesicht streng, stirngerunzelt, als ob sie sich mit kleinen Kindern raufe. Es waren aber nur die Wörter, die sie so hernahmen.

Einmal kam Thesi mit Störung. Sie hatte aus Markus' ledernem Junggesellenkoffer seinen Touristenanzug hervorgeholt, den sie lüften und durchsehen sollte, und mit wahrer Gemütsbewegung an Wadenstrümpfen zwei Mottenlöcher entdeckt.

Gitta ging mit und suchte nach entsprechender Stopfwolle, immer mit gleichem strengen, beinah drohendem Gesicht; Thesi bezog es auf die Motten.

Sie kam auch nur noch einmal herein, mit Teegeschirr, und hob das Abendessen aus dem Aufzug.

Nach neun Uhr hörte man Markus' Drücker in der Flurtür. Markus war erstaunt und erfreut, seine Frau noch vor unberührtem Teezeug zu finden, auf ihn wartend mit Abendbrot. Sie musste ja ganz einfach gehungert haben! Er wenigstens brachte Wolfshunger mit.

Gitta hörte tiefernst zu, wie er ihr den gegenwärtigen Stand der Äffinnen auseinandersetzte. Ihr Gesicht rührte ihn: wie es so voll innerster Sammlung dabei war, um der Leiden der Kreatur willen. Doch gerade heute, zum ersten Mal, lag ihr nicht vor allem an Affen.

Sie schaute vielmehr Markus auf den Mund, aufmerksam, als läse sie ihm die Worte von den Lippen. Aber sie vernahm gar nicht Worte, sondern mit ihr selbst unfasslicher, hassenswürdiger Gespanntheit verfolgte sie nur, wie er im Reden kaute. Denn trotz Hungers wollte er sie doch über die Sachlage verständigen.

Gitta hatte es wohl an sich gekannt, dass dergleichen Dinge sehr plötzlich, ganz unvermittelt in ihr eine Art böses Interesse erwecken konnten; lachend hatte sie auch mal gesagt: Das käme ihr allzu menschlich an Menschen vor, dies sichtbare, nur bestenfalls nicht hörbare Kaugeschäft. An Markus jedoch war ihr weder dieses noch überhaupt jemals irgendetwas nicht recht gewesen. Und es bereitete ihr tiefes, kindisches, unsagbares Herzeleid, als sie sich dabei ertappte, ihm mit solchen Augen zuzusehen.

Ich verzeih ihm ganz einfach nicht, dass er Tee laut schluckt! Dachte sie schwer und dachte weiter, dass sie ihn doch hatte lieben wollen, selbst wenn er siebenfacher Raubmörder wäre.

Ohne die Augen von ihm zu lassen, erwog sie flüchtig, ob sie denn nicht den Blick auf anderes Stück seines Körpers ablenken könnte – und ward von der Furcht durchschauert: Es werde Stück für Stück damit dasselbe sein.

Noch immer saß Gitta steif am Tisch. Markus mochte es doch zuletzt wohl merkwürdig erscheinen. Er fasste sie liebkosend ans Kinn: »Schläfrig – Gittl?«

Sie zuckte mit dem Kinn zurück. Ihre Verstellungskraft war nicht phänomenal. Markus bekam schreckweite Augen: »Gittl – was ist?«

Sie versuchte sehr ruhig zu sagen: »Schläfrig nicht« – aber da brach es schon weiter aus ihr heraus, heiser und zitternd vor unterdrückter Wildheit:

»Nein, nur allein – nur endlich allein – schlafen!«

Markus sprang auf. Er starrte sie an. Sie sah es, suchte sich verständlich zu machen, gab es auf und fiel mit dem Gesicht auf den Tisch, es in ihren Armen vergrabend:

»Ich weiß – man spricht nicht so – benimmt sich nicht so – warum, Herrgott, warum habt ihr mich auch heiraten lassen – ich – die Nächte wenigstens – lass mich die Nächte allein.«

Sie stieß das hervor, verstört, undeutlich, gehemmt vom Schluchzen.

Regungslos – ohne auch nur eine Gebärde – stand Markus noch auf demselben Fleck, regungslos auch sein Gesicht, worin, ungeheuer lebend, nur die Augen sprachen.

Immer von Neuem dachte er: jetzt dies – nach *diesen* Wochen – –

Minuten vergingen, wie Stunden erschienen sie ihm.

Einmal ging ihm durch den Sinn: nie eigentlich »gekämpft« hatte er um Gitta – sie war ihm stets so unbeeinflussbar erschienen. Nur von selbst bis zu ihm gelangen konnte sie – nicht erobert: kampflos – und nur aus Tiefen, die noch unterhalb aller Verschiedenheit liegen, aller Banalität, Geltung, Rasse. Er dachte: War es schon zuviel, dass wir damals das Schweigen brachen zwischen uns? Dies heute geschah, weil wir es brachen. Unsere Einigkeit war Wirklichkeit. Jetzt behauptet das Leben das Gegenteil, und das Leben behält gegen uns recht.

Markus stand fast hölzern in der Mitte der Stube; aus unbewegtem Gesicht schien sein Blick weit hinausgerichtet, über Gitta, in Letztes.

Kein Wort fiel.

XV.

Schon hinter der letzten Bahnstation, wo Branhardts übernachteten, wurde es meereseinsam im Lande. Aller Wechsel von Menschen und Zeiten trat zurück hinter Alleinherrschaft dessen, was ewiggleich standhält. Wie einst breiteten struppige Ebenen sich um sie aus, bedeckt mit Riedgras, worin schnurgerade Linien enger Kanälchen sich verloren, an deren Rand tiefblau Enzian stand, sie hier oder da allein lieblich unterstreichend. Struppig wie einst weideten kleine braune Ziegen dazwischen, im Umriss hölzern, wie von ungeschickter Hand zurechtgeschnitzt, und noch in ihren Sprüngen, ihrem Gemecker so sonderbar automatenhaft, dass auch sie kaum abgelöst erschienen vom bloß Landschaftlichen.

Noch weiterhin, über Dünenrücken, schimmerte Grün: schmale Striche Strandhafers, der Jahr um Jahr aufs Neue, Halm bei Halm, rieselndem Boden eingepflanzt wurde, damit seine winzigen Hälmchen das noch Winzigere: Körnchen der großen Versandung, aufhalten möchten. Und endlich, hinter der Rettungsstation, deren Nebelhorn nach wie vor seine heulende Warnung hinausschrie – hinter deren trügend sanftem Ufer nach wie vor treppenartige Klippenriffe Schiffen auflauerten, betraten Branhardts des Landes äußerste Spitze: wo zwischen Nord- und Ostsee letzte Scheidewand fällt. Schauspiel freilich, das ihnen an Größe eingebüßt zu haben schien, beinahe wie Augen Erwachsener der Schauplatz ihrer Kindheitseindrücke sich verkleinert. Denn damals, in sturmreicher Vorfrühlingszeit, donnerten beide Meere mit ganz anderer Wucht gegeneinander als in diesen Hochsommertagen. Atemberaubt hatten sie – fliegenden Gewandes, an Händen einander festhaltend, als entfliege sonst einer dem andern ins Unendliche – davorgestanden: Und es brauste ihnen ins Blut, und es durchbrauste ihre Tage und Nächte, dass auch ihre beiden Leben sich, wie noch nie, umfangen und ineinander verströmt hatten, ledig allerletzter Menschenschranken.

Wo sie damals gehaust, da empfing sie die zweite Veränderung, und hier entgegengesetzte: Nichts Geringeres als ein Riesenhotel anstatt des Hüttchens erhob sich im Rohbau; im Nebengebäude eröffnete es vorläufig bereits seine Gastwirtschaft. Doch fand sich hart am Strand ein helles, steinernes Fischerhäuschen, das ihnen gastlich wurde. Die

Fischersfrau, deren Mann um diese Jahreszeit nur selten den entfernten kleinen Hafen anlief, um heimzukehren, siedelte mit ihrem Brustkind in Giebelraum über; in Kammer und Stube richteten Branhardts sich ohne Säumen ein.

Ein herrlicher Tag war es; das Meer lauter Lockung, hineinzuspringen. Aber obgleich ein tiefer Dünenkessel neben dem Haus zu so paradiesischem Gebaren förmlich einlud, schienen ein paar neu entstandene Badekabinen – offenbar schon vorgeschobene Posten des Hotels der Zukunft – mit ihren ehrbaren Mienen davon abzuraten. Man fügte sich denn auch dem fortgeschrittenen Geist der Zeit, was Branhardt jedoch alsbald bereute: Denn zu seiner außerordentlichen Überraschung wurde Anneliese nach ihrem ersten Bad in ihrer Kabine ohnmächtig.

So hatte er sich gleich anfangs seiner Frau in einer Fürsorge zuzuwenden, der diese Gesunde, Starke selten genug bedurft und die er doch zu leisten verstand wie kein Zweiter. Wenn Anneliese sich auch lachend dagegen wehrte, so »huckepack« genommen zu werden wie ein auf den Rücken geladenes Kind, gefiel ihr doch das enge Füreinanderleben, das sich so besonders betont daraus ergab. Allmählich ward sie mit Erstaunen gewahr, dass sogar ihr Verlangen nach Kunde von ihren Kindern sich leise abschwächte, und noch einmal erlebte sie es, wie Glück doch etwas ist, was in seinen Steigerungen heraushebt aus allem. Vormals freilich hatten die Kinderbriefe hier dennoch eine große Rolle gespielt, denn nur zögernden Herzens hatte Anneliese ihre drei Schulpflichtigen fremder Obhut überlassen. Täglich durchwanderte man den Sand nach der entfernten kleinen Poststation, um etwas eher in Besitz der Briefe zu gelangen: der rasch und zärtlich hin gekleksten von Gitta, der oft so verblüffend anschaulichen und anregenden vom Balder und dann noch der Dritten: ehrfürchtig hin gemalt in sehr großen Buchstaben, mehr Kalligraphie als Inhalt – Lottis erste und letzte Briefe. Sie redeten von diesen Gängen miteinander, ohne jetzt gleiche Gänge zu tun. Bei allem sprach ihnen die Erinnerung mit hinein in die Gegenwart und, selber schön, verschönte sie ihnen noch die erneuten reichen Tage und machte sie doppelt heimisch darin.

Inmitten des fremdsprachigen Volkes lebten sie wie auf einer Insel allein. Sie sahen die Frau, mit der sie sich nur in Zeichen und Wortbrocken verständigen konnten, an ihnen vorbei ihrer Arbeit nachgehen, stricken, Netzwerk knüpfen, Kind und Küche versorgen und den kargen, anspruchsvollen Feldstreifen unweit davon – oder hinaushorchen in das Wetter: ihres und ihres Mannes Schicksal. Auch noch das Tote Meer, an Landwindtagen, war hier das wahrhaft lebendigste, was dem Menschen nicht stillhielt wie dem Landmann seine Felder – das jedes Schicksal unberechenbar tückisch oder gnadenvoll aus sich selber empor wühlte gleich Äußerungen eines Urwelt-Ungeheuers.

Kehrte der Mann dann zurück bei widrigem Nordost, der gegen den Hafen trieb, dann ward ihm ein Ausruhen in dem, was das Weib geschaffen, und so wuchtig selbstverständlich sprach in diesem Außen und Innen der Geschlechtergegensatz sich aus wie Naturgeschehen.

Des Nachts bisweilen, wenn der Sturm sich erhob, oder wenn oben im Giebelraum das Brustkind weinte und die Fischersfrau es in den Schlaf sang, vielleicht an den Mann denkend, dessen Boot im Sturm schaukelte – dann kam über Anneliese sehr stark das Gefühl von dieser sie umkreisenden, eigentlichen Wirklichkeit, und dann wollten ihr die beiden kleinen Stuben unten mit ihrem Muschelkram und den fremden Betten vorkommen wie ein bloß geliehenes Glück – Glücksobdach für kurze, ganz kurze Ferienwochen.

In solcher Nacht erwachte sie einmal aus schweren Träumen, aus denen sie nur langsam, mühsam zu sich kam. Ihr hatte von Lotti geträumt, die gekommen war – über das Meer, als es am wildesten war –, während viele Leute am Strande sich drängten, neugierig, denn groß war Lotti geworden, ganz und gar erwachsen, als habe sie inzwischen weitergelebt. Oder war es nicht Lotti? »Bist du Lotti?« fragte die Mutter, bebend vor Verlangen, doch hatte sie in Lottis unsäglicher Menschenherrlichkeit, Zug um Zug, das Kind, ihr Kind von ehedem wiedererkannt, und die Leute am Strande staunten alle, denn niemand hatte so Schönes je gesehen. An diesem Morgen erhob Anneliese sich sehr blass, von Schwindel befallen.

Als dies sich wiederholte, entsann Branhardt sich der Ohnmacht nach dem Meerbad, dem Anneliese keine weiteren hatte folgen lassen dürfen. Eine Mutmaßung durchflog ihn – und da wollte ihm scheinen, als ob der gleiche Gedanke schon eine Weile mit Anneliese gehe.

Nicht gleich sprachen sie ihn gegeneinander aus. Aber gleich breitete sich über die Innigkeit ihres Beisammenseins etwas seltsam Neues, das sie eher wahrnahmen als jeder die Vermutung des andern: etwas wie ein feines, heißes Glück der Erwartung, das fast an ihren Brautstand mahnte.

Und schien das nur noch tiefer in die gemeinsamen Erinnerungen zurückzuführen, so erlebte es sich doch nicht erinnerungsmäßig: Nicht mehr an Vergangenes dachten sie, nicht mehr mit früheren Erlebnissen verglichen sie ihren Aufenthalt wie bislang. Aus sich selber rollte auf einmal das Rad ihrer Zeit, und die kurzen Ferientage rollten nicht ab daran: Sie fielen ins Ewige.

Endlich kamen doch Briefe an. Der erste war von Renate und nicht gerade weitläufig.

Renate schrieb:

»Liebe Liese,

mit dem ‹Heim und Frieden› (siehe Sekttoast!) ist es nichts. Mich hätten schon vorhergehende Fälle darüber aufklären können, dass der Teufel sich nicht austreiben lässt durch Beelzebub. Die Sache ist die: Meine Beelzebuben wechseln, der Teufel aber bleibt. Sei's drum! Warum auch Frieden? Nein! Kampf.

Renate.«

Dieses Schreiben hätte viel mehr Aufregung und Sorge hervorgerufen, wäre ihm nicht schon mit folgender Post eins von Gitta gefolgt. Bereits der Poststempel machte Anneliese stutzig, der Inhalt aber fassungslos. Gitta schrieb aus einem Ort inmitten der Heide, wo sie mit den Eltern einmal um Ostern gewesen war und wohin sie sich der »dortigen Einsamkeit« wegen zurückgezogen hatte, »um einmal allein zu sein«. Doch nun empfand sie allmählich Heimweh nach der Mumme, nach dem Vater, und so verkündete sie ihnen denn, dass sie sich auf den Weg zu ihnen begebe.

Von Markus kein Wort. Kein Wort, was dieses mystische »Alleinbleibenmüssen« bedeute? Warum sie nicht längst im Gebirge seien oder Markus mit ihr auf dem Wege hierher?

Branhardts einziges Bedürfnis schien sich Luft machen zu wollen in einem so kräftigen Donnerwetter, wie es noch nie über Gittas Haupt niedergegangen war. Als er sich jedoch Anneliese näher ansah, zog er sanfte Saiten auf und predigte Ruhe: man wisse absolut nichts, könne augenblicklich gar nichts tun, denn Gitta sei mutmaßlich schon unterwegs zu ihnen; es gelte also, der Phantasie Zügel anlegen und sich einfach gedulden.

Das fiel Anneliese schwer. Je ungewisser die sonderbare Angelegenheit zwischen harmlos und folgenreich, zwischen Bagatelle und Katastrophe zu schwanken schien, desto aufregender wirkte sie. Diese unvermutete Beängstigung gerade jetzt von Anneliese nicht abwenden zu können, brachte Branhardt am allermeisten gegen die Tochter auf. Dennoch enthielt die Zeit peinvoller Erwartung durch einen besonderen Umstand seltsame Süßigkeit für ihn: Er erlebte, wie Anneliese auf sein bloßes Geheiß, seinen Wunsch, seinen Willen hin, wirklich innerlich ruhig ward. Er wurde, wie noch nie, seiner vollen Gewalt, sie zu bergen und zu schützen, inne: Das heißt, wie noch nie, ihrer Liebe zu ihm.

*

Das Nächste, was von Gitta eintraf, war von der dänischen Grenze ein Telegramm, noch erstaunlicheren Inhalts als der Brief: »Sitze fest, weil Salomo von Dänemark abgelehnt, habe Minister depeschiert, verlasse Salomo nicht. Gitta.«

Zum Glück erwies der Minister sich ritterlich gegen Salomo, und nach Tag und Nacht des Harrens durfte Gitta weiterreisen, wenn sie dadurch auch unangemeldet ankam und keine Fahrgelegenheit für sich bestellt fand. Sie benutzte den Omnibus eines auf dem Wege gelegenen Badeortes, ließ ihr Gepäck dort zurück und ging zu Fuß weiter. Unterwegs machten die Kopfbedeckungen der weiblichen Badegäste ihr Eindruck: höchst malerisch geknüpfte, buntbedruckte Tücher – und da auf ihrem noch sehr unzulänglichen Haar der Hut sich im Winde wie eine Wetterfahne um sich selber drehte, erwarb sie also gleich ein derartiges Tuch, und so kam sie, die roten Bindezipfel über dem Scheitel flatternd, Salomo an der Leine, an wie eine, die längst hier zu Hause war.

Allerdings entsprach die Miene unter diesen lustigen Tuchzipfeln dem behaglichen Gesamteindruck nicht; vielmehr war es, hiernach zu schließen, Gitta für ihre Ankunft im Fischerhaus sehr peinlich, dass sie Markus – sozusagen unterwegs – verloren hatte und nur noch das Unwesentlichere, Salomo, mit sich führte. Aber die soeben erst seinetwegen ausgestandenen Ängste an der Grenze beherrschten das allererste Gespräch und Wiedersehen ganz unwillkürlich – sodass ein Unbeteiligter die schwierige Frage, weshalb Gitta überhaupt hier sei, vielleicht dahin gelöst hätte, sie sei Salomos halber in ein Seebad geschickt worden.

Wenigstens erzählte sie hinreichend lebhaft von ihm, während ihre Blicke zugleich, angezogen und neugierig, über Riesenmuscheln auf der Kommode, getrocknete Seesterne auf dem Wandbord und korallenartige Schwämme in den Vasen wanderten.

»Wer hätte auch denken können, dass in diesem unbegreiflichen Lande die Einfuhr von Hunden verboten ist – angeblich, weil ein auswärtiger einen Einheimischen einmal in der Tollwut gebissen hat. Es musste erst noch von wer weiß, woher ein Tierarzt herbeigeschafft werden – um Salomo auf seinen Verstand zu prüfen! –, und der meinte lachend, für Verstand bürge doch schon der Name. Er sprach zum Glück Französisch. – – Ach, die vielen, vielen Muscheln, Mumme! Und eine so rosenrote.«

»Den Köter wenigstens hättest du wahrhaftig dort lassen können«, bemerkte Branhardt.

»Ich hab' ihn doch bei mir in der Heide gehabt. Und er ist doch das einzige, was ich noch habe«, erklärte Gitta mit bewunderungswürdigem Übergang von der Schale auf den Kern der Sache.

»Aber Kind, was soll denn das nur heißen? Was ist denn geschehen, dass du nicht mit Markus zusammen bist?« fragte Anneliese unruhvoll.

Gitta zupfte an Salomos Leine, was er aber ganz richtig als bloße Verlegenheitsäußerung auffasste, denn er blieb mit gefurchter Stirn ruhig sitzen.

»Ich glaube, Mumme, Markus und ich haben uns getrennt.«

»Du glaubst es nur?!«

Branhardt jedoch unterbrach Anneliese: »Du bist hier am Platz und in unserm Schutz, mein liebes Kind, falls Markus dir irgendetwas angetan hat, was –«

»Markus?! Nein!!« fiel Gitta ihm ins Wort. Sie schien ganz entsetzt, dass man Markus was Übles zutrauen könnte.

»Dann wirst du wohl jetzt die Freundlichkeit haben müssen, uns deine Handlungsweise zu begründen.«

Gitta gab kleinlaut, übrigens dramatisch wortgetreu, Bericht über den letzten Abend, neuneinhalb Uhr, in der Villenstraße.

Das Donnerwetter, das sich Branhardt nach dem dunklen Brief sanftmütig aufgehoben hatte, kam jetzt zur denkbar vollsten Entladung, die durch die Wetterpause nur umso kräftiger und rückhaltloser wurde. Blitz und Schlag folgten sich, und für reichliches Wasser dabei sorgte Gitta auch sofort. Ihr kam es vor, als ob mit ähnlicher Gründlichkeit der Vater nur ein einziges Mal sie ausgescholten habe – in annähernd gleichem Ton sogar –, obwohl sie sich seltsamerweise nicht darauf besinnen konnte, wann das gewesen sei. Denn *das* wenigstens stand doch fest, dass sie zum ersten Mal einem Mann fortgelaufen war?

Anneliese verhielt sich schweigend. Auch noch, als Gitta bereits laut schluchzend, vom entsetzten Salomo gefolgt, das Zimmerchen verlassen hatte. Branhardt war erregter, als er sich eingestehen mochte, und nicht ganz ohne Gewissensbisse: Es kränkte ihn irgendwie von sich selber, Markus keine bessere Musterfrau herangezogen zu haben, weil Gittas Nichtsnutzigkeiten ihm meistens reizvoll in die Augen gestochen hatten, anstatt ihn zu erzürnen. Diese innere Klemme, in die er dadurch zwischen dem »Mann« und dem »Vater« in sich geraten war, ergab eine heftige Wirkung zugunsten Markus' und vermehrte Empörung gegen Gitta.

Er hatte sich bereits hingesetzt, um an den beleidigten Ehemann zu schreiben, als Anneliese von hinten an ihn herantrat und ihm bittend die Hände auf die Schultern legte.

»Frank – diese Tage lehrtest du mich Geduld mit den Worten: Wir wissen noch nichts. Frank: Auch jetzt wissen wir noch nichts – zuwenig zum Beurteilen oder Eingreifen oder Entscheiden.«

Er unterbrach sie:

»Gestern und heute, das sind zwei ganz verschiedene Fälle, Lieselieb. Heute haben wir Mitverantwortung für Gittas Handlungsweise. Markus muss sein gutes Recht werden: Das ist klar genug. Deshalb ist es an uns, zu handeln.«

»Noch nicht – ich bitte dich: Lass vorerst die Dinge sich selbst klären, entscheiden.«

Branhardt warf die Feder hin, kehrte sich zu ihr: »Ich begreife dich einfach nicht! Überhaupt: Dein Schweigen, während Gitta dastand – ich glaubte, es sei deine Übereinstimmung mit mir! Das ist auch nur die Passivität, worin du augenblicklich drinsteckst. Schlimm, wenn ich mich davon anstecken ließe, anstatt dich –«

Anneliese sagte, vorsichtig, um ihn nicht in der Reizbarkeit zu bestärken, deren Quelle sie wohl ahnte:

»Du willst doch Markus zuliebe handeln, Frank – wir kennen Markus zuwenig –, würde *er* jetzt so handeln?«

Mit einer so unwilligen Bewegung stand Branhardt vom Stuhl auf, dass er die rosenrote Riesenmuschel in seiner Nähe aufs Äußerste gefährdete:

»Darüber sollte ein Zweifel möglich sein!?«

»Wir kennen ihn nicht,« wiederholte Anneliese in derselben sanften Art, »wir machen uns eine willkürliche Vorstellung. Das eine wenigstens versprich mir: eine Äußerung – gegen Gitta oder uns – abzuwarten von Markus selbst.«

Im allerungeeignetsten Augenblick kam die Fischersfrau, mit Betten beladen, ins Stübchen herein, um auf dem breiten, harten Sofa ein Lager für Gitta herrichten zu helfen. Für die Frau war Schlafenszeit. Sie hemmte Branhardts Antwort, und da er Anneliese gleich zugreifen und beschäftigt sah, so entfernte er sich.

Anneliese beugte sich weit aus dem Fenster, nach der Tochter spähend. Der Strand lag dunkel, aber aus der Nähe der Badekabinen ertönte von Zeit zu Zeit Salomos selbstbewusstes Kläffen. In der Tat: Dort lag Gitta im Sande mit ihm. Sie war wirklich ernstlich verzweifelt gewesen, fast bis zum »Ins-Wasser-Gehen«. Dann aber hatte sie sich doch für das Meer als Badewasser entschieden. Und nun, seit sie ihm nach ausgiebigem Aufenthalt entstiegen war, fühlte sie sich geradezu neugeboren! So eine richtige Meeresbrause, die war ja unbezahlbar! Von aller Reue und Gedrücktheit hatte sie sie einfach reingewaschen. Ganz andere, kühnere, streitbare Überzeugungen füllten nunmehr diese Stelle aus, und nur natürlich wäre es Gitta erschienen, um ihretwillen sich heroisch von allem loszusagen – ganz zu entsagen: nicht nur dem Mann, sondern auch Eltern, Glück und Wohlergehen.

Dessen ungeachtet fühlten Salomo und sie sich angenehm berührt, als Anneliese sie vom Fenster aus anrief. Gitta besichtigte mit Befriedigung das kunstvolle Sofabett, das sie hergerichtet fand wie ein »wirkliches«. Denn ihr körperlicher Mensch war rechtschaffen müde, und so konnte der mehr unsterbliche in ihr nur mit gewaltsam verhaltenem Gähnen der Mumme noch das Allerwesentlichste von der Umwälzung nach dem Bade mitteilen.

»Eins ist mir klar: Die Ehen müssen aufgehoben werden,« sagte sie und zog sich eilig aus, »denn, wenn das einem zustoßen kann, dass man plötzlich gar nicht mehr liebhaben mag –«

Anneliese ging nicht weiter darauf ein.

»Dir scheint es wohl nur so, weil du Markus über die Ursache ganz im Unklaren ließest«, bemerkte sie nur und half ihr aus den Kleidern.

Allein Gitta beharrte auf der Aufhebung der Eheeinrichtung. »Ach nein, Mumme – wenn er auch alles gewusst hätte –, das hilft nicht! Das Eine, Schreckliche bleibt darum doch: dass man sich plötzlich gar nicht mehr gern hat – gar nicht. Dass ich ihn geradezu nicht mehr ausstehen konnte – ihn fast hasste. Und es war doch Markus!« setzte sie hinzu, und ihr Mund zitterte leicht, dem man, wie einem Kindermund, Erregung oder nahes Weinen so leicht ansah.

Anneliese, während sie die umhergeworfenen Kleidungsstücke auflas, sagte, Gitta möchte heute nur lieber still davon sein und jetzt schlafen.

Aber in Gitta, die schon im Sofabett lag, war noch immer das Revolutionäre wach – trotz ein paar Tränen in ihren Augen, von denen übrigens unentschieden blieb, ob es Leid- oder Gähntränen waren.

»Und eins ist mir noch klar! Selbst wenn der Vater damit recht behalten sollte, dass ich nichts tauge – denke dir, so schrecklich es ist: mir ist's eigentlich viel, viel wichtiger, dass die andern Menschen möglichst vollkommener sind als ich. Wenn sie so sind, dass ich mich an ihnen entzücken kann, dann bin ich ganz glücklich! Wenn sie aber Unvollkommenheiten haben, so leide ich daran. An den ganz kleinen sogar. Es macht mir Herzeleid. An meiner Unvollkommenheit leide ich viel weniger. Inmitten lauter Unvollkommenheiten zu thronen: So denk' ich mir die Hölle; das Gegenteil wäre lange nicht so schlimm: Ich denke mir, da müsste man ganz verbrennen vor lauter Dank und Entzücken!« Ihr kleines, charaktervolles Gesicht strahlte förmlich auf bei dieser Vorstellung.

Sie hatte mit beiden Armen die Mumme niedergezogen zu sich, beim Sprechen wurden ihr aber die Augenlider immer schwerer, Vollkommenheit und Unvollkommenheit geriet ihr auf der Zunge durcheinander, und, beinah mitten in ihrer Plauderei, sozusagen den weiteren Umsturz der gesellschaftlichen Ordnung noch auf den Lippen, schlief Gitta plötzlich ein.

Anneliese blickte auf sie, die da in solcher Lebensfrische vor ihr lag – vom Schlaf gleichsam geraubt.

Was soll man nur mit dir tun, du Strick? Dachte sie und lächelte doch.

Sie wunderte sich selbst über die zarte Heiterkeit in ihrer Seele. Ohne dass sie der tatsächlichen Sorgen vergaß, begriff sie doch nicht mehr die phantastischen Ängste, die ihr alles vergrößert und schwarz gefärbt hatten.

Branhardt, der einen langen Weg durch die Dünen zurücklegte, war nicht wenig überrascht, bei seiner Heimkehr Anneliese bereits schlafend vorzufinden.

Ihn drängte es, nach dem unterbrochenen Zwiegespräch den Stand der Dinge mit ihr zu erörtern. Wie viel mehr wahrscheinlich noch sie mit ihm!

Aber Anneliese war schon weit von ihm. Mit einem tiefzufriedenen Gesichtsausdruck schlief sie im Bett am offenen Fensterchen unter dem Mondlicht, das erst jetzt heraufkam. Sie sah darin aus, als wandle sie im Traum über silberschimmernde Meere, sicher, nicht unterzugehen.

Da ließ Branhardt sie ruhen, war so leise als möglich, und, wachgehalten neben ihr, traf er seine Entschließungen allein.

XVI.

Nachdem Gitta bei den Eltern am Meeresstrande ausgeschlafen und sich gemästet hatte, erwachte sie auf einmal zu brennendem Anteil an allem rings um sie. Hochgeschürzt und barfuß im Wasser herumstreifend, fahndete sie emsig nach Seesternen, Taschenkrebsen, Muscheln – ja sogar simple Kiesel, von der Salznässe wunderbar umflimmert, taten es ihr an wie Geschmeide –, bis der nächste Morgen ihren ganzen Schatz, als binde das Meer ihn dennoch geheimnisvoll an sich, ins Unansehnlichste verwandelte – was sie jedoch nur begieriger machte nach des Meeres Zaubereien. Am zauberhaftesten blieb ihr der Quallen Wunderwerk, worin alle Farben- und Linienschönheit des Himmels und der Erden sich abzuspiegeln schien in unübersehbaren Verschlingungen zartblauer, purpurner, welkgrüner, tiefvioletter oder sonnenheller Töne. Wie man ins Theater geht oder von Schicksalsverhängnissen hört, so nahm Gitta teil am dramatischen Ergehen der Quallen auf dem Strandsand. Da gab's Tage für jede Art solcher Meeresbewohner: Je nach Sturmlaune kamen die Seesterne dran, die Quallen oder auch die Fahlmuscheln. Dann bedeckten sie plötzlich, in Riesenkolonien, zu Hunderttausenden den Sand – und während sie, obgleich in der Wellenunendlichkeit verstreut, doch alle das gleiche gelebt, wandelte sich's ihnen gerade in dieser engen Gemeinschaft zu verschiedenartigster Tragik: ob das Meer sie barmherzig wieder hineinnahm in seinen Schoß, ob sie unter Menschentritt zergingen, ob der Strandsand sie langsam in sich eintrank, bis nur noch, buchstabenhaft, ein Rätselstempel auf ihm davon übrigblieb als geheimnisvolle Inschrift. Ganze Stunden konnte Gitta mit diesen Schicksalsgezeichneten verbringen.

Manchmal wohl lag sie auch irgendwo am Wasser, flach auf dem Leib, mit dem Vorsatz, einmal gründlich über ihre »Eheirrung« nachzudenken, wie sie ihre schwierige Angelegenheit nannte. Allein meistens wurde sie dann nach einer Zeitlang gewahr, dass sie statt dessen, die Hände aufgestützt, nichts anderes getan hatte als gespannt den bewunderungswürdigen Sprüngen der Strandflöhe zuzusehen oder allerhöchstens aus dem feuchten Sande die schönsten kleinen Kuchen zu backen – denen von Frau Lüdecke zum Verwechseln ähnlich.

Hatte Anneliese anfangs noch gemeint, es sei doch ein wenig eigene Herzenswundheit dabei, wenn Gitta über all diesen Kindereien immer seltener auf ihre Sache zu sprechen kam, so musste sie sich's endlich bekümmert eingestehen: Diese junge Frau war einfach dafür zu hingenommen von Erde, Luft und Wasser. Das einzige, was sie Anneliese noch mitteilte, war ziemlich symbolisch und beschränkte sich auf die Beobachtung, wie merkwürdig doch die Quallen – diese so wundervoll farbenleuchtenden und ebenso wunderrasch in nichts verdunstenden – den menschlichen Liebesschicksalen glichen.

Und von Markus war kein Bescheid gekommen: weder Wunsch noch Befehl. Branhardt, der sich entschieden hatte, die Sache vorläufig Markus anheimzustellen, zügelte nur schwer seine Ungeduld. Es sei nun, wie es wolle, meinte er, wenn ihm aber jemand sein Kind nähme, so habe er es so zu nehmen, dass es ihm nicht in Unarten verdürbe; wessen Hand nicht sicher genug dafür sei, der hätte seine Hand gefälligst ganz davon lassen sollen.

Nachdem er sich auf das Kräftigste auf Seite seines Schwiegersohnes gegen Gitta geschlagen, trat ein Umschwung bei ihm ein, nicht eben zugunsten Markus', und das Wort »Schlapphans« fiel.

Auch von Balduin kamen keine Briefe: Er verstieg sich nie höher als zu Ansichtspostkarten – mit weit mehr Ansicht als Nachricht darauf, und diese selbst nur als Bestätigung der Schönheit der Dolomitenfelsen, deren schönste, unter unnatürlich blauem Himmel, dem Beschauer bereits vom Kartenbild entgegenstarrten.

Den blauen Himmel, im tatsächlichen wie im figürlichen Sinne, las man jedoch heraus: auch schon aus der Handschrift, wenn man sie so kannte wie Anneliese. Und diese freute sich darüber für ihren Sohn – und auch für sich. Denn jetzt konnte sie sich nicht ganz leicht mehr in den Gemütszustand zurückversetzen, worin sie ihm, ohne Übereinstimmung mit ihrem Mann, die »Geheimbriefe« an sie gestattet hatte.

Ja, jetzt würde sie diese Übereinkunft hinterher zu bewerkstelligen gesucht haben, hätten des Sohnes inhaltleere, inhaltreiche Karten es nicht unnütz erscheinen lassen. Und das ersparte ihr jedenfalls ein schweres Stück: insofern – im Grunde – die eine Anneliese eine ziemlich andere Anneliese dabei hätte vertreten müssen. Diese beiden Anneliesen waren noch gar nicht wieder in volle Berührung miteinander geraten – als sei nur die zweite von ihnen Ferienreisende.

Allein dann kam doch ein Morgen, wo unter den Postsachen für Branhardt ein Brief von Balduin an die Mutter einlief. Anneliese erbrach ihn nicht sogleich; sie fuhr fort mit dem Abräumen des Frühstücksgeschirrs vom überlasteten, einzigen Tisch. Als jedoch Branhardt, der danebenstand, lebhaft danach griff, legte sie ihre Hand leicht auf seine.

»Frank – denk' dir: Dieser Brief vom Balder ist nur für mich allein.«

»Oho!« machte Branhardt. Weniger die Worte verblüfften ihn als Anneliesens Miene. Die war so wunderlich ernsthaft. »Du hast ja selber noch nicht einmal nachgesehen.«

»Nein. Aber doch weiß ich es. Es galt für Briefe während dieser Reise, wenn er sie eigens an mich richten würde.«

»Weißt du, Lieselieb, dein Zustand entschuldigt manche Schrulle,« bemerkte er lachend, »der hat das nämlich so an sich.« Sie begriff: so, als Schrulle, ließe sich alles am leichtesten darstellen! Aber Anneliese war nicht der Mensch dafür: Schon, dass er es minutenlang falsch auffasste, erschien ihr zu lang.

»Verzeih es mir: Es war voreilig – unrecht gegen dich. Dem Balder zulieb – falls er es nötig haben würde – versprach ich es. Ohne es mit dir zu vereinbaren.«

»Du versprachst es ihm?«

Das klang erstaunt und verletzt, mehr aber doch erstaunt. Anneliese saß am Tisch, der zugleich den Mahlzeiten, der Schreibmappe, dem Nähzeug sowie Gittas Meeresausbeute dienen musste, und rückte mechanisch die Gegenstände darauf in ihre schwierige Ordnung. Ihr Gesicht war dabei so gesammelt und nachdenklich, dass Branhardt es auf einmal mit den Händen umfasste und zu sich emporhob:

»Nicht mehr ganz mein – Lieselieb?«

Da warf sie die Arme um den neben ihr Stehenden. Sie murmelte leidenschaftlich:

»Oh – deinen Willen tun! – Frank, ich bin ja nur noch du! Nichts bin ich außer dir.«

Er wollte nicht, dass sie sich aufrege. So sagte er mit gutem Humor, während er ihr das schwere Haar aus der Stirn strich:

»Sein Versprechen halten muss man freilich. Was ihr beiden Verbrecher euch da eingebrockt habt, will ich euch also ruhig allein auslöffeln lassen. Viel wird's für deinen mütterlichen Appetit ohnehin nicht mehr sein, denn der Junge in seinem Dolomitenrausch scheint nicht gerade üppig im Spenden von Episteln, und schon ist ja die Zeit ganz nahe, wo wir alle wieder beisammen sind. – Nun lies aber; wer weiß, welche Feinheiten, die er für mystische Geheimnisse hält, er der Landschaft abguckte und dir enthüllen will. Gitta und ich, wir halten uns ganz bescheiden zu den Profanen.«

Anneliese las jedoch erst geraume Zeit hinterher und ganz allein auf dem Rande des Dünenkessels. Und das war gut. Denn was der Balder schrieb, verwirrte ihr ganz den Kopf. Erstens: Er wollte einstweilen überhaupt nicht wiederkommen; er fühlte zu bestimmt, die Entfernung vom Haus, jetzt insbesondere vom Vater, tue not, sollte alles wieder schön werden, wie es gewesen. Zweitens: Er hatte mit einem Verleger, den ihm früher einmal Markus genannt, Unterhandlungen angeknüpft – oder richtiger, durch diesen Verlag, der ein wissenschaftlicher Vertrieb war, mit einem andern, Dichtern geneigteren. Ein paar ältere Arbeiten habe er dadurch schon bei Zeitschriften angebracht; nun käme es aber noch auf ein günstiges Abkommen mit Vorschüssen und Sicherheiten für neuere Arbeiten an. Gelänge es, so wolle er dem Vater schreiben, dem er ja nicht auf der Tasche zu liegen wünsche. Und in diesem Fall hoffe er auf Anneliese als Fürbitterin. Drittens aber und als Hauptsache, als unabweisliche Vorbedingung für alles: *Anneliese schreiben dürfen*, und nicht nur in »Notfällen« – nein, immer. Fernsein: Das müsse für ihn bedeuten: *bei ihr* sein, immer – in der *Heimat* sein: überall.

Von den Manuskripten, auf denen nun alles stand, redete er einigermaßen merkwürdig: fast wie von Sachen, die man ins Pfandhaus trägt und unter denen man deshalb am liebsten die am wenigst geliebten auswählt – nicht die, mit denen man sogar entbehren möchte, um nur sie nicht zu entbehren.

Anneliese ging es nur noch wirr durch den Kopf: Der Verlag, das ist ja sicherlich nur Markus selber. Und in einem Atem trauerte sie und freute sich, schalt und herzte den Sohn.

*

Noch ehe Anneliese sich überhaupt schlüssig geworden war, wie Branhardt auf Balduins Nachricht wenigstens vorzubereiten, traf, ganz unerwartet schnell, diese selber schon ein.

Mutter und Tochter hatten an der Landspitze gesessen, wo die beiden Meere temperamentlos dalagen unter flauem Wind. Kaum im Quadrillenschritt, wie Gitta sagte, spritzten Skagerrak und Kattegatt sich entgegen, und nur draußen, weit, kaum noch erkennbar, erhob sich zwischen ihnen der ruhelose Kampf noch einmal, zu dem die unterirdischen Riffe steten Anstoß gaben wie ein heimlicher Bösewicht, der den friedlichen zwei Meeren Beine stellte noch in ihrer friedfertigsten Stimmung.

Man sprach schon so lange über die Riffe, fand Anneliese; Branhardt kam immer noch nicht. Endlich ging sie, Gitta zurücklassend, in ihrer Unruhe, die ihr selbst wunderlich vorkam, heim und suchte nach Branhardt.

Er saß, über ein Buch gebeugt, am Tisch mit den vielen Sachen – »Ausstellungstisch« betitelt von Gitta –, las und rauchte eifrig. Anneliesens Eintritt schien er nicht zu beachten, auch als sie an ihn herantrat, wandte er nur langsam den Kopf nach ihr um. In seinen Augen lag etwas Fremdes, Kühles, was sie so betroffen machte, dass ihr die Frage auf der Lippe blieb.

Branhardt aber antwortete, auch ohne die Frage erst abzuwarten, mit einem bestätigenden Kopfnicken:

»Jawohl – der Brief, der ist da – der an mich nämlich, denn wir dürfen ja jetzt beileibe Dein und Mein nicht mehr verwechseln. – Als Eilbrief kam er – deshalb zu dieser ungewöhnlichen Stunde. Ja, der hat's gewaltig eilig – hätte wohl am liebsten telegraphiert. Aber woher erzähl' ich dir das nur, du weißt ja jedenfalls viel besser Bescheid.«

»Ich wusste noch nicht, Frank.« Mit matten Fingern nestelte sich Anneliese den Schutzhut vom Kopf.

»Nicht? Dass er fortbleibt? – Siehst du, dass du's wusstest? Oder doch erwartetest. – Diesem Hirngespinst – diesem ganzen Plan, so fein ihr ihn auch eingefädelt habt, stehen natürlich noch genau dieselben Bedenken entgegen wie früher. Auch dass Balduin dafür – vielleicht vorzeitig, überhastet, unüberlegt, wie seine Art ist – allerlei Arbeiten abgesetzt hat, das gefährdet möglicherweise seine eigensten Zwecke mehr, als es sie fördern wird. Möglicherweise, sag' ich – denn wirklich beurteilen, übersehen kann ich freilich nichts mehr, so wie ihr es gemacht habt – das musst du schon tun, die *weiß*.«

Er sprach fortgesetzt im ganz verhaltenen Ton von jemandem, der nicht über das Zimmer hinaus gehört zu werden wünscht. Und in langen, eingeschalteten Sätzen, deren Besonnenheit und Überlegtheit Anneliese folterten. Dennoch verriet seine Erregung die Hand, die den Brief aufgegriffen hatte und damit taktmäßig gegen die Tischkante schlug. Unwillkürlich dachte man sich in diese Hand einen Gegenstand hinein, den sie mit Wonne in Stücke schlagen könnte.

Anneliese griff beschwörend danach, hielt seinen Arm fest: »Frank – ach, nicht so. Hör' mich erst an – versteh doch.«

»Ich habe vollkommen verstanden. Nämlich dies, dass die Geschichte mit den Muttersohnbriefen nicht etwa eine übermütige Ferienidee war – sondern wohlbedacht und geplant für das, was ich nicht durchkreuzen sollte –, und überhaupt: eine grundsätzliche Angelegenheit.«

Anneliese raffte alle Inbrunst und Überzeugung zusammen: »Mein Eindruck war so stark, dass es ihm notwendig sei – dass er es haben musste: seltsam, wie er ist, schwer, wie er sich zurechtfindet. Hätte ich denn jemals sonst – es war für jetzt –, ach, Frank, es wird ja nicht ewig –«

»Nein, ewig wäre ja auch ein wenig viel«, unterbrach er sie ruhig, schloss sein Buch und stand auf. »Mir will jedoch scheinen, auch so ist es schon ganz beträchtlich zuviel. Dass es mein Urteilen und Verstehen dem Jungen gegenüber einfach aus dem Sattel hebt, weißt du. Es enthebt mich mithin auch der weiteren Verantwortung. Du übernimmst sie jetzt. Immerhin ist das anständiger als hinter meinem Rücken – so hinterrücks –«

Anneliese hätte gedacht: Nicht eine Minute – eine Sekunde nicht – könnte über diesen Worten vergehen, ohne dass die nächste sie zurücknähme.

Aber schon schloss sich hinter ihm die Tür. Gitta kam und ging; der enge Raum, der sie alle beherbergen musste, so nah der steingepflasterten Küche, die man mit der Fischersfrau gemeinschaftlich benutzte, machte eine Begegnung unter vier Augen ganz von selbst unmöglich.

Branhardt schritt inmitten der Dünenkessel herum, hinauf bald und bald hinab.

Muttersohn! Dachte er erregt. Nicht meiner. Und nach einer Weile: Sagt sie »der Balder«, so meint sie gewissermaßen Baldur, den Frühlingsgott, und behandelt ihn gläubig. Deshalb nämlich gefiel ihr der Name. Dabei erstand in ihm sonderbar deutlich, aufdringlich fast, zudringlich-überdeutlich, die Stunde von Balduins Heimkehr im Winter und sein Begrüßungsbesuch in den Klinikräumen. Er sah vor sich, wie sie einander am Frühstückstisch gegenübersaßen, einander zutranken, sah das sommersprossige Jungengesicht, das ihm nicht nur lieb war um der Ähnlichkeit der Mutter willen: es wurde lebhaft, rötete sich, Balduin wurde offen, sprach wie von Freund zu Freund. Man fühlte, dass es ihn nach dem Vater, dem Mann, verlangt hatte, dass er ungeduldig zu ihm hingelaufen war, hinkenden Fußes, von Mutter und Schwester fort.

Es hätte möglich sein müssen, ihn in dieser Stunde zu fassen, zu halten. Branhardt ertappte sich darauf, dass er mit Anstrengung – als hülfe das – jene kurze Zeitspanne wiederzuerleben versuchte, um sie anders zu wenden.

Da stutzte er doch ein wenig vor sich selbst. Hielt inne mit Grübeln und Phantasieren. Was hieß das nur – konnte kindische, verletzte Eitelkeit von ihm dahinter sein oder tiefe Kränkung, dass er sich so kindisch behalf?

Nein; er brauchte sich ja nur darauf zu besinnen, wie es ihm mit Gitta ergangen war. Leicht war es ihm da auch nicht gefallen, sie abzutreten – mit andern Worten: Sehr hochgradig begriff er, dass Markus sich in sie verliebte. Dies Stückchen Mitverliebtheit in die Tochter aber, dies jedermann als typisch bekannte, hatte ihn selbst lächeln und eigentlich nur froh gemacht. Mit Recht lebt ja schließlich der gesunde Mensch so liebereich er kann, umfasst die Welt seines Besitzes nach jeder Richtung und ohne Ängstlichkeit oder Sparsamkeit; nichts mag ihn so sicher bewahren vor Stehltrieb an Fremdem, vor Irrwegen, Abwegen als diese blutvolle, glückvolle Besitzeslust.

Plötzlich gruben Branhardts Füße sich am Dünenhang in den rollenden Sand. Wenn es sich so verhielt, warum machte er dann eigentlich seiner Frau einen Vorwurf aus einer etwas weitgehenden, etwas ausschließenden Liebe zum Sohn? Ihr, die doch so viel mehr Gefühlsaufwand verbrauchte? Nein – das alles sollte sie natürlich dürfen. Es damit halten dürfen, wie sie wollte und musste.

In der Tat war ihm der unedle Ärger darüber kaum mehr spürbar: Und das war keine Selbsttäuschung. Beinahe wurde er stolz auf diese aufrichtige Duldsamkeit.

Eine ganz andere Frage blieb: wie sich *Balduin* nun zu ihm stellte.

Und wieder wandte er sich dem Sohne zu, und da kam der Schmerz wieder. Er trug diesen Schmerz wie ein weinendes Kind, das man zur Ruhe wiegen will. So schritt er auf und ab in den rieselnden Sandhängen, bis er nicht mehr den Schmerz, bis er wirklich nur noch ein Kind mit sich trug – den Jungen, so wie er ihm einst auf dem Arm gesessen; ganz klein machte er ihn noch einmal – und ganz groß auch, und zu seinem besten Freunde fürs Leben.

Kurz vor dem Abendtee, den man in einer etwas dürftigen, kleinen Laube hinter dem Hause einzunehmen pflegte, und den zu bereiten Gitta schon vorausgegangen war, trat Branhardt in der Schlafstube auf seine Frau zu.

Er sagte: »Ich ließ mich von der Erregung törichterweise hinreißen vorhin; verzeih! Die Ursache lag wohl an uns beiden – nicht erst vorhin: nein, in allen diesen Wochen schon.«

Anneliese verschlug ihm fast das Wort. Sie eilte auf ihn zu, und, außer sich, umfasste sie seine Schultern.

Branhardt blickte sie wie erstaunt an: Er wartete einige Sekunden, dann nahm er sanft ihre Hände von seinen Schultern herab.

»Ja, ja, Kind.«

»Frank!« sagte Anneliese tief entsetzt.

Vor ihr stand in blitzender Schärfe der Augenblick, wo kürzlich, nach Balduins erstem Brief, sie ihre Arme um Branhardt geworfen hatte – und seine Frage – und ihre Antwort, die leidenschaftliche Antwort.

Er sagte gütig: »Wir haben uns in zuviel Überschwang verbohrt – uns damit übernommen. Da kommt es dann, dass man zuviel ineinander voraussetzt, lauter Süßigkeiten erwartet. Ich fehlte damit – aber auch du: Weniger wäre auch hier vielleicht mehr gewesen: besser.«

Sie sah ihn starr an: wie er das meine? Bemüht, ihn zu begreifen. Er sprach so ruhig und ernst, ohne jeden Unterton von Ironie. Es war auch keinerlei Heftigkeit mehr hinter seinen Worten.

»Frank! Aber Frank! Wie Schreckliches redest du nur! Schrecklicheres – als vorhin. Wie sollte man das ertragen!«

»Warum? Es ist nicht unerträglich. Die Jahre lehren es von selbst wie so vieles. Lehren auch wohl, einander was nachsehen, was zugestehen: anspruchsloser sich gut sein.«

Sein Gesicht, obwohl so ernst, blickte gar nicht hart, freundlich war es. Und machte ihr doch so beklemmende Angst, dieses Gesicht. Dieser Ausdruck, unendlich beschäftigt von etwas, wie wenn jedes Wort ihm selber noch mehr zu sagen hätte als ihr und er drauf horche.

Er schien erst jetzt Anneliesens verstörten Ausdruck ganz zu gewahren und fügte hinzu:

»Sei nun auch du wieder ruhig. – Alle Einsicht kostet etwas – kostet viel. Gerecht und wohlwollend kann man aber immer füreinander bleiben.« Und er blickte ihr prüfend – ärztlich gewissermaßen – in das Gesicht, das, obwohl sie nicht geweint hatte, sich rot fleckte wie von vergossenen Tränen. Mühsam, abwehrend bewegte sie den Kopf.

Da erst war er ganz bei ihr. Er umspannte für einige Augenblicke ihr Handgelenk mit eindringlichem Drucke. »Nimm dich fest zusammen – besser, besser! Lass das Kind dich keine Minute ohne Haltung sehen.«

Und erst, als er annahm, dass sie sich in der Gewalt habe, ließ er sie aus seiner Hand, seinem Blick frei, öffnete, da sie eine Bewegung zur Tür machte, diese für sie. Anneliese ging über die steinerne Diele, nur eben aus dem Haus, und blieb stehen.

Sie hörte, wie Gitta von hinten her in den Küchenflur lief, ins Wohnzimmerchen, nach der Mumme, dem Vater rufend; hörte, wie er mit einem Scherzwort antwortete und sie zusammen wieder hinten hinausgingen, zur Laube hin, wo jetzt an den frühen, langen Abenden schon die Lampe brannte.

Anneliese stand noch an der Hausmauer. Was war ihr geschehen?! Ein Fremder, Zuschauender hätte denken können: Streit – Stimmungssache! Sie wusste, dass es das nicht war. Sie wusste es aus der zitternden Kühle, die ihr den Nacken hinunter strich, lähmend, bleiern in jedes Glied fiel.

Keine Stimmungsangelegenheit – eine Wendung. Sie kannte ja solche in seinem Leben. Wie nichts anders hatten sie sie ihn kennen gelehrt.

Nie vergaß sie, wie sie es einst erlebt, dass der junge Mensch – der daherstürmende, alles Leben in sich trinken wollende, der zunächst auch sie selber nur weiterstürmend an sich nahm – zum zielbewussten Menschen wurde. Wie plötzlich und unbeirrbar. An einer eignen Erfahrung, im Berufsleben, wurde ihm einmal fühlbar, warum sogar wohl der Größte bloßes Splitterwerk bleiben müsste, würde er nicht ein Ganzes gerade durch die Kraft zur Beschränkung.

Jahre vergingen darüber, aber die neue Wurzel all seiner Entschlüsse blieb. Selbst sein Einfluss auf Balduin erwuchs ja noch aus diesem Boden, aus dieser einmaligen inneren Handlung, die da war wie eine endgültige äußere Tatsache: und einfach weiterwirkte.

So wies er auch jetzt auf einen solchen erledigten Vollzug hin: »Nimm es, wie es ist.«

Anneliese, in der Furcht, von Gittas Stimme gerufen zu werden, war langsam hinuntergegangen bis an den Strand.

Sie suchte sich zu sammeln, einzugehen auf Branhardts Worte. Sagten sie nicht im Grunde nur das, was sie selber schon angestrebt, gewünscht hatte – im vorigen Monat noch, im Streit um den Balder? Ein wenig Freiheit im Handeln – persönlichen Spielraum – gewähren lassen – Selbstbestimmung. Sie rang, sich klarzumachen: Was sie gewollt hatte, wurde nun durch ihn zur Wirklichkeit. Wollte sie es denn nicht mehr?

Schwarz, mit unbewegter Fläche, lag vor ihr das Meer, unerhellt: Herbstkühler Atem strich von ihm herüber.

Hatte Branhardt nicht gut und gerecht zu denken versucht – gerechter als damals, da sie zuerst um Balduin gestritten – und nun nicht mehr im Unmut, nicht im Zorn.

Ja: indem er ihre Hände von seinen Schultern löste. Immerfort – immerfort empfand sie noch dies eine: wie er ihr die Hände hinweg nahm von seinen Schultern.

Da stieg ein Jammer in ihr auf – unvernünftig, sinnberaubend –, Jammer der Sehnsucht nach seiner Ungerechtigkeit, nach seiner Unbesonnenheit, nach seinem Zorn selbst – dem Zorn, den er so ganz, so rasch überwunden.

Sie sah die Hand vor sich, wie sie das Briefblatt gegen die Tischkante schlug – und wusste plötzlich, dass sie lieber noch sich hätte niederschlagen lassen von einer Faust, als ihn auf immer so kalt gewährend vor sich zu sehen – so tot – so, als sei er ihr längst gestorben.

Ein Schauer vor sich selber rann über Anneliese hin. Den Kopf in die Hände gebückt, saß sie am Strand, den Blick auf der Fläche vor ihr, die gar nicht einem Meere glich.

Bisweilen fuhr wie Peitschenknall ein Windstoß vom Lande her in die trocknenden Badetücher am Strick vor den zwei Kabinen, sodass sie knatternd durcheinander flatterten. Und wieder wurde es so bedrückend still in der Herbstnacht, wie es allein am Meere sein kann, wenn das Wasser schläft.

In Anneliesens aufgewühlte Gedanken schlich sich Renate ein: und was diese behauptet hatte von einem Glück des »gekreuzigten Stolzes« – dem Glück, das süßeste Ausnahme gerade dem Freiesten sei. Zum ersten Mal glaubte sie, Renate zu verstehen. Und die Vergeblichkeit des Kampfes gegen das, was Renate doch immer begriffen hatte als ihren eigenen Untergang.

Das Weib, das frei sein wollte wie jeder Mensch, als Mensch, als Mutter – wusste es davon nichts als Weib?

Hatte sie sich selbst noch nie bis auf den Grund gesehen?

War es der Keim dieser Erbsünde auch in ihr, der sie nicht froh werden ließ selbsterstrebter, selbstgehoffter Freiheit, nicht sicher zuschreiten ließ der neuen Gemeinsamkeit, in der sie fortan zueinanderstehen wollten und zu den Kindern?

Wenn es so war: Dann wollte sie es wie erstickendes Unkraut reißen aus ihrem Garten, damit ihr Herbst hell sei und Früchte trüge und nicht nur welke Blüten.

So sprach Anneliese tapfer zu einem zitternden Herzen, denn in dieser Stunde ging sie hinaus aus ihrer Jugend, und sie weinte dabei.

XVII.

Und heran kamen die letzten Wochen der Ferienzeit, und anders waren sie als die lichten des Anfangs; im engen Raum des Fischerhäuschens durchlebte jeder sie doch so ganz mit sich allein.

Nur für Gitta erhob sich daraus bis zuletzt ein Leben der Herrlichkeit, von dem sie sich nie hätte träumen lassen.

Überhaupt, so meinte sie jetzt: schon der anfängliche Stumpfsinn hier am Strand, der konnte gar nichts anderes bedeutet haben, als dass ihr die ganze Seele bereits entwichen war ins Meer, und ihr armer Leib hatte zusehen müssen, wie es sie immer weiter von ihm forttrieb mit jeder Welle. Das machte jedoch nichts, denn es war, als wisse das große Meer um alles, was je in ihr gelebt. Als ob es ihr nur größer wiederbrächte, was sie so ganz dran verloren – als ob Teilchen für Teilchen der ins Unendliche verschollenen Seele ihr daraus wiederkäme. – »Singt ihr für mich? Singt ihr *mich*?« fragte sie staunend, schüchtern diese Wellen, die, aus Grenzenlosem dem Strand zueilend, vor ihren Füßen verschäumten. Aber wie viel sie auch zu ihr sprachen: Festhalten ließ es sich nie, es schäumte zurück in die Flut: – es blieb des Meeres. Wenn Gitta jetzt noch einfiel, wie sehr sie sich erst vor Kurzem um Zusammenfabuliertes ereifert, ja den ärgsten Skandal darum gemacht hatte, so erschien ihr das ganz fern, ganz drollig. Ein Ding aus Tinte und Papier, das, in der Heide vollendet, jetzt in ihrer Koffertiefe lag, erschien ihr wie irgendeine Versteinerung in der See: uralt und sehr unscheinbar. Nie mehr würde sie vergessen können, wie sandkornklein das versank im unermesslichen Großen.

War nicht, damit verglichen, auch das andere nur sandkornklein, was sie *zur* Liebe und was sie von der Liebe *fort*getrieben? Sie wusste es nicht. Nur dass sie davon nicht einmal im Koffer mehr was mit sich herumtrug. So mochte es doch am Ende nicht ganz dieselbe Seele sein, die ihr ins Meer entschwunden war und die ihr nun wiederkam.

Selten nur, hier und da, wenn Gitta am glückseligsten stillag unter jagenden Wolken und Licht und Dunkel hinging über die See, dann dachte sie wohl unversehens daran, dass sie nie noch mit Markus unter einem so weiten Himmel gestanden, und wie das wohl gewesen wäre. Und dann geschah es, dass sie in diese elementare Landschaft sein Bild hineinzeichnete – aber schließlich zerflatterte es ihren schweifenden Gedanken immer wieder in irgendeinen Nebelstrich, der nicht die mindeste Ähnlichkeit besaß mit Markus.

Jedenfalls, als Eltern und Tochter ins Berghaus zurückkamen, wusste niemand so recht, wie es mit Gitta werden würde – es sei denn Salomo. Denn als Gitta, fast gleich nach der Ankunft, ausging, verabschiedete sie sich von Salomo, ihm in Hundesprache andeutend, dass auch sie nun zu ihrem Herrchen gehe. In ihrer gehobenen Gemütsverfassung nämlich erschien ihr einzig und allein eine ihrer würdige Aussprache mit Markus am Platz.

Salomo war, wenn er auch nicht ganz in die Tiefe ihrer Gründe eindrang, höchst unangenehm berührt davon, da er zweifellos verstand, dass sie ihn verlassen wolle. Man konnte es deutlich seinem Hundegesicht ansehen, als er sie bis ans Gitter begleitet hatte und, zum Heimbleiben verwiesen, ihr nachsah, kummervolle, fast strenge Querfalten in der Stirn, hinter der sein dreifacher Verstand von Mops, Terrier und Dackel aufgeregt arbeitete.

Gitta ging am noch hellen Nachmittag, indem sie berechnete, dass sie, falls Markus sie etwa hinauswürfe, bequem bis zum Abendbrot wieder zurück sein könne, andernfalls aber auch das Gepäck sich noch gut abholen ließe. Unterwegs dachte sie jedoch nicht über sich und Markus nach, sondern über ihre Eltern, die ihr beide Sorgen machten. Denn dass da etwas zwischen ihnen in Unordnung geraten war, sah sie wohl, und wenn sie's auch wunderte, wie sie mit kleinen, irdischen Herzenskämpfen sich abgeben mochten, hatte sie doch von ihren eigenen her noch Verständnis und Nachsicht für dergleichen übrig. Ja, die Armen, die noch nicht darüber hinaus sind! Dachte sie mitleidig. Dies war ihr Gedanke vor Markus' Tür.

In der Tür zu den Wohnräumen steckte der Drücker. Ein Beweis, dass der Hausherr anwesend sei. Gitta drehte möglichst geräuschlos den Drücker im Schloss, unwillkürlich betrat sie auch noch auf den Fußspitzen den schon halbdunklen Vorflur. Gerade dies aber mochte den, der bei offener Tür in der Essstube saß, aufmerksam machen.

»Thesi?« sagte Markus' Stimme fragend.

Und da – sie begriff bis an ihr Lebensende nicht, wie das kam, konnte sie sich nicht enthalten zu stottern:

»He–he–rrr – Dh–ohoktor!«

Jemand sprang auf. Ein Stuhl fiel um. Sekundenlang Schweigen. Gitta verflog aller Scherz – ihr war ja überhaupt nicht im Mindesten scherzhaft zumute gewesen.

Markus trat auf die Schwelle, die Hand ausgestreckt – aber das war nur, um das Licht anzudrehen –, hell erstrahlte der Vorflur – unerhört hell erschien es Gitta, heller als die ganze Strandsonne. Sie sah Markus' Gesicht, etwas blass, etwas starr, und fühlte darüber, dass sie in sein Gesicht sah, große, lebhafte Freude – aber stärker war ihr Schreck über sich selbst, den dummen Witz, und ganz entsetzt stellte sie sich in die äußerste Ecke hin.

Im nächsten Augenblick hatte Markus ihr die Hand gereicht, ganz einfach, so, als käme sie von kurzem Ausgang zurück. »Ich bin eben beim Nachmittagstee – komm herein mittrinken –; dein Gepäck?«

Sie sagte, es sei noch im Berghaus. Da er sie einlud, mitzutrinken, wollte er sie augenscheinlich nicht hinauswerfen. Deshalb nahm sie nun den Hut ab, denn Hüte waren ihr so ungewohnt geworden.

»Thesi muss jede Minute heraufkommen, dann soll sie gleich nach dem Gepäck schicken.«

Sie setzten sich im Esszimmer an den Tisch, und Markus holte eine zweite Tasse; er goss ihr Tee ein und versorgte sie mit allem, eigentlich wie einen lieben Gast. Das rührte sie ungeheuer, aber sie selbst wagte auch kaum, sich was heranzulangen, gerade wie ein Gast.

Man hörte Thesi kommen, Markus ging hinaus und erledigte draußen, was zu besprechen war. Als er zurückkam, fragte er nach Einzelheiten, und Gitta antwortete, sodass er vom Äußerlichsten doch erfuhr. Gern hätte sie ihm auch vom Innerlichsten gesagt und von den großen Eindrücken, die sie ganz umgewandelt hatten. Allein sie wusste nicht, wie das zu bewerkstelligen sei. Vom Meeresstrande wollte sie gerade zu erzählen anfangen und von den wunderfarbigen Quallen, als ihr störend einfiel, dass sie zergehenden Liebesschicksalen geglichen. Dann erzählte sie aber doch etwas von ihnen.

Vielleicht hatte auch Markus ebenso Großes durchlebt? Ob er in den Bergen gewesen, fragte sie, er habe öfters geäußert, in die Berge gehöre man eigentlich *allein*.

Nein, dort sei er nicht gewesen, aber doch wiederholt fort – zu wissenschaftlichen Rücksprachen mit Kollegen, in Wien, München, Straßburg. Immer nur Tage.

Er sagte nicht, ob das immer nur für so kurz geschehen wäre, um sie für alle Fälle nicht zu verfehlen, und Gitta dachte auch nicht so unverschämt.

Einsilbiger wurde sie. Den Tee, der so angenehm beschäftigte, hatten sie ausgetrunken bis auf den letzten Tropfen. Markus blickte aufmerksam Gitta zu, die dasaß in ihrem graugrünen Reisekleid mit Gürteljäckchen und aus Brotkrumen Seesterne legte. Ihr Haar war merklich gewachsen, locken wollte sich's nicht, lag jedoch in seiner Blondheit ganz lieb und weich um den runden Kopf.

Unerwartet bückte Gitta den Kopf gegen ihre Teetasse und schluchzte los.

Markus erhob sich, ging aber nicht zu ihr, sondern hin und her im Zimmer.

Es schien ihm angenehm zu sein, dass sie so weinte.

Da sagte sie und schluchzte ganz fürchterlich: »Ich hab' mich versprengt, du weißt ja: wie ein Pferd.«

Er nickte bestätigend: » *Equus morbus*. Du bist mal so, ich finde nur das Wort nicht gleich, wie du bist.«

»Ungebärdig!« half sie ihm aus, unter strömenden Tränen, dem Wort gleich auf der Spur.

»Richtig! Aber es vergeht schon wieder.«

»Wie wirst du mich denn aber zurückfinden, wenn mich's mal so ganz versprengt?« sagte sie plötzlich furchtsam.

»Bist ja nur hinter ein paar Bäumen versteckt!« tröstete er mit einem Lächeln, aber sie fand, im Ton seiner Stimme klang was, als fürchte auch er, es sei ein ganzer großer Wald.

Er konnte ja auch erst urteilen, wenn sie ihm all ihre neuerrungenen Einsichten offenbarte, und warum sie nun so abgeklärt, aller Selbstsucht und Schreibsucht fremd geworden, hier bei ihm saß. Aber freuen konnte ihn das eigentlich nicht, denn dabei war sie ja miteins auch ihre Liebe zu ihm losgeworden.

»Ich sagte dir schon immer: ich bin treulos – wenigstens gegen Menschen, nur zu Tieren gut!« beichtete sie und zerfleischte ihr Herz.

Markus machte halt. »Ach so! Ja richtig: Salomo. Nun, ein Hund ist schon immerhin was: mehr als eine Qualle. Werde nur nicht rückständig, Gittl.«

»Scherze nicht!« rief sie, bange, ob er ihre Beichte verstehe. »Einem Nichts, einem Spatz, könnt' ich treu sein! Nicht als ob ein Spatz mich total ausfüllen könnte – ich meine nur: manchmal, da ist er wie was Großes – alles, was lebt, ist plötzlich drin – verstehst du das wohl? Es ist gewiss unrecht und grauenhaft.«

»Warum denn grauenhaft? Aber vielleicht anfängerhaft. Noch beim Abc. Deine Tiere, die geben für dich nur so eine Art Versuchstiere ab, glaub' ich – wenn auch ein bisschen anders als für mich im physiologischen Institut –, damit noch mal was Wunderfeines für die Menschen dabei herauskommt.« Er hatte sich hinter ihren Stuhl gestellt, die Hände auf dessen Rücklehne. »Tiere sind das leichter Ersetzbare, weil für uns Typischere – doch gibt's das auch unter Menschen. Man liebt aber umso treuer, je individueller man liebt: das schlechthin Unersetzliche, Unwiederholbare. Vielleicht kommst du noch einmal auch dahinter! Es bringt ja allerlei Unbequemlichkeiten mit sich, ist aber doch ganz schön.«

Gitta kehrte sich halb um nach ihm, sich zu vergewissern, ob er noch scherze? Dann irrte jedoch ihr Blick wieder zurück in die leere Teetasse, und sie bemerkte unsicher:

»Dass du so – dass du aber auch gar keine Vorwürfe machst.«

»Vorwürfe? Wem denn?« Markus' Finger hatten an ihr Haar gerührt und gingen über ein paar aufrechtstehende Büschelchen auf der Scheitelhöhe, die sich noch nicht entschließen konnten, nach welcher Seite sie sich legen wollten. »Nach meinem Dafürhalten ist das Dasein eine recht unvollkommene Angelegenheit, alle Fehler und

Schwächen unsererseits höchst harmonisch mit einbegriffen. – Würdest du denn deinem Spatz Vorwürfe machen?«

Jetzt drehte sie sich ganz herum, fast erschrocken, um nachzusehen, ob er das da sehr lieb oder sehr grob meine.

Eigentlich hätte sie nicht gedacht, dass das Dasein eine so üble Sache sei. Allein Markus' praktische Anwendung davon auf die augenblickliche Lage sagte ihr außerordentlich zu. Und nun erst erlahmte ihr einseitiges Interesse für die gekrümelten Seesterne neben der Tasse.

*

Am nächsten Vormittag suchte Markus den Schwiegervater in der Klinik auf. Etwas unsicher im Benehmen, weil er nicht recht wusste, wie »Gittas Flucht« schwiegerelterlich wohl gedeutet worden sei.

Doch Branhardts prachtvolle Stimmung half bald darüber hinweg. Wie Männer nach Ferienreisen zu tun pflegen, sagte auch er: »Das Allerbeste daran ist doch die Rückkehr zur Arbeit!« Aber er *sagte* es nicht nur, die aufgespeicherte Ferienkraft schoss ihm gleichsam sichtbarlich aus allen Poren. In der Tat war ihm ein neuer Plan, und diesmal ganz vorzüglicher, gekommen, wie die zeitraubende Praxis zu vereinigen sein werde mit einem wissenschaftlichen Werk, um das Markus wusste. Hindernisse, insbesondere hinsichtlich des Zeitaufwandes, blieben zwar, allein für Branhardts Temperament bedeuteten solche ja vor allem nur Anregungen, Erneuerungen zukunftssicherer Jugendlichkeit. Markus fand das an seinen neuen Gedanken ebenso bestätigt wie an Blicken und Gebaren.

Branhardts Erfülltsein hielt ihn indessen nicht ab, Markus mit dem lebhaftesten Anteil auf dessen Broschüre anzusprechen, die sich aus dem Kongressvortrag entwickelt hatte und ihm von unberechenbarer Wichtigkeit schien. Die Art, wie er sich an etwas mitfreuen konnte, es in seine eigensten Lebenserfahrungen mit einbezog, verfehlte nie, den andern zu elektrisieren, Mut und Lust zu steigern. Branhardt, der im gewöhnlichen Sinn ehrgeizig kaum jemals gewesen war, begriff doch aus seiner Freude am Wirken auch jeden Ehrgeiz gut und traute ihn hochgradig dem Jüngern zu, den er bei angespanntem Wettbewerb gesehen hatte, trotzdem er ja gerade von seiner Tatkraft nicht allzu viel hielt.

Markus war es am angenehmsten, den Schwiegervater in dieser Auffassung zu belassen – schon um nicht der verwunderten Frage zu begegnen: »Weshalb sich sonst dermaßen abrackern, den andern immer möglichst um eine Nasenlänge voraus?« Denn die Antwort darauf gab er nur sich selber, schwermütig-stumm: »Weshalb? Weil unsereins für alle Brüder mit schaffen muss an freier Bahn; weil, wo unsereins versagt, sie alle es mitbezahlen müssen; weil ein Jude bei nichts privatisieren darf.«

Schließlich kam Branhardt gar nicht mehr auf das persönlichste Thema; die Verwirrung, die Gitta mit den Ferienplänen angerichtet hatte, mochte er wahrhaftig nicht besprechen. Nachdem das Ganze sich so offensichtlich als bloße Laune herauszustellen schien, erschien nämlich nun hinterdrein Markus' abwartende Haltung als eine geflissentliche und nicht mehr unrichtig, sondern als das beinahe raffiniert Richtige. Aber es reizte Branhardt jetzt weit mehr als es ihn freute, sich einzugestehen, dass sein Kollege und Schwiegersohn in gar so überlegener Sicherheit mit Gittas Schwächen zu rechnen wusste.

Nicht ohne Humor fühlte Markus etwas heraus von dieser gleichzeitigen Über- und Unterschätzung seiner dem Schwiegerpapa immer noch recht wenig bekannten Persönlichkeit, und er fühlte, dass sich da eine sehr intime Schranke aufrichtete. Trotz aller freundschaftlichen Worte, die beide Männer wechselten, trotz beider hohen, wissenschaftlichen Schätzung füreinander, war es nicht mehr ganz wie einst: Ihr Verkehr hatte irgendwann einmal gleichsam alle Möglichkeiten enthalten, und jetzt fehlte dies dem Blick Unbegrenzbare, was an Markus am wertvollsten gewesen war. Ein gedämpfter Ton blieb.

Dagegen kam Branhardt vom ersten Tage an viel öfter als früher zur Tochter. Mit einem gewissen Ärger holte er nach, was er im Seebade an zärtlichem Vergnügen, rein um dieses Markus willen, geglaubt hatte, sich pädagogisch versagen zu müssen. Das Villenstraßen-Haus wurde geradezu Nebenbuhler des Berghauses: Und lebhaft unterstützte Anneliese das, denn sie wusste, wie viel Zeit es Branhardt sparen konnte, dass er bei Gitta ein so nahes Heim statt des fernen besaß.

Als sie einmal auf Branhardt in seinen Klinikräumen wartete, fand sie sogar verschiedene behagliche und schöne Sachen vor, die Gitta ihm, ganz pfiffig und listig, hineingeschmuggelt hatte. Anneliese freute sich über Gitta und für Branhardt. Es war ja auch ein drolliges Vorurteil von ihm gewesen, sich bisher gerade hier unten kein Behagen gönnen zu wollen! Fast das Einzige, was stets seinem privatesten Privatzimmer dort etwas Persönliches verliehen, war ein großes Bildnis von Lotti – eine sehr vergrößerte, dadurch vergröberte Photographie nur: Lotti, ihre Puppe im Arm, einen Ball im Schoß, dem Beschauer lachend zugewendet. Eben diese Aufnahme – mit andern kurz vor dem Unglückssturz des Kindes gemacht – besaß Anneliese nicht bei sich: Tod und Leben waren ihr zu schauerlich einander nahe darauf.

Als Branhardt eintrat, überraschte er sie mit dem Bild in den Händen.

Sein langer, heller Arztblick ging prüfend über seine Frau hin, als sie es etwas zu eilig auf den Schreibtisch zurückstellte. Hatte sie dabei an den Tod gedacht oder an das Leben? Er hätte ihr oft gern in ihre Gedanken geblickt, denn er wollte, diese sollten sich jetzt um Frohsinn bemühen. Aber sie war in manchen Punkten scheu geworden wie ein Mädchen.

»Ich hoffe, du hast dich nicht zuviel zu plagen mit den Handwerkern oben!« sagte er jedoch nur, und sie besprachen häusliche Angelegenheiten, die Anneliese hergeführt hatten: Im Berghaus wurde Baufälliges erneuert, und auch mit Gittas ehemaliger Stube ging eine Umgestaltung vor. Vom elterlichen Schlafzimmer sollte direkte Tür dorthin durchgebrochen werden. Denn der Frühling sollte dort schon ein schneeweißes Babystübchen vorfinden.

Anneliese machte ihre Rücksprache mit Branhardt nicht weitläufiger als notwendig; sie setzte voraus, er habe zu tun. Auch stellte sich gleich darauf schon ein kleines Schwelgen ein. Man saß hier wirklich immer ein bisschen wie irgendein Besuch.

Als sie ihren Hutschleier wieder festknüpfte, schien ihm das jedoch nicht recht.

»Hast du denn Eile?« fragte er.

»Gewaltige!« versetzte sie, über seine Frage lächelnd wie über eine Höflichkeit des Überbeschäftigten; – »du etwa nicht?! Ich denke noch bei Gitta vorzugehen.«

»Ich hab' dich nicht genug unter Augen!« sagte Branhardt, der wusste, dass sie öfter als in früheren Fällen körperlich litt. »Aber, nicht wahr, du benimmst dich in allem so, als hätt' ich dich unsichtbar unter Augen? – Ungefähr wie den Bösewicht der Herrgott!« schloss er mit Humor; »lass uns des Kindes froh sein, Lieselieb!«

Unter dem Schleier färbte sich ihr dunkel das Gesicht. Mit einer Anstrengung zum harmlos Heiteren meinte sie:

»Natürlich wünschst du: ein Junge soll's sein!«

»Ein Junge!« bestätigte er lachend. »Das heißt zunächst. *Ein* Junge? Vielleicht noch einer! Und dann – und dann – nun, natürlich auch ein Frauenzimmerchen noch!«

Es sollte nicht nur scherzhaft klingen, klang wirklich herzensfroh. Und ganz kindlich sah der Mann mit dem gefurchten Gesicht, der steilen Stirn, auf einmal aus.

Mit einer seiner raschen Bewegungen schob er seiner Frau den Schleier zurück und küsste sie auf den Mund. Und empfand ihr innerliches Beben.

Wie er aber dabei den Kopf hochheben musste zu ihr, der Größeren, fiel ihr über seinem Gesichtsausdruck ein: Man könnte immer wieder von ihm denken, der ist noch im Wachsen, der fängt eben wieder neu an, ein Bub.

»Möchtest du nicht doch ein wenig bleiben? Sieh, ganz wundervoll bequem mach ich's dir hier. Und ehe du dich's versiehst, bin ich auch vom Rundgang in der Klinik noch mal zurück«, versicherte er und sah noch immer so froh und knabenhaft aus den Augen.

Allein Anneliese schüttelte den Kopf.

»Die Luft draußen tut so gut.«

Da bestand er nicht weiter darauf und geleitete sie hinunter.

Aber der so rasch Fortgegangenen musste er unwillkürlich hinterher denken, während er zu seinen Kranken hinüberging.

Zum Beispiel: warum erzählte er ihr nicht, einfach schon weil das Gespräch mehrmals stockte – übrigens drollig zwischen Eheleuten –, von den zwei jungen Freunden, denen er seine freien halben oder ganzen oder viertel Stunden jetzt gab? Vielleicht hatte er vor Zeiten des einen Erwähnung getan: denn Branhardt schien, schon seit Langem war dieser Knabe – Handwerkersohn, der sich aus unglücklichen häuslichen Verhältnissen heraus rang – ihm nachgegangen, bis er begriff: Hier brauchte ihn jemand weit über Berater oder Arzt hinaus. Den andern lernte er sehr zufällig kennen, als Insassen der Nachbarklinik: Beinbruch. Student in ersten Semestern, mit allen Gütern der Begabung gesegnet: dachte Branhardt nur daran und an den kühnen, klaren Jünglingskopf, dann lachte ihm das Herz im Leibe.

Vielleicht würde es bei den Zweien nicht bleiben.

Nicht Ersatz für den Sohn war es und kein Vergessen des Sohnes. Aber dies machte ihn glücklich daran: dass aus einem Schmerz, den er gefühlt und fühlbar behalten, etwas merkwürdig Tatbereites sich strecken konnte – Jungem entgegenstrecken wie offene Hände –, auf Jugend Wirkung zu tun, nach ihr zu fassen, sie zu leiten, zu bereichern.

War das wohl der Grund, warum er Anneliese noch nicht Wesentlicheres davon erzählt hatte: Weil dieser neue Reichtum ihm aus seiner Verarmung am Sohn quoll, diese Kraft aus einer Verwundung, um deren Art selbst *sie* nicht ganz wusste?

Läge das Berghaus nicht so fern, würde sich ohnehin alles unter ihren eigenen Augen abspielen.

Als Branhardt dann aber seine Privaträume in der Klinik wieder betrat, drängte sich's ihm auf: Es hatte in all den Jahren doch wohl eine Spur Absicht, Bemühung drin gelegen, hier alles gar so kahl und kalt zu lassen – bloßen Aufenthaltsraum zwischen zwei Krankengängen in die Frauensäle drüben. Auf jeden Fall gut und ehrlich durchgeführte Absicht: Im Berghaus allein sollte jeglichem sein einziges Heim werden. Doch nun wollte er's auch gutheißen vor sich selber, dass ein Stück Wohnlichkeit sozusagen vom Berghaus bis hierher sich versprengte – ungefähr, als habe einer von dessen unlogischen kleinen Ausbauen und Erlern zu ihm auf die Wanderschaft sich begeben. Für diesen oder jenen der jungen Menschheit wenigstens ein zeitweiliges, stundenweises Zuhause.

»Immerhin ein Stück Heimlichkeit – Heimischheit«, er fahndete nach einem richtigeren Ausdruck, als sei er seine eigene Tochter Gitta und erst mit der Namengebung die Sache in Ordnung gebracht – »zum Mindesten ein Heim-Ambulatorium.«

XVIII.

Und wiederum einmal befand Anneliese sich unterwegs zu ihrem Mann. Aber der Weg nach den Kliniken war weit, und sie fühlte sich ermüdet. Während sie durch die Parkanlagen kam, die sich vom Bergwald stadteinwärts zogen, sagte sie sich, es sei vernünftiger, erst bei Gitta auszuruhen.

Langsam ging sie und in Sinnen verloren. In diesen Tagen kam ihr sooft die Erinnerung daran, wie es gewesen war, als sie die andern Kinder trug. Wie gewaltiges Erleben war ihr durch Gitta geworden! Selber noch kinderjung, mit ganzer Kraft auf ihre musikalische Zukunft eingestellt, jäh davon fortgerissen durch ihre Liebe, blieb sie dem Verlangen nach dem Kinde noch fremd. Da, in einer linden Sommernacht, geschah es, wenige Monate vor der Entbindung, wo ihr plötzlich, in einem inneren Wunder, dies Heiligste aufging: er, der neben dir ruht, ist dein Herr und doch nun auch dein Kind – du, sein Weib, bist ihm nun doch auch Mutter. Eine Musik ging ihr brausend durch die Seele, wie Klänge der Ewigkeit, sie Ewigem vermählend.

Als dann der Balder folgte – mit wie jubelnder Bereitschaft schon, im Übermut fast, empfingen sie ihn! Und während bei ihnen noch Schmalhans Küchenmeister war, hätte man trotzdem behaupten können: Eine wahre Märchenwiege von Goldbrokat und Edelgestein nahm ihn auf, und alle guten Feen waren zu Gaste geladen, und es gab in der Welt keine bösen. Gewiss kehrte später mehr Umsicht und Erfahrung bei den jungen Eltern ein, auch mehrten sich die guten irdischen Gaben – aber Anneliese schien immer: ohne ein wenig von jenem seligen, unirdischen Überfluss, der jedes ihrer Kinder umfangen, wie Ewigkeitsklang, wie Feenzauber – blieb so ein neues kleines Menschenwesen des Notwendigsten entblößt – armer Leute Kind.

Als Anneliese aus der hellen Herbstkühle draußen unter den kahlen Bäumen der Villenstraße in das Haus bei Mandelsteins eintrat, schwindelte ihr, und vor ihren Augen schwirrten Lichtfunken. Armer Leute Kind, dachte sie nur noch benommen, dann kam der erschrockene Markus gerade zurecht, um sie vor dem Hinsinken zu bewahren. Auf dem Diwan in seinem Studierzimmer erholte sie sich, und er bestand darauf, dass sie ruhen bliebe.

Gitta befand sich nicht zu Haus. Markus hatte vor einem Schachbrett gesessen und spielte mit sich selbst.

»Reiner Feriendusel,« erklärte er verlegen – »übrigens eine Schwäche von mir, wenn ich mal nicht arbeiten kann.«

»Ich nahm an, dann griffst du nach der Geige«, meinte Anneliese.

»Kann sie augenblicklich nicht recht vertragen.« – Er bückte mit möglichst gedankenvoller Miene den Kopf über sein Brett, damit Anneliese sich ungestört Ruhe gönne.

Sie suchte sich mit aller Willenskraft der Schwächeanwandlung zu entreißen, die sie so unvermutet unterwegs leiblich und seelisch befallen. Lag sie doch bei Markus, unter seinen Augen, und dass sie ihm verraten könnte, was niemand noch wusste, trieb ihr die Röte ins Gesicht. Wohl hatte sie ihn lieb – allein soviel Nähe hätte sie in dieser Stunde nicht ertragen.

Sie fand: Ungünstig sah Markus aus, wie er so dasaß – unheiter; wenigstens wenn man damit seine übersprudelnde Laune im Sommer verglich.

Und nun mochte er keine Musik und nicht einmal seine Arbeit. Ein mütterlich warmes Gefühl wallte in Anneliese auf für ihn.

»Du solltest noch mal heraus, Markus – kannst dir ja was gönnen ohne Ängstlichkeit! Ist's auch während Semester und Praxis: Geh doch noch in deine geliebten Berge! Ich glaube, beim Kraxeln ist dir doch am wohlsten«, ermunterte sie ihn.

»Das ist es!« gestand er. »Aus dem üblichen Kraxlerehrgeiz freilich nicht – und vielleicht nicht einmal durch den Naturgenuss: obschon man ganz eigentümliche Dinge darin erleben kann dort oben. Aber die Sachlage selbst – bei Hochtouren, dieses Aktivwerden mit allen Kräften – auch Reservekräften, von denen man für gewöhnlich gar nicht weiß –, das erholt so unglaublich, es beruhigt. Man redet sich unwillkürlich ein, auch das Leben ließe sich ‹nehmen› – wie so ein Berg.«

Ungefähr so könnte auch Frank davon reden! Dachte Anneliese, und sie wunderte sich; denn diese beiden erschienen ihr so unsagbar verschieden, und Branhardt hielt Markus für »passiv«.

Eine neue, etwas lange Pause. Markus stand auf und schob sich den niedrigen Stuhlschemel vom Flügel dicht zu Anneliese heran. Allein dann wusste er auch nichts Gehaltvolleres festzustellen als:

»Gitta ist noch immer nicht da.«

»Das macht mir nichts.« Anneliese richtete sich ein wenig höher. »Ohnehin sprech' ich dich gern mal allein. – Weißt du, Gitta hat mir anvertraut, was sie dir jetzt alles gebeichtet hat, was für ein unnützes Ding sie ist. – Hätte sie das doch lieber gleich getan, anstatt sich so kopflos zu benehmen.« Anneliese hielt inne; sie hielt es für richtig, einmal an Gittas »Flucht« zu ihnen zu rühren, fürchtete jedoch zugleich, es zu tun.

Aber Markus blieb völlig unbefangen.

»Das hätte wohl kaum etwas geändert«, bemerkte er. »Der Zwiespalt lag doch wohl ganz wesentlich in ihr selbst. Und bei einem Menschenkind wie Gittl kommt wirklich nicht viel darauf an, ob sich dann noch ein paar andere scheltend oder billigend dazustellen.«

»Nun, die Nordsee hat ihr den dummen Größenwahn ausgetrieben! Sie war ganz überwältigt davon! Und weiß, dass an ihren törichten Fabuliererereien nie was sein wird«, sagte Anneliese zufrieden.

Markus unterdrückte ein Lächeln.

»Was sie *da* erlebte – dass sie es so erleben *konnte*, das wäre wohl eher anzusehen als ein halber Beweis fürs Gegenteil.«

»Aber Markus! Dann musst du es eben nicht dulden! An dir ist es dann! Endlich muss sie doch heraus aus Halbheiten und Kindereien – muss sie opfern lernen wirklichem Glück und wirklicher Pflicht!« rief Anneliese erregt. Branhardt hatte doch wohl recht: Markus war »passiv«.

»Glück: gleich Pflicht und Opfer?« Er lachte herzlich heraus. »Gelüstet es dich wahrhaftig, du Rabenmumme, dein Gittl bekränzt zu sehen als ein solches Opferlamm?«

Anneliese blieb ernst; unruhig fragte sie:

»Wie stellst du dir denn das aber eigentlich vor? Weiß Gott, was in Gitta noch alles an unliebsamen Überraschungen stecken mag! Man muss sie auch ein wenig vor sich selber behüten, Markus –mit einer festen Hand – ach, vielleicht wohl einer festeren, als wir für den Taugenichts hatten.«

»Was in ihr noch steckt, können weder du noch ich wissen. Aber jedenfalls soll es, was es nun auch sei, ruhig heraus. Vielleicht noch einmal ihr selber zur Überraschung«, antwortete Markus.

Anneliese sah ihn an.

»Markus – das heißt: Mit Gefahren spielen!« sagte sie leise.

»Spielen?! Weiß Gott: nein!« Er sprang auf und schleuderte den Schemel auf den Teppich zur Seite.

»Aber Gefahr? Sage mir, wo gibt es denn Schönes, das nicht zugleich gefährdet wäre – und wann wäre das Schönste nicht immer auch das Gefahrvollste gewesen!– Freilich: dies Besserwissen und Leitenwollen, die ‹feste Hand›, von der du sprachst – diese ganze Überhebung, insbesondere die übliche, männliche: Die geht in die Brüche dabei! Aber die tut überhaupt am besten, sich von vornherein nur mit Frauen von solchem Wuchs zu befassen, der ganz sicher niemandem über den Kopf wächst! Nur – sage mir, ich bitte dich – liegt denn wirklich soviel an einem Männlichtun, das so für sich Vorsorgen, für sich fürchten muss? Ist es wohl wert, so großen Verzicht – bei Gott ja: den einzig unersetzlichen, unerträglichen Verzicht: Nach dem Schönsten, davon man weiß, zu langen. Gewiss: eine Überhebung auch dies – und gewiss: Diese ist die größere.«

Er brach ab mit etwas sinkendem Ton.

Anneliese schwieg betroffen, nicht ganz gewiss, ob sie ihn richtig verstehe. »Aber *Ehe*, Markus – *Zueinanderkommen*, ein immer Unlöslicheres, das ist doch das Ziel«, sagte sie endlich. »Natürlich in allem, auch in allen Geistesbeziehungen. Gerade die teilt Gitta mit dir gar nicht genug.«

Markus schüttelte den Kopf.

»Nein, nicht so, Anneliese. Mit Geist und Beziehungen und dergleichen, das findet sich schon zusammen – wie ganz vorn auf manchen Bildern, weißt du, die groß hingemalten Dinge – *die*, noch außerhalb der Perspektive. Zueinanderkommen – ja! Aber das heißt ja doch: jedes Mal wieder von sehr fernher – aus der Einkehr in sich selbst jedes Mal wieder. Sonst nämlich, so scheint mir, brauchten wir armen Menschenkinder unsere allererste Vater-Mutter-Heimat gar nicht erst zu verlieren. Sonst würde sie unserer Entwicklung gar nicht das Gespenstische: das Haus ohne Fenster – das Vor-Grab.«

Anneliese konnte nicht antworten. Sie staunte. Kürzlich noch, vor der Reise, war Markus' Verhalten mit Gitta ihr so erotisch überhitzt vorgekommen – zu sehr für ihren Geschmack. Und nun – griff er nicht ebenso weit, *zu weit*, nach der andern Richtung aus? Das hieß: Ein Haus bauen ohne Mauern. Gab es eine größere Illusion als die: Lieben wollen ohne Illusion? Wenn sie sich ehrlich fragte, so hatte sie im Grunde dem Bilde nachgelebt, das ihr Mann sich von ihr gemacht; hatte dieser feinsten aller Schmeicheleien, die in solchem Ideal steckt, erst ihre beflügelteste eigene Kraft entnommen. Und hatte auch ihn vielleicht auf ähnliche Kosten gesteigert? – Hilfe und Fessel wurden da eben kaum unterscheidbar eins.

Markus besaß nicht die Gewohnheit, unter vier Augen mit Anneliese Persönlicheres zu berühren als Affen, aber in diesem Fall geriet seine Mitteilungsfähigkeit – die sie zart in ihm gepflegt hatte – rückhaltlos über das Verschwiegenste seines Lebens. Es half nichts, dass er in immer allgemeineren Wendungen davon redete. Man fühlte gut heraus, wie eigene Befürchtungen, Hoffnungen dabei mit ihm durchgingen, wie er sich tiefstes Bangen und Wünschen von der Seele redete – wie er sich zu etwas selber *überredete*.

Anneliesens Augen wichen nicht von ihm, während er dastand und auf sie einsprach, Blick und Gebärde voll mithelfender Lebendigkeit. Sie sah dies und jenes aufblitzen hinter Markus' Worten – hellere Sterne, als sie bisher gesehen? Solche, für deren Licht sie nur blind gewesen war? Die an ihrem Lebenshimmel Sonne, Nebel, Wolken ihr unsichtbar gelassen hatten? Blieb wirklich dem, der sich dorthin aufschwang, die Liebe noch dieselbe Lebensluft – diese manchmal blindmachende, aber alleserhaltende? Blieb sie, was der dunklen

Erde ihre Atmosphäre ist, durch die allein es darauf lebt und blüht und wächst?

Oder stand da nicht jemand, der wie das Kind nach Sternen griff und sich in Wirklichkeit verlor in eisigdunkle Weltleere dazwischen?

Anneliese dachte still: *Darum* hat Gitta ihn sich erwählen müssen, weil sie am ganzen Firmament herumsteigen mag, ungestört. Hatte sie nicht einen Gefährten haben sollen, der sie davor bewahrte? - Aber, wenn es denn einmal ihr Schicksal war, dann war es gut, dass Markus mit ihr ging – ein Lieben, das nicht nachließ, nicht unten blieb, wenn sie sich verstieg, das sie nicht allein ins Leere fallen ließ.

Sie empfand, wie eine wilde Phantastik sie mitriss, suchte sich Einhalt zu tun.

Über ihrem Stillwerden wurde Markus sich erst seines Drauflosredens bewusst. Da er Branhardts, von den seinen recht abweichende Ansichten teils kannte, teils erriet, beschlich ihn nachträglich ein Schrecken, ob er nicht mit sehr verletzlichen Dingen taktlos um sich geworfen habe wie mit rohen Eiern.

Noch ehe Anneliese eigentlich beim Aufbruch war, bemühte er sich schon verlegen um den Wagen, den er ihr holen lassen wollte, und ging zum Sprachrohr, um es dem Diener hinunterzurufen. Aber einen Wagen wollte sie nicht – gerade den Gang habe sie notwendig: Bewegung und Luft, meinte sie, erheitert von seinem Übereifer, und griff nun auch wirklich nach ihrer Jacke.

Markus, seine neue Übereilung gewahrend, dachte nicht daran, ihr in die Jacke hineinzuhelfen, sondern sagte nur, verdummt vor Betretenheit:

»Du hast so lange hier gesessen! – Ich meine: gewartet. Und doch hat sich Gitta nun um deinen Besuch gebracht.«

Anneliese antwortete rasch: »Dafür hat diese Stunde mir meinen Sohn gebracht!«

Und rasch und warm nahm sie seinen Kopf zwischen ihre Hände und küsste ihn.

Seit den Staatsumarmungen bei Verlobung und Hochzeitsfest war es das erste Mal, dass Anneliese Markus küsste, und nie noch hatte sie ihn »mein Sohn« genannt.

Was aber Anneliese tat oder sagte, besaß eine solche Gemütskraft, dass erst dies eine Wort Markus ins Herz fiel wie Bestätigung, Sicherheit, Beweis, frohe Botschaft all dessen, was er doch in so überzeugenden vielen Worten sich selbst und ihr vorgeredet hatte: seiner Zusammengehörigkeit mit Gitta.

Und nachdem er sie an den Wagen geleitet, geschah etwas, wobei Markus' Benehmen noch maßloser erschien, als Anneliese manchmal von ihm argwöhnte, dass er sich gehen zu lassen sehne: Er legte sich nämlich ganz lang hin über den Diwan, auf dem sie gelegen, und weinte los.

Ein einziger Mensch hatte ein einziges Mal Markus dies in solcher Weise tun sehen: als er nach seinem Fortlaufen von den Seinen zuerst wieder dem Vater vor das Angesicht treten durfte – und dieser eine war der kleine Rumäne.

*

Auf Gitta hätte man noch lange zu warten gehabt. Wenn Gitta jetzt von Hause ging, geschah es jedes Mal ungemein gründlich. Im kühl-hellen Oktoberwetter streifte sie, so allein und eifrig wie in ihren Mädchentagen, durch die Herbstnatur. Dabei fühlte sie sich diesmal kritisch gestimmt ihr gegenüber. Noch stand alles grün-gelb-rot, und sogar der Mohn blühte noch auf den Wiesen, die wieder üppig zu werden anfingen, aber mit jener derbern, holzigen Nachblüte hinter der letzten Mahd. Daneben dunkelten überall frisch aufgeworfene Schollen zerpflügter Felder und gaben der Landschaft die graubraunen Töne; und dies war das Einzige, was Gitta nicht lieben konnte am Herbst: dass so sichtbar der Mensch über ihn kam. Zwar verursachte der auch das Feld, das wogende Ährenmeer, doch eben die lebendigen Ähren vertuschten seine Einmischung. Erst jetzt lag der Acker so ganz bereitwillig da unter seiner Hand, gestriegelt und schön ordentlich zurechtgemacht wie ein Kind zum Schulgang.

Markus, so freundlich er Gitta laufen ließ, schien durchaus nicht vorauszusetzen, dass solche Begutachtung der Herbstfelder vergnüglicher sein würde zu zweien. Überhaupt gelangte Gitta manchmal zur Ansicht: Wenn auch ihr selber während der göttlichen Meereswochen alles Liebesleben und was damit zusammenhängt quallengleich ins Nichts verdunstet war, so brauchte drum doch er, der gar nicht einmal dabei gewesen war, eigentlich nicht ebenso aufgeklärt zu denken. Fast geriet man ja auf die Vermutung, ob nicht auch er sich an irgendeiner Nordsee abgekühlt habe.

Zu andern Malen, wenn Gitta zusammengekauert auf seinem breiten Diwan lag, ließ sie das Buch fallen, hob unwillkürlich ein wenig die Arme und verschränkte sie in der Luft: Durch dieses Liebestor hatte Markus oft seinen schwarzbärtigen Kopf hindurch gesteckt! Einmal sogar mitten aus einer der wenigen Sprechstunden, in denen jemand ihn sprechen wollte, sich zu ihr gestohlen, weil das Verstohlene am anziehendsten ist. Allein jetzt blickte keiner durch das Tor herein; lange, leere Straße dehnte sich gleichsam dahinter.

Im Hause fehlte Gitta rechte Verwendung für sich. Wozu ihre hauswirtschaftlichen Talente aufs Neue glänzen lassen, nachdem Thesi sich als ganz unübertreffliche Strohwitwer-Stütze bewährt hatte. Sogar ihrer raublustigen Mutter, vor der sie sich früher immer geduckt, wusste Thesi jetzt standzuhalten, denn für ihren Doktor ging sie durchs Feuer und wachte noch über seinen letzten Hemdenknopf. Umsonst grollte Frau Baumüller, dass sie gefühllos sei gegen ihre Geschwister, »die armen Würmer hinten in Brixhausen«, umsonst spottete sie, ob Thesi am Ende ihren »Do-hok-tor« wohl gar »lli-hiebe«. Eine solche Ungeheuerlichkeit wäre Thesi von selber niemals eingefallen. Nie, solange sie »ihren Doktor« sah, so wie er vor ihren Augen im Obergeschoß des Hauses herumging. Aber unwillkürlich nahm sie bisweilen eine kleine Maskerade mit ihm vor, durch die er ein ganz anderer wurde: dann sah sie ihn in seinem Bergsteiger-Anzug – dem zwecklos gelüfteten und gestopften –, und so, mit Kniehosen und Wettermantel angetan, war er nur noch ein fremder Wandersmann, der bei ihr unten in der Küche vorsprach um einen Trunk, um einen Bissen, und dem sie ohne das allerleiseste Stottern ihr ganzes Herz offenbarte.

In diesem Kostüm, worin sie ihn nie erblickt, bemächtigte Markus sich Thesis Phantasie ähnlich wie einstmals Gittas in seinem weißen Arabergewande.

Während der letzten Zeit erschien Markus allerdings weder für Bergbesteigungen noch für Festanlässe der geeignete Mann, sondern häufig so abgespannt, dass an Gitta ein heimlicher kleiner Gedanke zu nagen anfing, ob sie nicht Mitschuld daran trage.

Einmal kam er erst tief in der Nacht nach Haus. Wiederholt war Gitta, um hinauszuspähen, von seinem Zimmer auf den mit wildem Wein umrankten Vorbau getreten, wo die länglichen gelb und roten Blätter im Nachtwind wie Regen über sie fielen. Was hatte sie noch vor etlichen Wochen diesen wachen, nachtstillen Stunden entlockt! Jetzt wartete sie bloß, und Markus dankte es ihr nicht einmal:

»Ohne Grund nicht aufbleiben, Gittl!« bemerkte er nur, als er sie im Zimmer fand, und ließ sich auf dem Diwan zwischen den Kissen nieder, die Hände längs den Polstern müde von sich streckend. »Früher kommen war nicht möglich. Ein Kranker.«

»Ist es etwas Schlimmes gewesen?« fragte Gitta. Sie saß noch beim offenen Vorbau auf dem Rande eines Stuhls. Markus hatte kaum jemals Kranke.

»Schlimm? Nach den üblichen Begriffen nicht. Sehr alter Mann im Sterben. Der den Tod schon oft vorauskostete, aus Furcht vor dem Tod. Ich bin gar nicht sein eigentlicher Arzt.«

»Du siehst so abgespannt und blass aus. Überhaupt diese ganze Zeit schon.«

Markus antwortete nicht gleich.

»Mein Vater ist eben auch alt«, sagte er dann nur.

»Dein Vater!« – Das war es! Gitta stand auf und kam zu ihm.

»Ist dein Vater auch so, dass er an den Tod vorausdenkt wie der alte Mann?«

»Nein! O nein!« Markus blickte mit einem Erglänzen seiner Augen auf. »Nein, das zu lernen hat er vergessen: den Glauben ans Schlimme. Mein Vater ist so: Dass ihm noch ein Kraut gewachsen scheint, und sei's gegen den Tod wie gegen jedes Unheil, unter dem je sein Stamm seufzte. Nur ausharren! Ein paar Jahrtausende haben versucht, ihn des Gegenteils zu überführen – mit guten Beweisen, kannst du mir glauben! – Aber die überschlägt er. Was sind einem Juden, wenn er sich mit der Ewigkeit auseinandersetzt, Jahrtausende!«

Gitta sprach, hingenommen von der Wärme, womit er es schilderte: »*So* ist dein Vater!« Und das kleine Bild fiel ihr ein, das Markus ihr schon vor der Verlobung mit den Bildern der andern Verwandten gezeigt hatte, und das ihr immer vorgekommen war wie das eines alttestamentlichen Propheten. Aber wohl eines, im Augenblick, da er nicht zur Buße ruft, sondern den Messias verkündet.

Markus wiederholte: »Ja, so ist er. Ernst – und doch lacht sein Herz mit seinem Gott des Todes und des Übels, die so groß sich aufspielen. Und helle Augen hat er – kinderhelle eigentlich, die von diesem Lachen etwas auf ihrem Grunde sehen lassen.«

»Und doch erinnerte dich der alte Mann –«

»Weil *ich* doch weiß. Weil *ich* nicht lache.«

Gitta setzte sich ganz dicht heran zu ihm. »Deinen Vater, den möcht' ich sehen! Erzähl' von ihm.«

Markus erzählte ihr. Und da sah sie, was zutiefst lag, dieses Erzittern vor seines Vaters Tod: ein Kampf, worin der Sohn ihn beraubte, ihm Teile seines Lebens nahm – entriss, ihn gleichsam schlug, erschlug, mit seinen andersgearteten Überzeugungen. Einst um seiner selbst, jetzt um der Geschwister, um zweier jüngerer Brüder willen, die er hinausnehmen wollte: ein Kampf, worin Markus der Sieger blieb und der Schwerstverwundete auch. Sie sah, dass, was den Tod erst zum Tode machte, ein Leben war voll Widerstreit und Hingebung zugleich – eins, das Markus immer mit sich trug, überall hin, in allen seinen Vorstellungen es fortsetzend.

Mit unaussprechlicher Aufmerksamkeit lauschte Gitta ihm. Diese alle, ihr noch Fremden, wurden plötzlich wie Tiefvertraute: so stark umfasste Markus eines jeden Geschick wie sein eigenes, dass es gar nicht war, als berichte er nur von irgendwelchen einzelnen – das Leben selber sprach. Die Wucht seines Gefühls sprengte den besonderen Fall – das Ganze stand groß darin, alles, was je lebte, litt, starb – ja starb.

Sehr spät in der Nacht musste es schon sein. Markus selbst unterbrach sich, wollte, dass Gitta nun zur Ruhe gehe. Aber sie tat es nicht. Um es bequemer zu haben, hatte sie die Füße hinaufgezogen und streckte sich allmählich aus auf den Polstern und Kissen; das ging ganz gut, wenn man Markus' Arm als Endkissen betrachtete.

Kaum blickte sie davon auf – hörte nur. Denn atemlos gespannt empfand sie, wie Markus selbst, durch seine Schilderungen der andern, in einer Weise deutlicher für sie heraustrat als je zuvor –er, in seiner verborgeneren Wesenheit. Immer hatte sie gewusst, es gäbe noch einen Markus – nein: eine ganze Welt – für die er nur wie ein Zeichen stand – hinter Markus, eine über seine Einzelperson hinaus – oder auch nur: Seine Person umkleidet wie damals mit weißem, fremdartig festlichem Gewand.

Aber statt dessen war es nun einer, der ging in sehr dunklem Gewand, ging gebeugt unter dem Zwiespalt von vielen, für viele; trug, als der Wissendere, das Kreuz für die blinder Hinlebenden; kostete deren Leben und Sterben tiefer, bitterer aus als sie selbst. Und doch! Die weiße Festlichkeit von Gittas Traum behielt recht! Denn einer war das, der eben deshalb nach dem Erlösenden ungenügsamer rief, nach dem Schönsten, dem Höchsten, dem Ausnahmsweisesten des Lebens. Und nur deshalb erklang, wenn er rief, auch in seiner Liebe, etwas mit wie Sturm und große Glocken und Gesang.

Markus' Stimme war immer gedämpfter geworden, setzte aus – er neigte sich über Gitta, unsicher, ob sie noch wache. Dann aber drückte sie sich nur enger an ihn.

Jedes Mal, wenn sein Kopf sich über sie neigte, schlug sie die Augen auf, als habe sie sich zu vergewissern: War das er, der in Fleisch und Blut vor ihr wandelte, oder die Dichtung seiner Worte selber, zum Greifen lebendig geworden vor ihr? Gelebt *und* gedichtet: So erst besaß sie Markus. Das hatte sie früher nicht verstanden. Sie hatte ihn nur für sich zurechtgedichtet.

Gitta wollte sich nicht an den Schlaf verlieren, der leise ihr schon das Bewusstsein löste. Sie fürchtete, er risse sie damit von etwas Wundervollem fort. Und noch, als Markus längst schwieg, hörte sie es immer zu ihr reden wie von irgendwelchem Glück, Wunderglück.

Dann weckte sie aus den Hinterhöfen ein Hahnenschrei.

Mit hochgezogenen Knien fand sie sich, Markus' in den Schoß geschmiegt, und sofort wusste sie wieder: etwas war geschehen – ein Glück –, hatte er nicht eine Glücksbotschaft nach Hause gebracht?

Glück! Nein, nur ein alter Mann war da, der starb.

Sie hob den Kopf und richtete sich auf zwischen Markus' Armen.

Ein wenig zurückgelehnt gegen die Wand hatte er gesessen und niedergeblickt auf sie. Und die ganze Zeit noch bei dem geweilt, wovon er ihr geredet. Aber nicht an den Tod dachte er mehr, während er seines Vaters gedachte. Nur daran: wie Gitta einmal zum Greise kommen werde, zu ihm, der das Irdische so ewig nahm und das Ewige so irdisch, und dass Markus beide lachen hören würde.

Er dachte: *Sie* schlüge mir den Tod tot! Sie brächte mit ihrem Eintritt die Heimat, das ewige Leben zurück.

Vor seinen Augen schien das Schönste zu stehen, was Menschen träumen können. Vielleicht lag es noch fern, weit. Aber dennoch saß er da wie am Ziel, so tief ausgeruht.

Da schaute Gitta, sich aufrichtend, empor – hell, hell –, das Glück, worauf sie sich gar nicht besinnen konnte, lag über ihr selber noch so hell.

Wie Sonne sah Markus es vor sich, in ihrem Gesicht, als sie die Arme hob, die versteiften, schmerzenden, streckte und sie dann fest und zuversichtlich um seinen Nacken schlang. Denn nun meinte sie: Dies werde es am Ende wohl gewesen sein, wofür sie so lange aufgeblieben waren.

Noch einmal verkündete der gewissenhafte Hahn, laut krähend, dass Tag sei. Aber die Straße lag noch schwarz und stumm.

Gitta, die soviel auf Namen und Nächte gab, nannte dies später ihre Hochzeitsnacht.

XIX.

Die Tage kamen jetzt schon rot, durch Nebel, herauf; unsichtbare Hände deckten das Tal zu, wohin dem Hause der Blick freilag, und öffneten dort, wo im Sommer der Bergwald die Aussicht abschloss, wieder zwischen sinkendem Laub geheimnisvoll Wege und Weiten.

Viele Wipfel waren noch herbstbunt, nur höher am Bergwald hin, weil da der Ostwind sie wilder schüttelte, standen sie ganz entblättert, und die Mispeln klebten darin gleich verlassenen Nestern.

Noch ließen die Vögel sich nicht auf dem Altan des Hauses, ihrem alten Futterplatz, nieder, sondern hielten Nachernte im Obstgelände und Stoppelfeld – öfter und öfter nur streiften sie daran vorbei wie berührt von Wintererinnerung. An den feucht beschlagenen Außenmauern krochen in der Mittagssonne emsig Herrgottskäferlein entlang, winzige Sommerpünktchen, die hinter der Wärme hermarschierten; späte Falter taumelten durch offene Fenster in die Gemächer, als suchten sie sterbend noch ihr entschwundenes Blumenbeet. Zwischen den Bäumen im Garten aber, sooft die Menschen ihn auch betraten, spannen die Spinnen von Stamm zu Stamm heimlich Einsamkeit – zarteste Netzwerke, silberner Tropfen voll, und heil und unberührt immer aufs Neue: das Rätsel und Wunder der Herbstfeier, die sich nur ganz für sich allein begeht.

Im Frühlicht des Sonntags, unter den Obstbäumen, ging Anneliese langsam auf und ab; weit länger, als es währt, einen ganzen Brief zu lesen, las sie an der letzten Seite dessen, was der Balder aus Rom schrieb:

»Als ich vor diesen ausgestellten Wandbildern aus einer Villa bei Bascoreale stand (den ersten antiken Bildern, die ich sah, und man meint, dass selbst das Museum von Neapel keine bessern hat), da gab es eins darunter, von dem ich Dir sagen muss. Unter den Bildbruchstücken war es fast allein ganz unzerstört erhalten, und eine Frau stellte es dar, die ruhig sitzend einen Mann anhört, der leise und versunken zu ihr spricht, die Hände auf seinen Stab gelegt, daran er lange gewandert sein mochte durch entlegene Länder. Noch war des Kommens Art in ihm, die Hast noch nicht abgefallen, das Blut ging noch in seinen Füßen. Aber von welchen Erlebnissen oder

Gefahren er auch zu sagen hatte: Kein anderer konnte ihr Sinn gewesen sein, als dass sie ihn ankommen ließen bei der in Ruhe und Reife vor ihm ragenden Frau. Bei ihr, die wie schweigende Sommernacht zu sänftigen und alles heimzubringen verstand: aus Zufall und Wirrnis und Geräusch. So Stille und Bewegung, beides, in diesem Bilde, das am machtvollsten wirkte, weil die zwei Gestalten ganz erfüllt waren von sich selbst, schwer von sich selbst und zusammengehalten mit einer Notwendigkeit ohnegleichen.

Nein, wie soll dies Bild es dir sagen, aber mein Leben wird es tun – dass ich so stehe vor Dir; dass dies allein mir Maßstab ist und Auswahl und Gewissen und Hingabe oder Abkehr. Von wo meinen Quellen und Strömen die Wasser auch noch kommen mögen, sie müssen heimgelangen in Dein Meer. Mein Leben wird nur das sein, was ich bis zu Dir hin tragen kann, und dereinst, Anneliese, wird es so gewesen sein, wie Du es aufnimmst. Balder.«

Der Junge dichtete sich aus ihr bei lebendigem Leibe schon eine Legendenfrau: Und mütterlich hielt sie ihm still, es als ihrer beider Geheimnis schützend vor Spott oder Staunen Dritter. Branhardt sogar gönnte ihr jetzt diese Briefe, die zahlreichen, inhaltreichen, und sie spürte wohl, dass er sie ihr herzlich, ohne Bitternis, überließ. So gut, so gerecht gab er zu, auch nach den sachlichen Berichten des Sohnes an ihn mache dieser einen erfreulicheren Eindruck: Trotz des freilich überflüssigen Bestehens »auf dem Süden«, wofür Balduin eine Arbeit abgesetzt hatte, die er »den Rompreis« nannte, aber seine Hauptunterstützung doch vom Vater empfing. Stets versicherte er wieder: Draußenbleiben, Außenwelt, sogar wenn er es sich allein erstreiten sollte, selbst unter Hemmnissen jeder Art, tue ihm jetzt not, bringe allein ihn vorwärts. Ja: Er würde sich heraushauen aus den Feinden, die ihn in ihm selber umstellten! Dachte Anneliese froh. Natürlich konnte es noch kein Sieg auf der ganzen Linie sein, dauernd blieb er noch in Gefahren. Man musste eben denken: so oder so, ein Sohn steht immer im Krieg.

Anneliese bemerkte plötzlich, wie wohl dieses geharnischte Gleichnis, wenigstens seinem figürlichen Sinn nach, ihrem Herzen tat, obschon es möglichst schlecht zum Balder passte. Der hätte sie strafend angesehen. Entschieden fehlte ihr noch mancherlei zu dem Ideal, für das sie in seinen Briefen zeichnete.

Da war's ja gut, dass er abwesend war. Der Unpraktische handelte praktisch: Dichten: das konnte er – so ging er denn dran, sich fürs Leben gesund zu dichten.

Und doch – wenn sie ihn jetzt bei sich hätte! – Jetzt, wo ihr so aus ihm entgegenströmte die mit sich fortreißende, mit sich hochtragende, mit sich einigende lebendige Fülle.

Sehnsuchtsvoll blickte sie durch den Garten hin, durch den er nicht mehr kam.

Hinten bei den Apfelbäumen hatte Herr Lüdecke trotz der sonntäglichen Stunde schnell einmal die hohe, dünne Leiter angestellt, um die letzten »gelben Richards« bei dem seltenen Prachtwetter in den Keller zu retten. Und jetzt ging eine alte Frau am Humpelstock durch den Garten bis zu ihm heran, und er langte ihr, leutselig grüßend, eine von seinen Früchten zum Bewundern herunter.

Aber schon eilte Annelieses schwergewordene Gestalt auf die Frau zu. Denn das war ja niemand anders als ihre alte Hausierfreundin, die Hutscher, obschon sie sie kaum wiedererkannt hätte.

Vor mehr als einem halben Jahr hatte Anneliese von all dem Unglück gehört, das inzwischen über sie hereingebrochen war: dass den kranken Sohn das Bluterbrechen hinwegraffte und die arme Grete, die vom Mann verlassene Tochter, nach ihrer Entbindung gestorben sei. In dem nämlichen Fabrikort, wo ihr Sohn gearbeitet, fand Frau Hutscher mit dem Säugling Unterkunft bei einem verwitweten Kohlenhändler in einem Kellergelass.

Anneliese sah wohl, wie das jetzige Leben ihre alte Landläuferin hart mitnahm: weißhaarig geworden war sie auf einmal und, obschon nicht magerer, sondern dicker als ehedem, doch greise in Miene und Haltung und lahm. Auch klagte sie bitterlich: das Kohlenschleppen! Und Scheuern, Waschen! Und nicht Luft bekommen und nicht Himmel sehen! Und aus dem Kellerfenster nur die Füße der Menschen! »Als hätten sie keine Gestalt und kein Gesicht.« Wunderlich genug nahm er sich aus, dieser kleine Jammer, wo das Sterben so großen gebracht – allein es ließ sich nicht bezweifeln: am schwersten wog *er*, denn nicht einmal zur herzhaften Trauer um die Heimgegangenen ließ er sie kommen aus Traurigkeit.

Aber alles ginge noch an, wenn ihr nur Klein-Gretelein nicht aufwachsen müsste dort im Hofkehricht! Am Kinde hing sie mit abgöttischer Zärtlichkeit – an diesem einzigen ihr noch zugänglichen Stücklein »lieber Gottesnatur«, an ihrem »Weideland«, ihrem »Rosenstock«. Frau Hutscher überbot sich an Poesie, um Klein-Gretelein würdig zu kennzeichnen. Ach, warum konnte sie sie nicht in eine Rückenkiepe tun und nochmals hausieren gehen? Trotz ihrem Keller-Rheumatismus über Berg und Wiesen gehen, von denen sie jetzt schon dem Gretelein alle ihre alten Wanderliedchen sang?

Anneliese nickte verständnisvoll: Jeder träumte sich für sein Kindlein das Allerschönste, und dass es nicht nur sei, wie armer Leute Kind – dieses aber war das Schönste, was die Alte gekannt. Und Anneliese gedachte des Augenblicks, wo ihr der Ausdruck: »armer Leute Kind« zuerst aufs Herz gefallen war. Und sie sah zwei kleine Kinder dicht nebeneinander.

Frau Hutscher hatte inzwischen über ihrem eigenen Entzücken am Enkelchen ihre alte wetterfeste Zuversicht wiedergefunden.

»Wird schon besser werden!« tröstete sie sich selbst. »Steht doch geschrieben: Befiehl dem Herrn deine Wege, und das tu ich, und wer kann wissen, was er seinen Engeln befiehlt für Klein-Gretelein und für mich? Stehet doch geschrieben: Unverhofft kommt oft!«

Bibelfester war Frau Hutscher im Keller nicht geworden.

Während aber Anneliese ihre Alte verpflegte und sich alles vom Herzen sprechen ließ, erwog sie: unten, neben Lüdeckes, unter der kleinen Holzveranda, gab es den hellen Raum – die »Truhenstube«, die ja so hieß, weil bloß Truhen und Schränke darin standen: Sollten nicht ein paar Sachen jetzt, im leergewordenen Haus, geradeso gut oben Platz finden? Mehr als solcher Stube bedurfte es nicht für Großmutter und Enkelin; die Hauptsache blieb: Wald, Wiesen, Luft, Licht.

Später stieg Anneliese hinauf, sich zugleich überlegend, wo dort die Schränke gestellt werden könnten. Aber oben angelangt, musste sie sich erst etwas mühsam besinnen, was sie eigentlich gewollt. Die Tür zu Gittas altem Zimmer stand weit offen, heut gab's ja keine Handwerksleute drin. Sie sah das schneeweiße Babyzimmer, das daraus erstehen sollte, vor sich. Sie dachte:

Klein-Gretelein *konnte* man schaffen, was ihm fehlte, man konnte Großmutters Paradies herumpflanzen mit einigen Bäumen, und mit Blumen würde es der Sommer füllen – aus dem Paradies, das *ihre* Kinder umgeben hatte, blieb ihr das Kleine unter ihrem Herzen wie vertrieben.

Schwer lehnte sie in der offenen Tür. An einer Stelle der niedergerissenen Tapete guckte ein noch älteres Stück darunter hervor: Denn zum drittenmal erneuerte dieser Raum sich schon, der anfänglich, ehe die Kinder aus dem großen, jetzt elterlichen, Schlafgemach in selbständige Stuben auswanderten, der Eltern Schlafstube gewesen war.

Dies alte Tapetenstück zeigte noch das ursprüngliche Muster, so, wie man es hier im Hause vorgefunden hatte: lauter helle Kränzchen mit einer selbstgefälligen kleinen Rose in der Mitte.

Ein wenig zu lebhaft gefärbt, immer neu betont von Kranz zu Kranz, wiederholte die kleine Rose sich, feiernd umringt, als könne sie sich gar nicht genug tun.

Anneliese starrte darauf hin. Sie sah nichts mehr als nur dies. O wie lange hatte sie es nicht gesehen, dies altmodische Musterchen, das sie beim Einzug durch kein neues ersetzt hatten. Ein ganzer Rosengarten, so blühte es vor ihr auf, umfing blühend alle ihre Sinne, ein großer, großer Garten, darin sie sich verlor – kein Garten: *ihr* Paradies.

»Dieses! Dieses! Wiedererleben! Leben! Es *leben*! Nicht nur schon erinnern!«

Ihre Lippen bewegten sich. Sie wollte es schreien: Es hörte niemand.

Kahl stand, teilnahmslos vor ihr das leere Zimmer, wie ein verödetes Haus, wie ein entleertes Dasein. Mörtel lag zu ihren Füßen, sie atmete grauen Staub.

Und Vergänglichkeit rührte sie an mit dem Stachel des Todes.

*

Balduins Privatreich hinter der kleinen Holzveranda bewohnten längst wieder die überwinternden Pflanzen auf ihren nüchternen Gestellen; im Übrigen war sie Branhardts bequemster Durchgang vom Studierzimmer in den Garten hinab.

Als Anneliese bei der Stiege vorbeikam, um zu Lüdeckes hineinzugehen, wo ein Geburtstag gefeiert wurde, sah sie ihren Mann, von Büchern umringt, auf der kleinen Veranda sitzen. Unwiderstehlich trieb das fast Sommer vortäuschende Wetter aus dem Hause an die freie sonnige Luft.

Anneliese sagte zu ihm hinauf:

»Mittagsbesuch heute von Markus und Gitta! Eben gingen sie am Garten vorüber, nahmen sich Salomo auf den Bergwald mit und wollten auf dem Rückweg einkehren.«

»Da will ich meinen Kram nur bald zusammentun«, meinte Branhardt; »ich weiß auch, was sie heute mit uns vorhaben: Eine große Reise beschlossen sie – nach Markus' Heimat zu. Er deutete so was an.«

Anneliese war stehengeblieben; sie ergänzte:

»Eine große – und eine lange! Bis über Weihnachten vielleicht bleiben sie fort. Gitta verriet es mir soeben. Und gerade wie Kinder von Weihnachten, so reden sie miteinander davon.«

Sie fuhr sich über das Gesicht, das nicht sorgenvoll ausschauen sollte. Die beiden waren so herrlich ernst und so herrlich froh miteinander! Sie konnte sich eigentlich kaum dran sattsehen. – Ob es aber so blieb? Das wusste Gitta wohl selbst am allerwenigsten.

Branhardt missverstand die Gebärde oder den Gesichtsausdruck. Er beugte sich ein wenig über die Holzbrüstung:

»Noch einsamer, noch stiller für dich, als es schon war, Lieselieb. Ohnehin unterscheidet sich jetzt sogar der Sonntag von den sechs Wochentagen dir nur noch dadurch, dass ich hier oben für mich allein sitze anstatt unten in der Stadt.«

Da sah Anneliese lebhaft auf.

»O nein! So denk' ich wahrlich nicht. Eben *das ist* ja deine ‹Sonntagsruhe›! Ich weiß so gut: Von allen deinen Feiertagen konnte man immer sagen, sie sind köstlich gewesen, wenn sie Mühe und Arbeit gewesen sind. Und doppelt jetzt!«

»Ja, jetzt gilt es eine doppelt klotzige Arbeiterei, wenn mir das Ding gelingen soll – und leider an die Institute unten gebundene Arbeit. Aber – doppelt jetzt ist es auch schlecht von mir, dass ich dich wie eine Witib auf dem Bergwald hausen lasse, Lieselieb.«

Sie lachte ihn aus.

»Tu dich nur nicht so wichtig!« warnte sie; »im Gegenteil trifft es sich ausgezeichnet, dass die großen Kinder dich nicht vermissen – und was das klimperkleine in seiner höchsteigenen Villa anbetrifft, so hat es von deinem Dasein noch überhaupt nicht Notiz genommen. Es weiß gar nicht, dass auf der Welt, wenn es aus seinem Häuschen in unseres tritt, ihm etwas anderes begegnen könnte als seine Mutter von außen anstatt seiner Mutter von innen. Wer weiß, ob ich ihm den Vater nicht einfach unterschlage?«

Und sie drohte zu ihm hinauf mit ihrem hellen, freundlichen Gesicht, während sie weiterging.

Um Branhardts Mund, wie er sich den Büchern wieder zuwandte, blieb ein gutes Lächeln stehen. Das Haus *schien* ja jetzt nur einsam. Bald, bald würde es wieder erfüllt sein von Leben und von alledem, was des Weibes ist und was die Frauen ganz in den Vordergrund rückt als die natürlichen Herrscherinnen.

Das wollte er wahrhaftig auch nicht anders. Ein ganzes Haus voll Kindern! Voll Söhnen und kleinen Lieseliebtöchtern: Nie könnte es ihm davon genug geben.

Was für ein prachtvoller Kerl ist sie! Dachte er. Prachtvoll war dieser Grad von Gefühlskraft, Gefühlsschwung – ja Überschwang, das gehörte zu ihr alleizeit, aber als so natürliches Überfließen edelster Art, nicht anders als etwa ihre Musik, mit der sie ihn soft des Abends empfangen hatte.

Und da stutzte Branhardt. Wie lange war denn das eigentlich schon her? Öffnete sie denn ihren Flügel – ihre Flügel – überhaupt nicht mehr oder nur noch in seiner Abwesenheit?

Allein, dann sank die Frage wieder unter in ihm, infolge der frohen Gedanken, die an seine Frau sich knüpften.

Wahrlich, es war nichts Geringes, diesen Menschen allezeit und bei allem ganz zu eigen gehabt zu haben! Allezeit und ganz? Ein wenig schlossen sich seine Augen und blickten blinzelnd gegen die Sonne. Irgendetwas tauchte da vor ihm auf, mitten in die Sonne hineingemalt, aus dem Dunkel der Erinnerung. Eine Stunde kürzlich – eine Minute, wo er geglaubt hatte, seine Frau in fremdartiger Schönheit vor ihm – und wider ihn – stehen zu sehen: in einer Schönheit, worin sie gleichsam nie sein Eigen geworden war.

Und plötzlich erstand wie ein Gesicht vor allen seinen Sinnen die ursprüngliche Anneliese.

Anneliese jung – blutjung. Ein Weib? Kaum schon ein Weib, so kinderschlank trotz ihres hohen Wuchses – eigentlich wie ein begabter Knabe, den seine eigne Entwicklung nur vorwärtsdrängt.

Freilich war es nicht das, was er von ihr wollte, und es wurde auch nicht das: Weib wurde sie – ganz, ganz, und *sein* Weib. Aber in jenem ersten Entzücken an ihr lag zugleich noch seine entzückte Sympathie mit jener begeisterten Sachlichkeit, jugendlichen Strebsamkeit, die ihn an seinesgleichen immer anzog: als enthielte Anneliese für ihn beides.

So überlädt man am liebsten das Geliebteste mit den unvereinbarsten Gegensätzen. Bis dies schwärmerische Kunterbunt am wirklichen Leben sich löst, das, zugleich zu reich und zu schlicht dafür, viel weiser beschenkt, als man sich selber in der Phantasie bedachte.

Und Branhardt ließ seine Gedanken ausgreifen nach den Reichtümern, die sich rechts und links von seinem Lieseliebbesitz um ihn angehäuft hatten, gerade durch dessen erworbene Einheitlichkeit, welche so reinen Raum gab allem, was nicht in *ihr* schon beschlossen lag.

Bald war er wieder mitten in seinen früheren wissenschaftlichen Erwägungen und Arbeiten.

Ganz dumpf und dunkel nur glitt ein Gefühl ihm nach – eine beinahe körperliche Empfindung –, als ob etwas irgendwo nicht stimme, auch wenn es noch so vorzüglich mit den wissenschaftlichen Ergebnissen ausginge. War das nicht eine kleine Nachwirkung von ein paar Vorkommnissen während der Reise? Doch freimütig gestand er sich: dass er damals ein bisschen unvermutet auf sich selbst zurückgeworfen worden war, das hatte einen wichtigen Zuschuss für sein Denken und Wirken ergeben – ja einen vielleicht notwendigen Kraftzuschuss dorthin – und männlich-neuen Reichtum.

Die Zusammengehörigkeit mit seiner Frau war ihm dadurch nur umso bewusster geworden. Denn trotz einer Enttäuschung *aneinander*, die in jene Reise fiel, zeigte sich gerade daran, eine wie im tiefsten gleiche Art sie beide doch besaßen, damit, jeder für sich, fertig zu werden. Gleiche Lebensmethodik.

Branhardt, insoweit er bis zur Selbstbeobachtung überhaupt gelangte, voller Ehrlichkeit dabei, fragte sich, ob er da nicht eine bequeme Schönfärberei der Sachlage vornehme. Doch schien das tatsächlich nicht der Fall: diese Wesensverwandtschaft, Geschwisterschaft war vorhanden, bekundete sich noch durch die gegenseitigen Widersprüche und Widerstreite hindurch lebendig und würde als Harmonie weiterwirken in den Kindern.

Auch die blühendste Myrte muss endlich ausblühen, die grüne wird einmal silbern: Das entspricht ihrem Naturgeschehen, keinem pathologischen! Und silbern erst verewigt sie sich: keine Blume mehr, nur noch ein Glanz.

Dies dachte Branhardt, und er tat es ehrfürchtig, als er dankbaren Herzens seine lange Ehe überblickte, während er in die Sonne sah, die so breit und ruhig um ihn waltete.

*

Inzwischen saß Anneliese bei Herrn und Frau Lüdecke, um ihm offiziell zu gratulieren.

Im Zimmer mit den Tüllgardinen und dem Kanarienvogel herrschte sein Geburtstag sehr merkbar. Auf dem Mitteltisch standen Hyazinthentöpfe aufgereiht – ganz weiße mussten es jedes Mal sein und nur Marke »Norma«. Davor prangte die Torte, und da sie die drauf gehörige Anzahl von Lebenslichten ohnehin nicht gefasst hätte, so erhoben sich auf geblümtem Teller daneben – nur eben andeutend – ein paar Dutzend Wachskerzen. Hierdurch sah der Tisch einem kleinen Altar nicht unähnlich, um so mehr, als Frau Lüdecke die mehr trivialen Geschenke, wie selbstverfertigte Socken und Sonntagskrawatten, schon beiseite getan und nur das Idealistischste übriggeblieben war.

Jahraus, jahrein kannte Anneliese diesen altarähnlichen Geburtstagstisch in dem übersauberen Zimmerchen mit den pedantisch wohlerhaltenen Sachen, die gar nicht zum Altern gelangten – fast wie das hartnäckige Glücksidyll der beiden selbst, denn die kleinen Sonnen- oder richtiger Mondverfinsterungen hatten sich längst wieder verzogen. *Hier* änderte sich nichts: Von ihnen hätte Anneliese sich das Rezept dazu nehmen können, wie sie das mit dem Kuchen schon längst getan.

Nun musste sie ihnen aber von einer Änderung sprechen, wenn es was werden sollte mit Frau Hutschers Übersiedlung hierher. Und während Anneliese genötigt wurde, vom Geburtstagswein zu kosten, den sie selber mitgebracht, berichtete sie über die demnächst zu erwartende Nachbarschaft im Erdgeschoß. Die Kunde von Klein-Greteleins bevorstehendem Einzug erregte bei Lüdeckes hohes Missfallen. Ein kleines Kind würde doch im Sommer Herrn Lüdeckes Rasen zerstampfen, und man würde es auch schreien hören. Umso mehr, als die auszuräumende Stube neben der Lüdeckeschen lag, und außerdem hatten sie selber eine kleine Truhe drin stehen gehabt, weshalb dies Eindringen ihnen beinahe wie Hausfriedensbruch vorkam. Herr Lüdecke machte aus seinen Einwänden kein Hehl, und auch Frau Lüdecke äußerte die schwersten Bedenken. Aber ihre Wangen färbten sich hochrot dabei, denn bei ihr ward zugleich eine Wunde berührt: ja, wenn's noch ein kleiner Herr Lüdecke gewesen wär! Sie hatte verzichten müssen, sollte nun ein Fremdes, Hergelaufenes ihr ans Herz wachsen dürfen?!

Anneliese suchte das verstimmte Ehepaar zu besänftigen, und indem sie so für Klein-Gretelein sprach, machte sie mit heimlicher Schelmerei doch auch schon für den zweiten Störenfried Quartier in diesem zähen Selbstgenügen der beiden, in das ersichtlich auch nicht das kleinste Kind mehr hineinkonnte, ohne das Glück drin umzustoßen. Bald würden ja nicht nur zwei Füßchen den gepflegten Rasen zertreten, würde nicht nur ein Kinderstimmchen durchs Haus lachen und schreien!

Und bei dieser Vorstellung ertappte Anneliese ihr Herz auf einer heimlichen Herzenslust: Gerade als würde das leiblich erwartete Leben ihrem Gefühl damit erst geschenkt. Als würde das Fremde das Ihre, das Ihre aber daherkommend von weit her, von noch Fernerreichendem, als bloße persönliche Glückserinnerungen sind.

Bestürzt horchte sie in sich hinein. Welche erneute Einbuße war sie da im Begriff zu erleiden? Ging sie so achtlos schon hinaus aus ihrem Persönlichsten, dass aus den enttäuschten Händen auch das Ureigene ihr bereits entglitt – halb gleichgültig, zufällig herausfiel und ununterscheidbar Fremdem sich mischte?

Doch in dieser Frucht ihres eigenen Schoßes empfing, umfing sie ja bereits alles Fremde noch mit – Unbekanntem, Ungeahntem, jeder fernsten Möglichkeit noch erschloss sie sich ja damit liebebereit. War in diesem Keim nicht allem Lebenden gleichsam ein geheimes Anrecht auf ihre Mütterlichkeit verliehen? »Mutterschaft« – das hieß wohl eben gerade dies. Waren sie denn nicht Fremdlinge alle und eigen Fleisch und Blut alle, und ruhte im purpurnen Urgrund solcher Tatsache das kleine Menschenwesen nicht unter unbegrenzteren Schätzen, als selbst die heißeste Liebesleidenschaft sie zu vergeben hat?

Hob das Dasein darin jedes Mal so namenlos an, so im wörtlichen Sinn namenlos, neu, dass das bisschen Personenhafte – selignichtachtend eines Eigenziels – darin mit trieb wie Blütenstaub in dem Leben mit sich tragenden Frühlingswind? Stand immer wieder das Weib darin wie an einem ersten Schöpfungstage da, entlastet jeder begrenzenden, beengenden Erfahrung – erneuert, jung, ein Mädchen, vor Gott?

Gab sie erst jetzt zwei Kindern zusammen das Leben? – erstanden darin die Letztgeborenen, die Zwillinge, ihr aufs Neue?

Da rührte ihre Gedanken Lotti an. Ihr war, als nähere sich Lotti ihrem, der Mutter, Leben, das sich so weitete über sich selbst. Was auch aus ihr geboren würde, wie viele ihr auch noch geschenkt würden – Lotti holte sie damit nicht wieder ein. Einzig und allein *die* Arme, die vom engsten des Glückverlangens, Glückbangens sich lösten, die allein umfingen auch Lotti noch in sich.

Vergangenes und Zukünftiges drängten ineinander. Als sei, was fremd heißt, ausgelöscht, und was tot heißt, ausgelöscht unter dem Anhauch derselben allgegenwärtigen Liebeskraft.

Eine große Bewegung übermannte Anneliese.

Lüdeckes, vollauf mit sich beschäftigt und mit dem unheildrohenden Wölkchen, das an ihrem himmelblauen Zukunftsbilde aufzog, wussten gar nicht, dass in ihrer kleinen geputzten Stube jemand im Stillen etwas so Feines, Feierliches erlebte, als ob um deswillen nur der festliche Tisch dastehe im Duft von Kuchen, Wein und blühenden Blumen.

Anneliese erhob sich und ging; – tief hinein in den Garten ging sie bis an die bemooste Steinmauer hinter dem Obstland. Sie blickte über das sonnenhelle Tal hin zu den klar umrandeten gegenüberliegenden Höhen. Frei atmete sie, als ob ein Grabstein zersprungen sei über ihr.

Was da erstirbt in uns, erschließt nur um so tiefern Lebensgrund, Gräber werden Pforten.

Tod! Wo ist dein Stachel! Dachte Anneliese stumm.

Dem Hause abgewendet, sah sie nicht gleich, dass Markus und Gitta gekommen waren, dass sie schon aus dem Vorgarten Branhardt grüßend winkten und er von der kleinen Holzveranda zu ihnen hinunterstieg.

Salomo war bereits vorausgerannt. Er hatte nicht einmal das Öffnen der Gartentür abzuwarten, denn, so versicherte Gitta: seit die »Dünenkur«, dies beständige Hinauf und Hinab, ihm »Taille« gemacht, hielt das löcherige Steinwerk der Mauer genug Türen für ihn offen.

Bewundernd wies Gitta darauf hin, dass von nun an jedes Zuhausebleiben zu werten sei als seine freie, sittliche Tat.

Mit fliegenden Ohrklappen schoss der Bewunderte auf ihre Mumme zu.

Über der Heiterkeit, womit sie hinter ihm drein lachten, wurde Anneliese der andern gewahr.

Nicht sofort kehrte sie sich um nach ihnen. Röte ging ihr über das Gesicht, zaghaft – eine letzte Furcht, so gesehen zu werden –, ihres »Überschwanges« noch nicht Meister.

Einen Arm scheinbar vor der Blendung ein wenig hochgehoben, inmitten der sich lichtenden Obstbäume, die Frucht getragen hatten und in später, zweckloser Schönheit farbig sie umrahmten: So wurde Anneliese von Branhardt gesehen – und doch nicht gesehen.

Ganz sah nur die Sonne ihr in das flammende Gesicht. Und der groteske Hund, indem er lachen machte, stand treu, ein Wächter, vor ihrer Gemütsbewegung.